足迹

纪念红军战士吴英德

吴晓英◎著

中国文史出版社

图书在版编目（C I P）数据

足迹 / 吴晓英著. -- 北京：中国文史出版社，
2020.1

ISBN 978-7-5205-1785-0

Ⅰ. ①足… Ⅱ. ①吴… Ⅲ. ①传记文学－作品集－中国－当代 Ⅳ. ①I25

中国版本图书馆CIP数据核字(2019)第269962号

责任编辑： 卜伟欣

出版发行：**中国文史出版社**
社　　址：北京市海淀区西八里庄69号院　　邮编：100142
电　　话：010—81136606　81136602　81136603（发行部）
传　　真：010—81136655
印　　装：北京金康利印刷有限公司
经　　销：全国新华书店
开　　本：16开
印　　张：16
字　　数：215千字
版　　次：2020年3月北京第1版
印　　次：2020年3月第1次印刷
定　　价：49.00元

父亲，1972 年摄于驻隆二七部队篮球场

父亲，摄于 1951 年

父亲，摄于 1956 年

父亲，摄于 1964 年

父亲，1977 年上海外滩留影

父亲，1976 年 11 月 5 日在全县公交系统庆祝粉碎“四人帮”大会上讲话

父亲，1975 年北京天安门留影

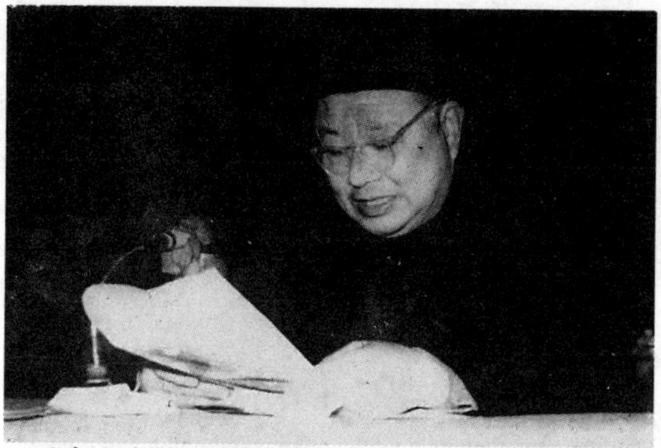
父亲正在做工作报告，摄于 1977 年 3 月 24 日

父亲在全县“百安”表彰会议上讲话，摄于 1979 年 3 月 24 日

父亲，摄于 1983 年

父亲，摄于 1987 年

父亲，1985 年摄于都江堰

父母合影照，1985 年春节摄于红军院

全家照，摄于 1972 年 12 月

父亲与外孙范里，1981 年春节摄于红军院

父亲与外孙范里、孙女吴曼，摄于 1982 年春节

父亲与外孙向兴，1985 年春节摄于红军院

父亲母亲与孙子孙女合影，1986 年春节摄于红军院

全家福照，摄于 1986 年春节

前言

我的父亲吴英德，是一名普通的红军战士，是一名坚定的共产主义战士。在四川省隆昌县，父亲工作生活了30多年，直到逝世。

父亲离开我们已30多个年头了。在这30多年里，我们无时无刻不在思念父亲。父亲的音容笑貌、父亲的言谈举止、父亲的教诲、父亲的风范，仍亲切地、深深地刻印在我们的脑海里，激励着我们前行在自己的人生道路上。

父亲14岁参加红军，经历了二万五千里长征、抗日战争、解放战争，在党的培养教育下，一个昔日受苦受压迫的放牛娃成长为一名身经百战的、坚定的共产主义战士。在54年的革命征途上，父亲留下了一串串坚实的脚印。透过父亲的足迹，我们能深切感受到他忠于共产党、忠于人民、忠于革命事业、忠于爱情的高风亮节和赤子情怀。父亲的优良品质在我心中树起了一座座丰碑，父亲是我永远学习的榜样。

父亲对革命事业的坚定信仰、执着追求，对中国共产党的赤胆忠心，无论是战争年代还是和平时期，无论是顺境还是逆境，都从没改变过 。他始终坚信共产主义事业是最光明、最有前途的事业，坚信中国共产党是最伟大、最光荣、最正确的党。这是父亲树在我心中的第一座丰碑。

父亲为人坦诚忠厚、正直善良、光明磊落，一辈子做老实人，说老实话，办老实事，坚持真理，坚持实事求是，不随波逐流，不说假话，不整人害人。父亲以自己的人格魅力，赢得了全县人民的尊敬和爱戴。父亲以自己的言传身教，教给我们做人的道理。这是父亲树在我心中的第二座丰碑。

父亲对待革命工作一贯勤勤恳恳、任劳任怨、艰苦奋斗，在平凡的岗位上为党和人民做出了不平凡的业绩。父亲做事，有魄力，有担当，讲实干，讲科学，踏踏实实，一步一个脚印，认准了的事，哪怕上刀山下火海也要想方设法把它做好。父亲以他不屈不挠的实干精神，以他载誉人口的工作业绩，教给了我们如何做事。这是父亲树在我心中的第三座丰碑。

父亲一生崇尚节俭，淡泊名利，遵纪守法，清廉自律，从不以老革命、老红军自居。他将这种美德传递给我们，教育我们从小做平常人，帮助我们养成吃苦耐劳、勤俭节约的好习惯。这是父亲树在我心中的第四座丰碑。

父亲就像一头老黄牛，他在默默耕耘的同时将满腔的爱献给了党，献给了人民，献给了父老乡亲，献给了战友和同志，献给了家人。父亲的这种大爱，是树在我心中的第五座丰碑。

2021年农历四月十六，是父亲诞辰100周年纪念日。为了传承红色基因，发扬光大红军精神，我写了《足迹》这本书，以此纪念、缅怀我亲爱的父亲，让红军精神代代相传。我想，父亲在天之灵当含笑九泉。

《足迹》一书分两个部分。第一部分：是我根据父亲的回忆录，父亲的档案，父亲事迹的口碑材料、缅怀文章，母亲的回忆，以及我们徜徉在父爱中记忆深刻的点滴汇集而成，较为翔实地记述了父亲的一生；第二部分：收录了17篇亲友和同事怀念父亲的文章以及四川隆桥化工集团有限公司召开的缅怀父亲的座谈会纪要。战友、同志、朋友、亲人对父亲的怀念，从不同侧面展现了父亲的工作、生活、为人、处事，彰显了父亲时刻将革命工作、将群众利益放在心上，全心全意为人民服务的高尚情操；附录：收录了父亲追悼会材料。追悼会上，党组织高度评价了父亲的一生："吴英德同志鞠躬尽瘁，几十年如一日，把毕生的精力献给了党和人民的事业。他的一生是革命的一生、战斗的一生、全心全意为人民服务的一生；他的一生，历尽坎坷，一心向党；他的一生，艰苦奋斗，廉洁奉公；他的一生，光明磊落，刚正不阿；他的一生，平易近人，联系群众；他的一生，生命不息，战斗不止，全心全意为发展经济、振兴隆昌发挥自己的光和热。吴英德同志受到全县人民的尊敬和爱戴，他的逝世，使我县失去了一位德高望重的老红军、老党员、老干部，是我县的一大损失。他那坚韧不拔、高风亮节的精神永垂千古！”

“红军不怕远征难，万水千山只等闲。”让我们世代传承红军精神，在红军精神的鼓舞下，把我们伟大的祖国建设得更加繁荣、更加富强！红军精神万岁！红军精神永垂不朽！

吴晓英

2019年4月16日

目录

◇回忆篇 我的父亲吴英德

◇缅怀篇 亲友回忆吴英德

◇附 录 吴英德同志追悼会材料

回忆篇 我的父亲吴英德

1921年5月23日（农历四月十六），我的父亲吴英德降生在四川省彰明县（今江油市）一户贫苦农民家庭，是家中的长子，按永字辈排，取名吴永德。父亲参加红军后，连长将“永”字谐音为“英”字，给他改名吴英德，寓意父亲在红军这个大家庭里成长为一名英勇顽强的红军战士。此后，父亲便改吴永德为吴英德。

父亲的家乡坐落在成都以北的江彰平原上，那里土质肥沃，物产丰富，盛产名贵药材附子，是一个美丽富饶的地方。

苦难的童年

父亲说，原本家里有几间旧房，也有一点薄地，一年辛苦下来，一家人的生活勉强能够维持。俗话说，穷人的孩子早当家，父亲作为家中的老大，懂事早，聪明伶俐，勤快好学，悟性高，无论是家里的活还是地里的活，他都一学就会，干得像模像样，是祖父祖母的好帮手。

就在父亲12岁那年，家里被地主算计坑害，遭遇了灭顶之灾。那年，父亲家的一个亲戚王某某（工商业者兼地主）看上了父亲，叫父亲到他在中坝开的索索铺去当学徒，实际是去帮他带娃儿、做家务，当小用人，父亲不情愿，祖父母也不同意，这下就把他惹恼了。他怀恨在心，设下毒计坑害我家，用花言巧语欺骗祖父母，说是他在富田坝有20亩地如何如何好，又有房子，叫祖父母去佃他的地，并且再三表白亲戚家绝不会亏待。祖父母相信了他的鬼话，卖掉了老家的房子和地，举家迁往离老家二十几里地的富田坝。谁知道王地主所谓的好地全是车水田、死黄泥，土质很坏又缺肥料，基本收不到粮食，恰遇那年干旱，收成更差，交不起租子，一切哀求都无济于事，王地主抹下亲戚的面孔翻脸不认人，对租子是寸步不让，一颗也不能少，他亲自坐在晒坝上收租，连二郎壳也拿走了，就这样也没凑够21石租子的数。

有好心人悄悄为父亲家藏了点谷子，但被王地主发现后也给抢走了。王地主不但收回了租地还要赶父亲一家走。父亲一家起五更睡半夜，辛苦劳作一年，一粒粮食也没有得到，连安身立命之处也没有了，老家的房子卖掉后又无钱买回。正在走投无路之时，地主周发凤又来逼债，原来祖父因生活所迫向周发凤借了10块银圆，这无异于雪上加霜。王地主逼租，周地主逼债，没有父亲一家的活路了！万般无奈，祖父母只得咬牙将父亲送到周发凤家帮工抵债，将10岁的大姑姑送给人家当童养媳。刚刚满月的小姑姑送人送不掉，就将她扔在路口，襁褓里裹上她的生庚八字纸条，希望能有好心人将她捡回给她一条生路。祖母则孤身一人到中坝给人当奶妈，祖父回老家捡狗屎、挑担子维持自己的生活。在不到一年的时间里，父亲一个好端端的家庭就这样被整得倾家荡产，四分五散，家破人亡了。

父亲抵债到周发凤家当长工时还不满13岁，按周发凤说的要干满3年才能抵10块银圆的债。周发凤家有5个长工，父亲是年龄最小的一个。在帮人的一年多时间里，父亲尝尽了人间的辛酸，受够了地主的欺压。在地主家，长工们吃的是猪狗食，干的是牛马活。父亲小小年纪，除了放牛外，每天早晨天不见亮就得起来干活，挑水、打扫院子、洗红苕、宰猪草、给地主一家老小倒尿罐……晚上还要推磨，地主规定父亲每晚必须推完5升豌豆才准睡觉，虽然是牛拉磨，但磨出来的粉，要舀，要过筛，父亲没有哪一天不是干到半夜才歇得到气。

刚到地主家时，周发凤就规定父亲挑东西必须重80斤以上，不准少挑，少挑了就要挨罚。父亲还是一个孩子，从小吃糠咽菜，身子单薄，个头矮小，要挑这么重的东西真是太难、太恼火了，但是这是东家的规定，父亲只能硬着头皮咬牙照办，否则就要挨打挨饿。起初，父亲挑着这么沉重的担子，腰都直不起来，挑一脚歇一脚，一步一挪，摇摇晃晃，挣扎着往前走，七八里的路程好像永远也到不了头，有时碰见好心的大叔大伯，他们见父亲小小年纪挑这么重的担子，都会爱怜地叫他少挑点。父亲总是摇摇头说："不行啊，主人要给我过秤的。"这些好心人听了父亲的话只得摇摇头叹口气，悄悄帮父亲挑一程。父亲说，前3个月他挑起来非常吃力，后3个月也就适应了，逐渐地腰也直得起，走路也稳当了。参加红军后，不管是挑粮食还是挑其他什么物品，父亲都争着干，战友们见没有枪高的父亲能挑这么重的担子都很惊讶，夸赞他年纪小力气大。父亲对战友们说："这都是地主逼出来的！"

在地主家干活，父亲从来没吃过一顿饱饭。而地主却花天酒地，吃鸡吃肉。每逢地主家请客，干活打杂就是父亲他们几个长工的事，剩下的汤汤水水能赏给长工们就算是好的了，每当有残汤剩水吃的时候就是父亲他们几个长工最高兴的时候，可很多时候地主宁肯将残汤剩水拿去喂他的猪、喂他的狗也不给父亲他们吃。每天，周发凤按父亲他们5个长工的定量，把红苕、苞谷、酸咸菜发给煮饭的长工，由煮饭的长工单独给父亲他们做，每顿不是照得见人影的红苕稀饭就是筷子都挑不起来的苞谷糊糊，菜就是几根酸咸菜，喝几碗肚皮就涨得不得了，出去干活，一会儿就饿了。有一次，父亲实在饿得不行，拖脚都拖不起，看见周发凤的儿子小地主正在卖凉粉，就去赊账吃了一碗。第二天老地主周发凤晓得了，甩起鞋底就噼里啪啦狠打父亲的嘴巴，打得父亲满嘴鲜血，父亲只有捂着嘴哭，不敢开腔。还有一次，父亲放牛时太疲倦了打了一下瞌睡，牛吃了人家几窝麦子，人家找上门后，老地主周发凤不问青红皂白打了父亲20皮鞭，打得父亲皮开肉绽，父亲满身伤痕火辣辣地痛，仍然要挑水，要放牛，要推磨，要干别的活。父亲说："在地主眼里，我们这些帮人的连狗都不如，想打就打，想骂就骂。特别是那小地主，年龄比我大不了多少，也学到他老子的样子，动不动就吹胡子瞪眼睛、拳打脚踢，根本不拿我们长工当人看。"这种受欺凌、受剥削、暗无天日的生活，使父亲忍无可忍，心中充满了对地主阶级的仇恨。

在地主家，牛圈就是父亲他们几个长工的栖身之地。冬天，地主只给每个长工一床漆黑的烂棉絮。晚上，父亲只能裹着烂棉絮挨着牛背睡，靠牛身上的热气暖和自己，实在冷狠了，就加一床烂蓑衣，把牛吃的谷草抓些来堆在身上。夏天，牛圈里蚊蝇乱飞、臭气熏天，没有蚊帐，蚊虫叮咬难以入睡，父亲和长工们就靠薰草驱蚊子，或者干脆睡在露天坝里。一年四季父亲都打着一双光脚板，连一双草鞋也买不起。父亲说春夏秋季还好过些，冬天就难熬了，家乡的冬天是要结冰的，特别是早晨到堰沟边敲开冰，在冰窟窿里洗红苕，手脚像被刀子割一样，难受得很。苦难中，父亲经常想：何年何月才能出头哟？盼望着有一天能熬出头来，能跳出苦海、报仇雪恨。

哪里有压迫，哪里就有反抗。父亲和长工们在地主阶级的残酷剥削压榨下，简直恨透了地主，想办法跟地主斗争。地主年年盘剥穷人，越来越富，最主要的剥削手段就是靠收地租和放高利贷。穷人没有吃的活不下去了，为了生存被迫向地主借高利贷。高利贷有半跟斗利、跟斗利，半跟斗利就是借一斗第二年还一斗半，跟斗利就是借一斗第二年还两斗。穷人借了高利贷，一辈子也还不清。地主的秤是有问题的，大秤进，小秤出，穷人是哑子吃黄连有苦说不出。当父亲和长工们听说地主的秤里灌了水银，就联合起来悄悄地把周发凤家里的秤偷出来砸断扔进了河里。周地主心黑手狠，吃人不吐骨头，想在长工中间个别收买人心，监督其他长工干活。长工们一个也不愿意替地主当狗腿子，干伤害自己同伴的事，周地主就命令长工打长工，挑起矛盾。比如，今天这个长工哪里不对了，周地主就叫另一个长工去打，明天那个长工做的事不如地主的意了，又叫这个长工来打。长工们看穿了地主的阴谋诡计，谁也不愿意出手打自己的苦难兄弟，地主拿他们没办法。天下穷人心连心，穷人向穷人，穷人帮穷人，父亲他们5个长工是很团结的，互相关心，互相帮助，一人有难，大家相帮，要是哪个长工被地主打伤了，其余的长工就帮着找酒、找药涂，还悄悄地帮他干活。

父亲是5个长工中年龄最小的一个，受到的关怀照顾最多，长工们把他当作小兄弟，经常向他伸出援手，这一切让父亲感动不已、终生难忘。

熬到1935年旧历年三十，父亲向地主请了假，回家过年看望父母。没有钱买年货，只能两手空空回到家里，这时祖母已从中坝回来，大姑也回来了，一家人正围着一罐溜清的稀饭，一碗酸咸菜“过年”。看见父亲回去了，祖母一把拉过父亲揽进怀里，端详着父亲，一边擦泪一边哽咽着说：“儿啊，你受苦了，受苦了！”然后赶紧给父亲舀了碗稀饭叫父亲快吃，大姑也搂着父亲一个劲叫“哥、哥”，还不停地往父亲碗里夹咸菜。看到这种情景，父亲鼻子发酸，咽下了原本打算向父母倾诉的许多话，将所有的苦痛和委屈全部压于心底，暗下决心：无论如何也要熬过这3年，等到抵债还清了账，家中就不会这么凄惨了。

这年正月十五耍龙灯，父亲上街看热闹，人太挤不小心撞着一个戴博士帽的人，那人不由分说踢了父亲两脚，又朝父亲脸上吐了两口唾液，骂骂咧咧扬长而去。当时父亲不敢开腔，可心中的怒火就像干柴着火般熊熊燃烧。父亲恨王地主，恨周地主，恨那个戴博士帽的人，恨那些有钱有势欺压百姓的人。父亲想不通穷人的命为什么就那么贱，那么苦！那个时候，父亲还认为穷人受苦、受欺压是命运的安排，是命中注定。参加红军后父亲才懂得不是命运注定，而是黑暗的社会制度造成的。

从放牛娃成长为红军战士

1935年4月，红四方面军攻占了彰明，把父亲从水深火热中拯救出来，从此，父亲扬眉吐气，过上了当家做主人的生活。地主往日的威风没有了，周发凤也被红军抓起来了，他的儿子小地主逃跑了。父亲参加了乡苏维埃组建的一支游击队，这支游击队有二三十人，儿童占多数。每天，父亲扛着梭镖跟着游击队到处打土豪，斗地主，分田地。

一天，红四方面军的一个宣传干事来到父亲的村庄做扩红宣传动员。他对乡亲们说：“红军是共产党领导的队伍，不打人，不骂人，是专为穷人打天下的，实行耕者有其田，人人有饭吃，人人有衣穿，人人平等，同志多亲爱……”听着宣传干事的话，父亲感慨万千：是啊，要不是红军来了，打倒了地主，自己肯定还在地狱中受煎熬，还在受地主的剥削压迫，是红军将自己从苦海中救了出来，我们穷人才成为真正的人。父亲从内心深处感谢共产党、感谢红军，下定决心参加红军，跟着红军走。宣传干事话音刚落，父亲便高喊：“我要参加红军！”随着父亲的喊声，一下子便有几十人踊跃报名参军。父亲参加红军时还不满14岁，个子没有枪高，被分在红四方面军第九军七十六团三营八连当勤务兵。部队首长和战友们都很关照父亲，使他感受到了革命大家庭的温暖。

1935年5月底，红军撤离彰明、中坝，向北川、茂县、杂谷脑、达维、懋功方向转移。临行前，父亲将自己参军前为红军挑粮得到的两块大洋交给大姑姑，让她转交给祖母。在一个伸手不见五指的漆黑的夜晚，父亲随部队出发，开始了一年半的长征历程。当时父亲年龄尚小，记不清经过的地方和地名，只记得部队是经光武山、火盆山一带往茂县、杂谷脑方向前进，然后又到达维等地区，从中坝出发后就是长行军二十几天，白天走，晚上走，走的地方全是些偏僻的山旮旯，山高路陡，人烟稀少，非常荒凉，有时走半天也见不到一个村庄，沿途多险峻的高山和湍急的河流，还有茂密的原始森林以及数不清的杂木丛生的乱石坡。行军走到茂县，发生了一件让父亲记忆深刻、终生难忘的事。父亲因长途行军又渴又饿，在老乡的杏树上摘了两个杏子吃，为这事连长罚父亲在驻地举枪两个小时。举完枪后父亲问连长为什么摘了两个杏子吃就要被罚举枪。连长给父亲讲了红军的纪律，讲了三大纪律、八项注意，并告诉父亲红军是穷人的队伍，要爱护穷人，不能随便拿老百姓的东西。父亲明白了道理，后来再没做过违反纪律的事。

部队在茂县作短暂休整，筹集了苞谷、麦子等干粮后又继续行军。一路上生活十分艰苦，饿了吃两把麦子，渴了喝两口冷水，人也非常疲倦，队伍一停，站着都睡着了。但就是这样苦，这样累，父亲也感到比帮人强，比帮人好。父亲就是这样一步一步跟着红军走到底的。

离开茂县走了一段时间，部队翻越长征途中的第一座雪山。父亲弄不清山名，我查了资料，这座雪山应该是虹桥山。当时山下还很热，走路都冒汗。连长见父亲瘦弱矮小，怕他上山后扛不住寒冷，在临上山前给他弄了一件大衣，父亲却认为这么热的天哪需要什么大衣哟，根本不相信山上会有多冷，没有要连长给的大衣。连长把大衣给了其他需要照顾的人。上山前，连长、指导员分别做了动员讲话，要求战士们要做好抗严寒的思想准备，要团结互助，一切行动听指挥。上午10点钟左右部队开始上山，起初还不觉得怎么冷，可是越往上走越觉得寒气逼人，路也越来越陡，又溜又滑，路的两边就是陡峭的雪崖，稍不注意就会滚下山崖，掉进雪堆，掉进深渊。一路上，父亲亲眼看见有好多同志掉到崖下被雪堆淹没了，不少马匹也掉下了山崖。到了中午时分，气候突然变化，狂风“呜呜呜”地呼啸着，夹杂着飞扬的雪花铺天盖地向父亲他们袭来，吹得人睁不开眼睛、站不稳脚跟。大家冷得浑身哆嗦，都把毯子拿出来披在身上，但也抵不住奇寒的袭击。战友们互相鼓励着，搀扶着，咬着牙关一步一步往上攀，越往上空气越稀薄，父亲感觉喉咙里像堵了一块东西，连气也喘不过来了。山顶上全是厚厚的积雪，白茫茫的一片。到下午三四点钟下山时，父亲和战友们已被冻得身不由己了，上下牙不停地“磕磕”着，手脚不停地发抖，浑身不停地发抖，每一个人都在抖，神经完全不听使唤了。有的同志实在扛不住了，想坐下歇口气，可是坐下去就再也起不来了。见此情况，首长下令大家不准坐，叫一个拉一个快速下山。父亲的连长带头拉着队伍下山，下山后又拉着队伍继续跑，全连战士一个拉一个一直跑了十几里路身上才渐渐暖和过来。这天晚上，来到一个地方，除几间破房子外，啥都没有，炊事班的同志不知在哪弄了一斗麦子，刚下锅，前面集合号吹响了，战士们只好一人舀一碗生麦子出发。大家一路走一路嚼生麦子，嚼得一嘴的白浆浆，碰到小河沟，捧两捧水一喝又继续赶路。

过了这座雪山，部队晓行夜宿、日夜兼程，继续往西向指定地点挺进。当赶到懋功时，红一方面军与红四方面军的先头部队早于6月14日在懋功会过师了。首长向战士们传达了中央会议精神。父亲听了传达后，晓得了一、四方面军会师后党中央决定北上抗日，要过水草地，到甘肃、陕西建立革命根据地。

部队在懋功休整了几天，又出发了。前往卓克基、松潘、毛儿盖方向，那一带是半耕半牧的藏人集居地，人烟稀少，粮食匮乏。这时，天气越来越冷，父亲他们都没有御寒的衣服。途中又翻越了一座雪山，这座雪山也很大，上山要走四五个小时，下山要三四个小时。

过了这座雪山，就要过水草地了。父亲及战友们每人准备了7天的干粮，都是些炒胡豆、炒豌豆、炒麦子、炒青稞之类的杂粮。父亲他们过了两次水草地，去的时候走了7天，倒回来时走了3天3夜。

松潘草地位于青藏高原与四川盆地的连接段，纵横600余里，面积约15200平方千米，海拔在3500米以上。由于排水不良，潴水而成的牛轭湖星罗棋布，并形成大片的沼泽。沼泽就是我们四川人喊的烂包田，其间，盘根错节的水草结络而成片片草甸，覆于沼泽之上。这里无路可循，部队只有在藏族向导的指引下，踏着草甸缓慢前行。人马稍有不慎，将草甸踩穿，便会陷入沼泽，遭遇灭顶之灾。父亲他们连队就有好些战士陷进了沼泽，越陷越深，根本拉不起来，也没有人敢去拉，你去拉连你一起陷进去，曾经有战友试图去拉，结果也陷了进去。眼睁睁地看着战友的头顶渐渐被烂泥淹没，大家都很着急、很难过，但又没有法子帮助战友脱离险境。

水草地气候恶劣，年平均气温在零度以下，风雨雪雹来去无常，时而晴空万里、烈日炎炎，时而阴霾蔽日、电闪雷鸣。部队进入水草地后，正是草地的雨季，突如其来的瓢泼大雨，终日不停的连绵阴雨，使得父亲和他的战友们整天整天地只能穿着湿淋淋的衣裤行军。晚上，只有找到有树林子的地方才敢宿营。每到宿营地，父亲他们是多么希望能有一堆火烤烤衣裤、暖暖身子啊，但那只是一种奢望！每个人身上都湿透了，连火种也保存不下来。

有一次宿营后，父亲的连长为了弄到火种，跑了5里路。父亲曾和几个战友试着搞原始的钻木取火、棉花取火，结果因湿气太大都没有成功。

没有火烤，父亲和战友们只好穿着湿漉漉的衣裤宿营，大家挤在一起，你靠着我，我挨着你，相互借助战友身上的体温抵御凛冽的雨雪风雹，以度过寒冷彻骨的漫漫长夜。

水草地几百里没有人烟，父亲他们带的干粮有限，沿途又得不到补充。干粮吃完了，父亲他们就找来野菜、野菌子吃，找树皮、草根吃。但很多时候，找不到可以吃的东西，父亲他们饿呀，就掰下榆树枝啃树枝充饥。榆树皮都被前面部队的战友们剥下来吃光了，有时连榆树枝也找不到一点，实在饿得不行了，很多战士包括父亲就把自已的皮带也煮来吃了，一次吃一小块，一次吃一小块，还要精打细算。父亲说，那个时候，要是能找到车前草吃就是最好的了、最奢侈的了。

父亲在回忆这段经历时说过这样一句话："过这几天水草地，日子不好过呀，真有度日如年的感觉，太艰难了。"但父亲他们从没有被困难吓倒过，心中始终只有一个信念：走出水草地就是胜利！党号召"北上抗日下决心！"父亲他们确是下了最大的决心，再苦再累也要北上！北上抗日不当亡国奴！父亲和战友们都在用最大的毅力坚持着，盼望着早一天走出水草地。

可是就在父亲他们已经接近黄河尾子，还有一天就要走出水草地的时候，部队接到了返回的命令。部队接到命令后连夜往回赶，再次通过已艰苦跋涉过来的茫茫水草地。这二过水草地就更加艰难了。

父亲他们经过3天3夜急行军终于走出了水草地，连续赶路又来到那座不知名的雪山下。这一次部队是打着火把登的山，攀到山顶时都快下午了。父亲和他的战友们几天几夜没有合眼，加上肚中饥饿，身上寒冷，一个个都被搞得头昏眼花脚发软，走起路来高一脚矮一脚偏偏倒倒稳不住桩子。尽管山上寒气逼人冷彻肺腑，但极度的疲劳还是让一些战士控制不住自已一路走一路打瞌睡，一会儿发现掉了一个同志在雪崖下，一会儿又发现少了一个同志。直到天黑，才下了这座雪山。以后，父亲所在部队就到了达维、丹巴一带。

达维、丹巴一带纵横千余里，均为深山穷谷，人口稀少，以藏族居多。由于长期的民族隔阂和国民党反动军阀的反共宣传，老乡都跑光了，他们把粮食全部藏到了山上，牛羊也赶上了山。缺粮成了父亲他们的最大问题。那时正是梨子成熟的季节，那一带梨树特别多也特别大，有的梨树大得两个人都合抱不拢，一棵树可摘几百斤甚至千把斤梨子。父亲所在的连队每天都派一二十个人去摘梨子。有一段时间，父亲他们就天天吃梨子，那时部队已经没有盐吃了，大家是多么想吃一点有盐味的东西呀，但那只是一种奢望而已。

梨子吃完了，父亲他们就漫山遍野找野菜野果，只要是能吃的、无毒的都在采集范围。后来连队又派人上山打野牛野羊，战士们一天三顿吃牛羊肉，没吃上几天，一个个牙腮全肿了，肿得嘴巴都张不开。以后，父亲他们打垮了反动头人领导的武装，多次进山反复向老百姓宣传党的政策，并以实际行动证明红军是穷人的队伍，是人民的子弟兵，是不会侵害藏民利益的。

父亲他们摘的梨子、南瓜、海椒等都是作价付了钱的，钱就给老乡放在树下或地里，并附张字条进行说明。慢慢地，老百姓都陆续回来了。老百姓回来后，不但给部队送来粮食、牛羊，还帮红军背水砍柴，什么都干，不叫他干他还非干不可。父亲说这一带的少数民族有个特点，服胜不服败，他们的武装被红军打败了，认输了，所以对红军佩服得不得了。

10月下旬，父亲随部队翻越夹金山，夹金山海拔4000多米，山上终年积雪，气候怪异，当地老百姓管夹金山叫“神仙山”，说山上有山神镇守，除了神仙，鸟儿也难飞过。当时山下已是朔风凛冽，山上更如冰窖一般，父亲他们身着单薄衣衫，硬是靠着坚强的毅力翻过了夹金山。过了夹金山，部队就向天全、邛崃方向挺进。此时父亲已经到了一营，原来所在三营因减员太大并进了一、二营。途中，父亲连队在一个叫浦堤椏嘴的地方打了一个大胜仗。父亲说这个地名也不知记得准确不准确，他记得浦堤椏嘴下面就是油榨沱，他们连队打了胜仗后在油榨沱住了三天，油榨沱附近有一条河，每天晚上国民党军阀的炮弹都吊得“咚咚咚”震天响，多数炮弹落在了河里，把河水溅起几丈高。这次胜仗，父亲连队三十来个人凭借险恶的地形和大雾天击败了军阀的三个团和一个加强营。当时父亲所在连队有六十多个人，掉队二三十人，所以只有三十来个人参加战斗。父亲也是掉了队的，具体战斗情况是听参加战斗的指导员、连长讲的。父亲满含敬佩地对我说："我们的指导员是山西人，姓啥记不起了，他一个人拿马刀砍了17个敌人。当把敌人追下坡时，我连只剩几个人了，连长、通讯员、打旗兵都负了伤，敌人还想反扑，连长大喊：'一营向左，二营向右，三营跟我来！'通讯员、打旗兵随着连长的喊声甩出一排手榴弹，炸死一大片敌人。因是大雾天，什么也看不清，敌人不知我们底细，吓得丢盔弃甲掉头就逃。这次战斗结束后，我们连首先补充了武器、服装，其余战利品统统送到了团部。"

以后，父亲所在部队就一直在芦山、天全、雅安一带徘徊周旋，天天打仗，伤亡很大。父亲说他记得天全是从那里过，雅安没打进去，部队离雅安十二里，攻不进去就撤退了。在邛崃的高兴场，国民党薛岳部队有一个师在那里和我军打，阻止红军行动。父亲所在的一营就在高兴场一带与敌军周旋了两个多月，掩护主力部队撤退。在一次战斗中，父亲连队一个排打得只剩五个人了，最后排长命令其余四位战士从山上往山下滚，自己掩护战友撤退，那四个战士全部滚到山下的铁篱笆刺笼里，衣服裤子被挂成巾巾，浑身被锥得稀烂，不久听到一声手榴弹响，那位排长与敌人同归于尽了。父亲讲到这里的时候眼睛里含满了晶莹的泪花。

在与敌人拼杀周旋的日子里，父亲他们过着极其艰难的生活。从出水草地后就缺盐，父亲他们已经几个月没有沾盐巴了。粮食给养严重匮乏，野菜和棕老壳芯芯成了父亲他们的主要食物，偶尔能吃上炒了的干苞谷就算是"打牙祭"了。战士们个个拖得筋疲力尽，饿得面黄肌瘦，父亲的连长看了难过得掉泪。一天，不知从哪儿跑来一头牛，连长以为是野牛，开枪把牛打死了，全连战士吃了一顿，结果连长受了处分，以后被带到军部。父亲说他再也没有见着连长了。

1936年3月初，父亲随部队撤离高兴场，往西康方向的道孚、炉霍、朱倭、甘孜一带行进，第二次翻越夹金山。这一次是在隆冬季节，气候更加恶劣，行军也更加艰难。父亲和战友们硬是靠着坚强的毅力，冒着严寒，顶着风雪，翻过了这座“鸟儿飞不过，神仙也不攀”的大雪山。

途中，经过一座叫上金寺的喇嘛庙。父亲说庙里有一口大锅，两个人接起站都到不了锅顶，有两三米宽，当地藏民都信奉佛教，每年都要在这个庙里办庙会，喝这口大锅里烧的水，说是喝“神水”，喝了一碗一年都不生百病。

就在这座喇嘛庙的附近，父亲所在部队被一支由坏人操纵了的藏民武装大约千把人围困了一个礼拜，里三层外三层，围得水泄不通。父亲他们出不去，没有水喝，没有饭吃，把山上的高粱秆、高粱壳都磨成面面吃了充饥。后来，上级派了一个营来解救父亲他们，打死了那个反动营长，消灭了一半的敌人，父亲他们才得以脱离险境。这一仗后，躲在山上的藏民都下来了，主动帮父亲他们挑水做饭，还给父亲他们送粮食来。红军撤走后，父亲听说那座喇嘛庙被烧了。

上金寺脱险后，部队继续赶路，天天行军，所走之处全是偏僻荒凉的不毛之地，不是高山就是险滩，路难行、桥难过、山难攀，稍不留神就会摔下悬崖或葬身鱼腹。父亲及他的战友们每天都在与死神搏斗，每天都在提着脑壳干革命。特别这一带河流湍急、沟壑纵横，各种原始惊险的渡河交通工具让战士们胆战心惊。父亲说他印象最深的最难过、最危险的桥就有三种，一种是铁索桥，一种是篾索桥，一种是独木桥。所谓铁索桥就是用几根铁链子连接两岸架成的桥，人在铁链子上走，就像打秋千，一会儿浪过去，一会儿浪过来，左右晃荡，难以平衡，一不小心掉下去就被汹涌的河水卷走了；所谓篾索桥就是用篾条、纤绳编扎的浪桥，人走在上面左摇右晃，篾索不断发出“嚓嚓嚓”的响声，就像马上要断了一样，吓人得很，父亲说篾索桥虽很危险，但比起铁索桥要好过些；所谓独木桥，就是将一根碗口粗的木头架在河的两岸，一根光溜溜的木头又细又圆，又没扶的东西，人走到中间，看看下面湍急的流水，只感到眼睛发花、头昏目眩，两腿打战，有很多战士都是骑在独木桥上一点一点挪过去的。

长时间的行军，父亲的草鞋又烂了，以往都是战友们帮助他，将备用的草鞋送给他穿。这一次父亲见战友们一个个疲惫不堪的样子，再也不好意思给他们添麻烦了，决心自己动手编草鞋。父亲把仅有的3条裤子中最烂的那条撕了来打草鞋，再加上一些棕皮，在炊事班班长的指教下，花了一个晚上的时间，打了拆，拆了打，终于打成了自己亲手编织的第一双草鞋。第二天行军，父亲穿着自己打的草鞋，心里美滋滋的。以后，父亲的草鞋烂了都自己编，再也不用麻烦战友帮忙了。

到道孚以前，部队又要翻过一座雪山。父亲他们已经多次翻越雪山，有了一些经验，所以并不感到紧张。这座雪山父亲听说叫党岭山，他说是不是这个名字他也搞不清楚。我查了资料，就是党岭山。父亲说党岭山下有一个温泉，水温还比较高，有四五十度。父亲他们已经很长一段时间没洗澡了，上山前，父亲和好些战友都在温泉里痛痛快快洗了一个澡。和父亲一起洗澡的炊事班班长洗完澡后坐在一块大石头上抽烟，他对父亲说："明天翻雪山，有两杆好烟，把它抽了，下午还不晓得吃不吃得到饭。"当时大家都是提着脑壳干革命，过了今天还不知晓能否过到明天的想法很普遍。父亲听了炊事班班长的话后对他说："班长你真会开玩笑，人不吃饭咋个得行？"万万没想到，在翻这座雪山时，炊事班班长光荣牺牲了。党岭山是长征途中父亲他们翻越的最大的一座雪山，位于青藏高原，海拔5000多米，即使在气候炎热的夏季，山顶积雪依然存在，白皑皑一片。进入寒冷的冬季，更是朔风凛冽，一派冰雪世界，气温低至零下三四十摄氏度。父亲他们就是在这隆冬季节，来到了冰雪覆盖的党岭山下。为了不在山上过夜，父亲他们凌晨两点就打着火把开始上山，随着海拔的上升，空气越来越稀薄，父亲几乎是走一步跌一跤，走一步跌一跤，靠着战友们的相互搀扶，磕磕跌跌往前走。严寒冻裂了父亲及战友们穿着草鞋的双脚，鲜血渗透草鞋，在冰道上留下一条条血迹斑斑的长龙。下午三四点钟，父亲他们终于登上山顶，然后赶紧下山。就在下山的时候，背着一口大行军锅的炊事班班长脚下一滑摔了下去，锅边把班长的头割了下来，鲜红的血把白皑皑的雪山染红了一大片，炊事班班长连话也没有说上一句就停止了呼吸。大家心里非常难过，父亲更是悲痛，想起炊事班班长上山前说的话，禁不住悲从中来眼泪像断了线的珍珠吧嗒吧嗒往下淌。这是一位多好的同志啊，每次行军他总是背着一口大行军锅，平时就是再苦再累，他也要想方设法让战士们吃上一口热饭、喝上一口热汤，对父亲这样的娃娃兵，他更是给予了无微不至的关怀和照顾。炊事班班长的优良品质对父亲的影响很大，父亲站在炊事班班长的遗体前暗暗下定决心：一定要继承先烈的遗志，发扬光大烈士的光荣传统，将革命进行到底。

翻过党岭山，部队到了道孚，那里的老乡几乎全跑光了，只留下极少数人。许多战士由于长时间的行军打仗、劳累跋涉、忍饥挨冻而病倒了，瘟疫在部队蔓延，大批的人得了伤寒、痢疾、胀鼓病。父亲也病倒了，拉红白痢疾，止不住，被送往九军军部医院住院治疗。医院是借老乡的房子临时建起来的，住满了病号。医院条件很差，设备简陋，也没什么药品，伤病员只有吃点草药。父亲被送到医院时已病得奄奄一息，瘦得皮包骨头，住进了特别号。住特别号的都是些快要死的人，准备往外抬的了。

一天，父亲正处于半昏迷状态，朦胧中感觉有人来看望他，他努力睁开眼睛，但看不清来人的面孔。那人告诉父亲他认得父亲他们是老乡，给了父亲一颗药，说是吃了这颗药能止住就好，止不住就只有死。这真是一颗神药，一颗救命的药，父亲吃下这颗药后，第二天竟奇迹般地止住了拉，几大后渐渐恢复了神志，也能下床拄着棍子慢慢走动了。父亲病愈后到处打听这位老乡的去向，但一直没打听到，只听说他是一个中医，上前方去了。

父亲在医院住了十几天，刚能走路就要求出院了。出院后，父亲找不到自己的部队了。原来，父亲住院期间，部队进行了整编，因减员太大，许多军事单位被重组合并，父亲原在的部队七十六团改编成二七四团，已经离开道孚向西康方向开拔了。

父亲重病刚愈，身体非常虚弱，走路靠拄棍子，找不到原来的部队，就随其他部队往朱倭前进，那时掉队的人很多，不管哪支部队都要收留掉队的同志。父亲体弱走得慢，今天跟这支部队走，明天跟那支部队走，一路上风餐露宿，饿了吃把炒麦子，渴了捧口路边的积水喝，走不动了倒在地上躺一下，就这样走走歇歇，300多里的路程父亲整整走了十几天。到朱倭后，红军大学的一支后勤部队收留了父亲，父亲就留在了那里，每天的工作任务是放牦牛、硝羊皮。硝羊皮是采用的土办法，硝出的羊皮用来做背心，为北上做准备。

1936年7月，部队离开朱倭北上。留下部分老弱病残就地安置，父亲也在其中。对上级的这一决定，父亲说什么也不愿意接受，不愿意留下，当时就暗下决心：就是爬也要爬到陕北！等部队前脚一走，父亲后脚跟到就追，追了三天，追上了部队。首长见父亲意志坚决，终于同意将他留在部队，安排他到牵牛队赶牦牛。就这样，父亲赶着一群牦牛跟着部队一块儿北上，进入了一望无际的大草地。

父亲已经是第三次过草地了，前两次过的是水草地，这一次是过旱草地。千里旱草地，一望无涯，人迹罕见，满目荒凉。旱草地没有沼泽，隐藏的危险比水草地少，但路也不好走，尽是石头草桩。这次过草地，准备要充分一些，吃的、穿的都比过水草地充分，父亲他们赶的牦牛就是供部队在路上吃的。父亲说，这次过草地，好在他骑了十几天牦牛，要不然的话他是肯定走不出草地的，因为他重病刚愈，身体虚弱得很。

和父亲一起赶牦牛的有五六个人，都是些十四五岁、十五六岁，和父亲年龄差不多的红小鬼，当时部队首长把赶牦牛的建制称为“牵牛队”。父亲他们赶着100多头牦牛跟在部队后面走。有一头菜牛很温顺，父亲每天行军都骑着它。部队进入大草地后，每天到了宿营地，各个连队就来领一头牦牛去杀。这样一路走一路杀，100多头牦牛十几天就杀完了。部队在这段时间每天能吃两顿牦牛肉，中午就吃自己带的干粮，规定一天吃的干粮不能超过7两，过草地天长日久，要做长远打算。

牦牛杀完了，父亲只有走路了。父亲和几个赶牦牛的小战士跟着后勤部队走，天天都是80里的路程，走了几天，父亲渐感体力不支，加上草鞋烂了，就掉队了。掉队后，父亲打着光脚板顽强地沿着大部队前进的方向走，沿途的石块草桩把他的脚划得鲜血长流，父亲顾不了那么多仍然咬着牙艰难地向前进。一天，父亲碰见一个掉队的女同志，他们互不相识，但当那位女同志看见父亲血肉模糊的光脚板时，立即把自己备用的草鞋、毛袜送给了父亲。父亲穿上这双渗透着同志友爱的毛袜和草鞋，一下子觉得脚有力了，走起路来轻松了许多。父亲在回忆这件事时对我说："当年，在我们红军战士中，同志之间的感情是非常真挚的，互相关心，互相帮助，根本没有什么钩心斗角。同志有了困难，想方设法为其分忧，哪怕自己挨饿受冻，也要把仅有的一点粮食、衣物分给战友。那时要求也很简单，只希望到了宿营地能喝上一碗热水，能找个干燥点、背风点的地方睡觉，也就心满意足了。"

父亲穿着战友送的鞋袜，带着战友的深情厚谊，终于追上了部队。跟着部队走了几天，在杨花桥这个地方，遭遇一支少数民族武装的突然袭击。这支武装隔着一道河向红军射击，两人负伤，父亲腿部负伤，一名姓高的战士腰部负伤。卫生员用盐水给父亲洗了伤口，然后包扎起来，没有药敷，也没有担架，父亲带着滴血的伤口拄着棍子一瘸一拐地跟着部队继续赶路。后来，父亲又掉了队，跟几个十四五岁也是掉了队的小战士结伴一起往前走。

行军路上，父亲看见一位战友因生病发高烧冷得发抖，他不顾自己受伤的身体，毫不犹豫地把自己的毯子给那位战友披在身上，叫他到了宿营地后再把毯子还给自己。可是到了宿营地后，这位战友却没来，可能是病倒了，也可能是牺牲了，父亲只知道他是天全人，叫什么名字不知道。从那以后，父亲晚上宿营就没有毯子盖了。

一天晚上，父亲一行来到一片树林宿营，看见一棵树下已经睡了一个人，盖着一床毯子。父亲的一个小伙伴钻进毯子和那个人一起睡，因为太累倒下就睡着了，父亲他们几个人都没有毯子，就挤在一堆，你靠着我，我挨着你，互相用体温取暖。父亲和战友们挤在一起送走了漫漫长夜，第二天清晨，父亲的那位小伙伴醒了后才发觉他挨着睡的那位战友已经牺牲了。父亲他们非常震惊也非常难过，将牺牲战友的毯子仍然盖在他身上，一人捧点泥土、干草堆在上面，又继续赶路。

在追赶队伍的路途中，父亲他们断了3天粮。一路上，看见地上掉的一颗豌豆、一粒麦子都赶紧捡起来放进嘴里就吃。偶尔遇到有老乡打了的麦草、青稞草，就弄来使劲搓，希望能搓出几粒粮食来。如果能搓出几粒麦子或者几粒青稞，那就算父亲他们运气好了，但多数时候是一粒麦子、一粒青稞也搓不出来。在这人迹罕见、村庄稀落的大草地上，要想找到一点吃的东西，真是比登天还难。有时碰上几户人家，可是人都跑光了，粮食全部藏了起来，一点吃的东西也找不到。父亲他们一个个饿得头昏眼花脚发软，走起路来偏偏倒倒、软绵绵地提不起劲，而且父亲的伤口还在发炎、还在不断地往外渗血。面对饥饿和伤痛，父亲他们没有屈服、没有被击垮，而是互相鼓励着，你牵我一下，我拉你一把，相互搀扶着继续坚强地向北走。一天，父亲他们来到了一条河边，河水又宽又深，挡住了去路，父亲心想这下完了，过不了河了，正在大家犯愁的时候，来了3个骑马的人。父亲说可能是首长，也可能是收容队的同志，见父亲他们几个唉声叹气地过不了河，就叫父亲他们骑在马上把他们带过了河，河水都淹到马背了。过了河，父亲他们向3位同志道了谢，继续追赶部队，终于赶上了妇女排。妇女排的同志和父亲很熟，父亲在朱倭红军大学赶牦牛时，她们经常来帮忙，帮着赶牦牛、硝羊皮。父亲他们赶上妇女排时，她们刚开饭，看父亲他们去了，赶紧招呼着给父亲他们一人舀了一碗青稞面糊糊。这碗青稞面糊糊，对于断了几天粮的父亲他们来说，简直比山珍海味还好吃。吃了饭，有劲了，父亲把掉队的经过谈了谈，妇女排的同志就叫父亲他们几个跟她们一起走。跟着妇女排走了几天，父亲因伤口发炎又掉队了。掉队后，父亲仍然顽强地往北走，走了一天又一天，终于走出了草地。这时父亲的伤口也开始愈合结痂了，但落下腹痛的病根。

在岷州附近，父亲被一个叫“四局”的单位收留。四局是什么单位父亲说他搞不清楚，反正里面尽是些十三四岁、十五六岁的小战士。四局领导派父亲到一个单位去喂马，父亲就去这个单位当上了马夫。为了喂好马，晚上父亲就跟马睡，把马拴在身上，人睡着了，马也卧下吃草，马有什么动静，父亲立即警醒，起来给马添料喂水照料它们，有时一晚上要起来好几次。

父亲以认真负责的态度和吃苦耐劳的精神将马匹喂得油光水滑，膘肥体壮，保证了马匹的战斗力。尽管父亲晚上因照料马匹耽误了瞌睡，但却从没误过行军，每天天不亮父亲会准时起来跟着部队赶路。这样一路行军，经甘肃的半棵城、王庄、会宁等地向陕北前行。一路上，国民党的飞机不断轰炸，每次都是一二十架飞机。

父亲他们到达会宁时，红一、二、四方面军早已在会宁会过师了。父亲他们在会宁住了两天，遇上国民党飞机轰炸会宁，很多人被炸死了，房子也炸倒了，父亲他们住的地方也被炸塌了，幸亏父亲和他的几个战友躲在土炕边才幸免于难。

离开会宁后，父亲他们继续往陕北前进。时间已是1936年农历十月间了，十冬腊月，天气寒冷，打霜下雪，父亲只穿两件单衣服，两条单裤子，打一双光脚，战友们都是这样，最好的也就是有一双草鞋穿，一路上吃了很多苦头。

让父亲印象最深的是过河连湾。河连湾在洪德城附近，当地人叫“七十二道水不干”，意思是刚过了一道河湾，脚上的水还没干又接着过另一道河湾，这样一个接一个一共有72道河湾。父亲说河连湾硬是难过啊，走这一天比走十几天还恼火，光脚板踩在冰冷刺骨的水里，起初还觉得像刀子割一样钻心地痛，后来走呀走的脚就完全失去了知觉麻木了，像木头一样只知道机械地往前迈。穿草鞋的同志，草鞋帮子结起了一层冰，走起路来“刷刷刷”地响，马的蹄子也冻得起了凛冰。每一个人的眉毛、胡子都成了白的。在这样恶劣的气候环境下，父亲和战友们心中只有一个信念：坚持到陕北就是胜利！也就是靠着这个信念，父亲他们咬紧牙关走过了这“七十二道水不干”的河连湾。

过了河连湾，父亲和战友们的脚被冻得裂满了冰口，有的冰口大得像小娃娃张着的嘴巴。为了防止冰口越裂越大，父亲他们在宿营时找来羊尾巴，将羊尾巴放在火上烧化，让羊油一滴一滴滴进裂开的冰口里，然后用针线把张开的裂口强行缝拢来。第二天照样行军。

一天，父亲他们和一支陕北红军相遇了，大家像见到久别重逢的亲人，高兴地抱成一团，亲热得就像一家人。陕北红军见父亲他们一个个衣衫单薄破烂，不顾寒风刺骨立即将自己身上穿的衣服脱下来给父亲他们穿。父亲拿着陕北红军给的衣服，激动得热泪盈眶，穿在身上，一下子觉得温暖了许多。陕北红军还派人教父亲他们做小米饭，父亲他们这些南方人不会做小米饭，都是连壳壳一起磨了煮糊糊吃。在陕北红军的帮助下，父亲他们终于做出了香喷喷的小米饭。

告别了陕北红军，父亲他们又继续北上。陕北这个地方，到了11月已经大面积结冰了，河里也结了冰。一路上父亲他们与严寒搏斗，与无数的艰难险阻搏斗，终于在1936年年底到达了陕北保安，当时党中央就设在保安。到达了日思夜盼的地方，战友们相互拥抱、欢呼雀跃，场面非常感人。

到保安后，上级发给每人一件棉衣、一双单鞋，父亲和战友们高兴地跳起来，好久没穿过棉衣、没穿过鞋子了，总算熬出来了！一行行热泪顺着父亲的脸颊滴在了棉衣上，滴在了鞋子上。父亲把身上的衣服脱下来换上新棉袄。父亲身上是个什么状况呢？满身的冰口，血肉模糊，没一块好肉。脱下的衣服又是什么状况呢？经北风一吹即刻变得硬邦邦的，放在地上都立得起来，那是因为衣服上浸透了父亲的汗水，沾满了父亲身上冰口中渗出的血水脓水而致。父亲说："看看这件立得起的衣服，可想而知当时环境的恶劣、气候的寒冷，也可以想象，我们流了多少汗，流了多少血，才能使这件衣服立得起来！"

一年半的长征生活，锻炼了父亲的意志，磨炼了父亲的筋骨，坚定了父亲的革命信念，使他从一个放牛娃成长为一名坚强的红军战士。漫漫的长征路上，留下了父亲一串串坚实的脚印，洒下了父亲一滴滴殷红的鲜血、一颗颗辛劳的汗水。父亲和严寒斗争，和饥饿斗争，和疾病斗争，和伤痛斗争，和一切困难斗争，掉了队又追赶队伍，掉了队又追赶队伍，凭着坚韧的毅力坚定的信仰以及初生牛犊不怕虎的精神终于战胜了重重困难，到达了陕北。为此，父亲感到自豪，我为父亲感到骄傲。父亲就是我心中的丰碑，是我学习的榜样。

延安岁月

父亲到保安后，一种回家的幸福感油然而生，心情舒畅，对一切都感到新鲜，对什么都想学。当时的陕北还是一个很贫穷的地方，气候干燥寒冷，地广人稀，土地贫瘠，粮食作物以小米、黑豆为主。由于供给不足，部队生活非常艰苦。尽管生活艰苦，但父亲他们却感到从没有过的充实和快乐。父亲他们刚到陕北时，住在保安。住的是石洞，洞在半山腰上，上去得用手抠着石崖爬上去，有一二层楼高，一个洞住10多个人。吃的是小米、黑豆混合面做的糊糊，没有蔬菜，几个盐豆子就是下饭菜，后来混合面也没有了，就光吃黑豆，用一点盐把黑豆煮熟了吃，按定量每人每天一斤煮熟的黑豆。父亲说陕北的黑豆不好吃，涩口，每个人吃黑豆都把嘴巴吃得漆黑。穿的也很单薄，当然比起长征途中要好得多，每人就穿一件空心棉袄，没有衬衣。被子也很薄，一点点棉花，亮光都透得过来。有时候晚上实在太冷了，大家就起来猛跑步，跑热了穿着棉衣盖上被子倒头就睡。生活虽然艰苦，但战士们仍然斗志昂扬，热情乐观，没有一个叫苦，没有一个喊累，一天三操两课，学政治、学军事、学文化，个个生龙活虎，人人积极向上。

1936年底西安事变后不久，父亲被分到凉水庵联络站工作。那时，党中央已从保安迁到了延安，全国各地大批的热血青年、开明进步士绅纷纷奔向延安，寻求救国救民的真理，他们将延安看作是革命圣地，“要抗日到延安去！”成为青年人的口头禅。为了保证来延安人员的生命安全，党中央在沿途设了很多联络站，负责接待护送他们。父亲告诉我说当时根据地的地盘有22个县，地方广阔，人烟稀少，有的县城只有两家商店、一家饭店，交通很不方便，行路也很艰难，而且时有土匪、特务武装出没，护送任务非常危险，也非常艰巨。

父亲到凉水庵联络站报到前，按照上级要求集中在延安学习了一个星期的政治课，教员专门讲了联络站护送人员的目的和意义，要求大家对来人要客气，要懂礼貌，要遵守三大纪律、八项注意，不要做丢共产党、丢中国人脸的事。通过学习，父亲懂得了很多革命道理，也明确了自己在联络站应该怎么做。

凉水庵联络站位于陕西、山西两省交界的黄河边上，是过了黄河进入陕北的前哨站，站里有15个人，任务就是接待、护送从山西方向来往陕北延安的革命人士、青年学生、开明士绅以及其他愿意到延安看一看的人，将他们安全护送到延川联络站。然后延川联络站再把他们送到下一站，这样一站一站地往前送，一直送到延安。凉水庵联络站距延川联络站有80多里路程，都是崎岖不平的山路，而且经常有土匪、特务的武装出没搞破坏骚扰。为了将一批又一批的热血青年安全护送到延安，父亲和战友们付出了无数的辛劳，甚至鲜血和生命。一次，护送途中遭遇土匪，父亲用身体为被护送人员挡子弹，军帽被打穿一个洞，父亲的举动得到被护送人员的赞扬和感激。为了安全护送来人，站长每次至少派3名战士护送，如果送的人多就派5名或者更多一些，战士们全副武装，扛一挺机关枪。送的人如果年纪较大就让他骑马，年纪轻的就和父亲他们一起走路。

在护送人的过程中，父亲和战友们都做到了热情大方、有礼貌，从没和人吵过架，也没要过人家送的东西。很多时候，被护送的人看父亲他们穿得单薄，生活艰苦，而且不怕吃苦，不顾个人安危，主动要送父亲他们衣物或者送钱，父亲他们都婉言谢绝，并再三向他们说明红军战士是不能拿群众一针一线的，这使得许多人啧啧称赞，感叹不已。

有一次，护送一位清朝的老秀才，他问父亲："你这么小为什么要当兵？"父亲说："为了穷人不受压迫，为了不当亡国奴。"他听后很感慨，专门写了一首诗送给父亲，可惜父亲当时识字不多弄不懂诗的内容，以后把他写的诗也搞丢了。

还有一次，护送一位诗人，这是一位老迂夫子，习惯于一边吃饭一边吟诗写诗，一顿饭就要吃两个多小时。护送他时，他骑在马上和父亲他们摆了一路的龙门阵，临分手他激动地对父亲他们说："我跑了那么多地方，没看到有哪个当兵的像你们这样吃得苦，这样不计报酬。"

在父亲他们护送的人当中，也有一些故意挑刺的，说陕北这也不好那也不好。遇到这种情况，父亲及战友们就心平气和地对他说："你说我们这里不好你就不要来嘛。"使得挑刺的人不好意思再抱怨。还有一些人不理解父亲他们，想不通父亲他们为什么生活这么艰苦还乐意干，而且还干得这么欢？父亲他们就告诉这些人穷人求解放和抗日救国的道理，给他们讲长征途中红军战士为了中国人民的解放事业、为了北上抗日，爬雪山过草地、吃树皮草根、不怕苦不怕累、流血牺牲、英勇奋战、前仆后继的动人事迹。这些人听了很受感动，向父亲他们竖起大拇指，问父亲他们："是哪个教你们这样做的？"父亲回答："是共产党教育我们这样做的。"每当这种时候父亲也很自豪："是啊，如果没有共产党的教育哺养，我这个斗大的字不识几个的小长工、放牛娃哪里懂得到这么多革命道理哟！"

凉水庵这个地方很偏僻，人烟稀少，平时也没什么娱乐活动。父亲他们每天除完成护送任务外，有时也学学文化，但更喜欢上山打猎。凉水庵联络站除站长年龄稍大外，其余的战士都很年轻，都是些十六七岁和二十几岁的小伙子，一个个活泼好动，空余时间经常相约上山去打猎，晚上还去逮鸽子，用火把照着逮，有时一晚上可以逮几十只鸽子。如果打猎有收获，就能改善生活，来往联络站的人员也可享享口福。

有一次，黄河发大水，父亲和几个战友跑到河边看涨水，远远地看见一条黑乎乎的东西陷在沙滩上，跑拢一看，原来是条大鲢鱼，足有100多斤重。父亲他们高兴极了，七手八脚忙乱了一阵，把这条鱼抬回了住地，准备美餐一顿。谁知剖开鱼肚子后看见里面有2个金戒指、4个铜钱，还有一些人头发。大家都不敢吃这条鱼的肉了，抬到集市上卖了，换了两只羊吃。父亲说："那时我们就是这样，生活虽苦，但又很快乐，很乐观，我们从来也没悲观过。"

父亲他们和当地老乡的关系处得非常好，老乡经常给联络站送东西，尽管父亲他们再三推辞，可老乡却坚决要送，联络站只好收下照价付款。父亲他们也经常利用空余时间帮老乡做事，替他们挑水、浇地、收割庄稼。一次，老乡来站上反映说山上有一窝狼，专门叼羊，要求帮他们除掉这个祸害。父亲和他的一位战友花了半个月的休息时间侦察到了狼窝，一只母狼刚下了两只狼崽。一天，父亲和两位战友趁母狼外出找食的机会将两只小狼崽抱回了联络站。以后几天，母狼天天晚上都在联络站附近嚎叫，一听见响动它就跑了，根本抓不住它。

后来，父亲想了一个办法，在驻地外面挖了一个一人深、桌面那样大的坑，父亲和一位战友一人抱一只小狼崽蹲在坑里，然后地面上的战友将桌子反扣在坑上，只留几个小洞，父亲他们在坑内不断地拧小狼崽，小狼崽发出阵阵惨叫声，母狼循声来到桌子边，用爪子使劲刨桌子边缘的土，当母狼的爪子从事先留好的小洞伸进坑里后，父亲及战友赶紧用绳子拴住狼腿，其余的战友迅速从屋里跑出来活捉了母狼。老乡们听说活捉了母狼，非常高兴，一个劲地夸奖父亲他们。父亲说被活捉的母狼非常烈性，不吃喂给它的食物，几天后母狼和两只小狼崽都饿死了。

1937年“七七”卢沟桥事变后不久，父亲他们从凉水庵联络站撤到延川联络站，任务还是护送人到延安。延川是一座城市，父亲在那里第一次看到了无声电影，看见银幕上牛吃草，人抽烟，烟子直冒，觉得非常新奇，想不通这些人和动物是怎样钻进银幕里的。在延川，生活仍然非常艰苦，没有蔬菜吃，顿顿都以豆瓣酱当菜。父亲和几位战友就想办法下河抓团鱼为大家改善生活。父亲说那个地方的团鱼很多，只要掌握了团鱼的生活习性和规律，就能抓到团鱼，有一次父亲他们下河就抓了一箩筐。

不久，各个联络站撤销，父亲回到延安，被安排到陕甘宁边区政府招待科当勤务兵。后来招待科改为交际处。交际处的主要任务是接待南来北往的客人，客人来自祖国各地，也有外国友人。父亲的工作就是为这些客人服务。父亲说：“在这个单位条件就比较好了，接触面也宽了，还经常接触外国人。”在交际处，父亲学到了不少知识，也增长了许多才干。刚到交际处时，很多外地的方言话父亲听不懂，连土豆就是洋芋也不知道。有一次，一个浙江人问父亲“槽槽”在哪里，说了半天父亲也没搞懂，后来他做了一个下蹲动作，父亲才明白，原来他说的“槽槽”就是厕所。为了搞好接待工作，提高服务质量，父亲下了很大的功夫努力学习各地方言，热情接待好每一位来客。父亲说他在交际处看清了一个问题：那就是爱国的人多，外国人支持中国抗日的也多。

1938年秋，父亲调到边区政府做公务员，负责扫地、打开水、买东西等杂事。这年11月20日，日本飞机第一次轰炸延安，那天正好是星期天，延安街上人来人往，热闹非凡。早晨，父亲奉领导之命上街买东西，大约在上午十点钟的时候，突然听见急促的敲钟声和枪声，一声接一声，父亲不知道出了什么事，一打听才知道是跑警报，日本飞机轰炸延安来了！父亲先跑到南街，抬头一看飞机是从西安方向来的，估计飞机要先经过南门过来，于是赶紧折回来往小西门外跑，小西门离宝塔山很近，父亲刚跑到小西门洞里，飞机来了，扔下一串串炸弹把南门给炸了。南门有个马房，几十匹马、骡子全被炸死了，很多人也被炸死了，炸死的人当中有正在炒菜的厨师和正在吃饭的人，因日机来得太突然，大家都没有思想准备。西山也被炸了，西山有个新华书店，因为是星期天，很多学生来书店买书看书，那些正在买书看书的学生也被炸死了，有的被炸得只剩下一只手或一只脚，现场惨不忍睹。炸后的延安，到处一片瓦砾焦土，断壁残垣。父亲说那时我们只有一挺高射机枪，绑在树上扫射敌机，因火力太小没起到什么作用。当晚，中央机关、单位、学校等都迁到城外山沟里。第二天，日机再次空袭延安，因有了准备，群众有序疏散隐蔽，除一些房屋受损外，没有一个伤亡。

此后，延安城成了一座空城。中央机关搬到杨家岭，毛主席住在枣园，朱总司令住在王家坪。边区政府仍在南门外。日本侵略者的狂轰滥炸，吓不倒英雄的延安军民，在党中央和边区政府的领导下，军民齐动手，重建延安城。延安城里的房子几乎全被拆光了，该修什么还修什么，都修到城外去了。父亲告诉我，为了躲避日机轰炸，军民们在延安城周围的山沟新挖了很多窑洞，并逐步修建成石窑洞，各个窑洞相通，日机一来，人们就跑进窑洞，只要有一个口子没被炸倒，问题就不大，藏在里面的人就是安全的。父亲所在的陕甘宁边区政府本来就在南门外的山脚下，离延安城有一里多路，日本飞机轰炸延安后，父亲他们靠山开挖了一排窑洞，日机来了，在家的人都往窑洞里跑。父亲说他喜欢往山上跑，趴在山上，看那明晃晃的炸弹一个一个往下掉。

自日本飞机轰炸延安后，父亲就调到边区政府警卫连当战士。当时边区政府正准备修建一个能容纳100多人开会的小礼堂，警卫连负责在城里拆房子，再把拆下的木料往回抬。一天中午，指导员安排父亲和另一名战士守护拆下的木料，自己带领其余战士一人扛一根木头回去吃饭。指导员他们走了不到一个钟头，忽然响起了防空警报，父亲两人赶快跑到南街十字路口石牌坊下面的一个工事里隐蔽起来，这个工事很坚固，藏好后父亲伸出头往外看，发现石牌坊正对着他们的掩体，如果飞机把牌坊炸塌，后果不堪设想，于是父亲赶紧拉着战友跳出掩体往外跑，跑了四五十米，看见两个单人掩体，刚跳进去，一排炸弹就把石牌坊炸塌了，一块弹片从父亲头顶上呼啸而过，头发立时烧焦了，头皮火辣辣地痛，红肿了一大片。从那以后，父亲的头皮上尽长些像脓疱疮一样的红包包，几年才好，好了以后一直都不敢留头发，只要头发稍长长点头皮上就要长红籽籽，痒痛难忍，直到晚年父亲才蓄起了头发。

敌机扔过第一批炸弹后，父亲两人立即跳出掩体往山上跑，等解除警报后才下山。当父亲两人来到炸塌的牌坊前时，连长、指导员正带领战士们在那里使劲地挖，原来他们以为父亲两人被埋在牌坊下面的工事里了，一下子看见父亲两人出现在面前，战友们喜出望外，高兴得把他们举了起来。通过这件事，父亲说他得出一个经验，不管干什么事都要先看一看，动动脑筋，千万不能马马虎虎。

从1938年11月20日到1941年8月19日，日军飞机十七次空袭延安，飞机架次从七架次到七十一架次，轰炸时间从一天一次到一天数次直至轮番轰炸。面对敌机的轰炸，父亲他们有了经验，也就无所谓了。飞机来了，躲进窑洞或山上，飞机走了，大家就背起箩筐去捡弹片。当时边区政府缺铁，用弹片打的锄头还快得很。同志们风趣地说："你来炸嘛，我们的铁还起了坎了。"有一次，父亲他们刨出一个没有爆的炸弹，这个炸弹很长，要两个人才抬得起，父亲小心翼翼地下了引火帽，把里面的硫黄火药弄出来交给边区政府造弹药，弹壳则拿去炼铁。

从1938年底开始，侵华日军逐步将主要军事力量转向中国共产党领导下的抗日根据地，对根据地实行“烧光、抢光、杀光”的“三光”政策。同时，国民党顽固派也不断掀起反共高潮，加紧封锁与破坏抗日根据地。1941年，抗日战争进入最艰苦的时期，由于敌人的经济封锁，陕甘宁边区政府的财政经济陷入极端艰难的困境，任何物资都运不进延安，延安物资紧缺，军民生活困难。为了战胜日本侵略者和国民党顽固派的进攻和封锁，克服抗日根据地的物资困难，党中央提出了“精兵简政”的政策，号召大开荒，开展大生产运动，搞生产自救，以减轻人民负担。精兵简政的意见是党外人士李鼎明先生提出来的，李是满清举人，开明绅士，以后当了边区政府的副主席。父亲亲历了陕甘宁边区政府的精兵简政和大生产运动，目睹了精兵简政和大生产运动给陕甘宁边区带来的新气象。

父亲告诉我：陕甘宁边区政府原来有五百来人，精兵简政后减少到二百来人，收庄稼时只有一百五十人，各项工作照常进行，一个人干两个人的工作甚至三个人的工作。精兵简政下去的人都充实到基层、连队，或者到边区政府办的农场去开荒种地。他熟悉的文书科原来有六个人，精兵简政走了三个，剩下的三人工作非常繁忙，每天要将文件和新闻用钢板刻写并油印出来，第二天一早发出去，天天如此，每天晚上不超过两点他们是不会上床睡觉的，早晨照样和大家一样，一起起床做操，还要参加礼拜六的劳动。在延安，中央机关和边区政府的所有人员包括毛主席每个礼拜六下午都要参加半天劳动。

为了持久抗战，粉碎敌人的经济封锁，毛主席早于1939年2月就发出“自己动手，丰衣足食”的号召，由此拉开了陕甘宁边区大生产运动的序幕。1942年，党中央提出“发展经济，保障供给”的方针，将陕甘宁边区党政军民人人参与的大生产运动推向高潮。通过轰轰烈烈的大规模的生产运动，彻底扭转了边区政府财经困难、物资短缺的困难局面，粉碎了敌人的经济封锁。

在这场中国共产党领导的史无前例的大生产运动中，父亲和边区政府警卫连的全体战友们生龙活虎地、热情高涨地投入进去，为大生产运动贡献了自己的一份力量。陕北这个地方土地辽阔但很贫瘠，大山上有成片的荒地、树林，山上野兽很多，野果子也多，有的杏树两人都合抱不拢，一棵树就可摘千把斤杏子。当地老乡都是搞烧荒种地、轮种，今年烧荒种这片，明年烧荒种那片，粮食作物以小米、黑豆为主。大生产运动开展后，父亲所在的警卫连每天都抽出三分之二的人上山开荒，开荒的面积很大，种的作物也很多。每天，炊事班把中午饭送到地里，战士们吃了饭又接着干。

刚开荒时，生活非常艰苦，粮食不够吃，每人每天只有7两粮，每顿的小米糊糊都可以照见人影。开荒种地之前，每人每天有3分钱的菜金，开荒种地后就没有菜金了，吃菜全靠自己种。连队天天都派几个人去挖野菜、采野果，以此补充粮食、蔬菜的不足。艰苦的生活、高强度的劳动没有吓倒父亲和战友们，他们一边劳动一边憧憬着丰收后的喜悦。虽然很累，但个个都很乐观、很好动，只要有点空闲时间，就邀约上山打猎、掏野蜂窝、采摘野果子。

一天，父亲他们正在开荒，从山那边来了一群野羊，父亲的一位战友对父亲说："你要是能一枪打着一只野羊，我就敢一口气把它背回去。"父亲一枪打过去，一只野羊应声倒下，大家都以为野羊被打死了，那位战友遵照诺言就去背羊。谁也没想到那只可恨的野羊只是负了重伤并没有死，它苏醒后一口咬掉了那位战友的一只耳朵。事后，连部严厉地批评了父亲及他的战友。父亲也感到很内疚，真诚地向受伤的战友道歉，那位战友并没有责怪父亲，他们之间依然战友情深。

父亲他们在开荒种地的辛勤劳动中，不时打只野兔、野羊什么的，以此来改善连队的伙食，大家都很高兴。一次，父亲发现一棵大枯树上有一窝山蜂子，他约上几个战友去掏蜂窝，他们用纸裹着混合的火药辣椒面，点燃后用烟熏山蜂子，山蜂子经不住熏呛，全部飞走了，父亲找来一把大斧头，劈开枯树，从里面取出了两挑蜂蜜，挑回去让战友们痛饮了一顿。

夏天，父亲他们上山开荒种地。到了冬天，冰天雪地，开不了荒，种不了地，连队就组织打猎队上山打猎。父亲他们这支打猎队有6个人，个个精明强干、枪法神勇，为了能多打猎物，父亲他们不顾天寒地冻满山寻觅野兽踪迹，有时为了狩猎，在冰天雪地里一蹲卧就是几个小时。

有一天，父亲他们一次就收获了两只狍子、几只獐子。父亲说最不好打的要数野猪。山上野猪特别多，一群一群的，没人敢惹它们，因为野猪要咬人而且是群咬，只有瞅准机会才能打。野猪虽然不好打，父亲他们还是打到几只。有一次，打到一只大得很的野猪，4个人才抬得动，野猪背上还嵌着一把生了锈的斧头，父亲说可能是野猪小的时候被人砍的，带着这把斧头长到了这么大，真有趣。

当父亲他们把野猪抬回连队时，战友们都欢呼起来，个个竖起大拇指高喊："打猎队真棒！打猎队真棒！"父亲在回忆这段往事时对我说："当时我们乐意干这些事，也不怕冷。我们在冰天雪地里打猎的时候，从没想到过要得多少报酬，要得多少钱。"

按照上级规定，各单位开荒种地后第二年4个月不吃国家公粮。有些搞得好的单位，种一年粮食能吃半年甚至一两年，这样就不用吃国家公粮了。父亲所在的警卫连，不仅上山开荒种粮食，还种了不少的瓜菜，还喂了猪，养了羊。开荒第二年，战士们的生活就逐步得到改善提高，随着收获的不断丰富，连队将吃不完的猪羊肉、瓜果蔬菜拉到市场上去卖，这样一来，连队的经济也宽裕了许多。

开荒种地以后，吃粮吃菜靠自己种，穿衣服也靠自己做，因为敌人的封锁，被服运不进延安，保证不了供给。这年冬天，边区政府发给每人一斤半羊毛，号召自己动手做棉衣。父亲学着别人的样子，把瓦片磨了钻个小孔，用根筷子吊起来捻羊毛，毛线捻好后，再拣点树根和着毛线一起煮，将毛线染成泥黑色，然后自己动手做棉衣。父亲第一次做棉衣，做一件就花了半个月的业余时间，袖子上了6次还是歪的，棉衣做起没穿多长时间，羊毛就一坨一坨地梭下来挤在了一堆。父亲只好拆了重做，拜做得好的同志为师，在他们的耐心指点下，父亲终于成功地做好了自己能穿的第一件棉衣。父亲说："那个时候，穿一件衣服都是一件不容易的事，干革命就是这样，不是像有些人想象得那么轻松容易。”

父亲自打到警卫连后，几年中从来没有过过礼拜天，每个礼拜天都要到山上背木炭，来回80多里路，负重七八十斤，早晨天不亮就起床，带两三个窝窝头就往山上走，往往背回木炭的时候天都黑了。几年中的星期天父亲都是这样度过的。父亲告诉我，他背木炭时认识了张思德同志，他们是四川老乡，又都是红四方面军的，张思德比他早两年参加红军，是中央警卫团的战士。张思德为人忠厚，作风朴实，待人诚恳，工作认真负责，对父亲就像大哥哥一样。1944年，张思德在山上烧木炭时牺牲，噩耗传来，父亲悲痛万分。父亲要求我们认真学习毛主席的著作《为人民服务》，以张思德同志为榜样，将为人民服务作为自己工作中的座右铭。

1943年，父亲调到边区政府粮食局给局长杨玉庭当警卫员。父亲到粮食局后，经常跟随杨局长到各地检查农业生产情况，陕北的各县都跑遍了，耳闻目睹了陕甘宁边区军民积极开展大生产运动，自力更生，丰衣足食的许多动人事迹。所到之处，一派生机盎然，庄稼绿油油，牛羊满山坡。

大生产运动以前和刚开始的一段时间，可不是这样，到处是一片荒凉景象，粮食问题更是一个严重的问题。大生产运动后，情况发生了根本变化，各机关、部队、学校都自己开荒种粮、种菜，自己养牛、养羊、喂猪，不仅粮食不定量了，而且解决了菜蔬和肉食的问题。广大军民精神振奋，斗志昂扬，再不为吃饭穿衣的问题发愁了。

特别是父亲随杨局长到南泥湾，亲眼见到了三五九旅的指战员吃大苦、耐大劳、流大汗、出大力把南泥湾变江南的感人场面，深受教育和鼓舞。

1941年3月，三五九旅的指战员来到野兽成群、人烟稀少、方圆百里都是荒山烂泥滩的南泥湾，白手起家，开荒种地，开展了一场轰轰烈烈的、史无前例的军队大生产运动。部队去南泥湾时，向边区政府借了四个月的粮食，保证当年还清。来到南泥湾后，战士们先在荒山野岭上搭起临时的简易三角棚，解决住宿问题。晚上，成群结队的狼围着一个个三角棚此起彼伏地嚎叫，为了防止狼伤人，战士们在三角棚周围烧起一堆堆篝火，以火吓狼。开荒种地，完全是白手起家，锄头都没有一把，部队发动战士们自己捡铁炼铁打锄头。那时军队里工匠齐全，木匠、铁匠什么都有，各人发挥各人的作用。战士们四处收集废铜烂铁，把庙里的一口大钟都砸了，烧化炼铁打成锄头。一个人一天至少要开4亩荒地，挖一两亩的不算完成任务。锄头有一尺多宽，人在坡下往坡上挖。战士们相互之间的劳动竞赛更是搞得热火朝天。经过官兵的辛勤劳动，南泥湾发生了翻天覆地的变化，原来的荒山秃岭披上了绿色的新装，牛羊成群，肥猪满圈，鱼鸭满塘。粮食根本吃不完，不仅当年还清了借政府的粮食，以后还年年向政府上交公粮。战士们住进了新窑洞，上面一排，下面一排，一排排整整齐齐的窑洞非常漂亮。父亲说，这就叫自力更生，这就叫丰衣足食，军队和老百姓都高兴，谁见了谁都会振奋！

南泥湾的巨大变化让父亲更加深刻地理解了大生产运动的伟大作用和意义。父亲告诉我，对于开荒种地，也不是人人都能理解的，也有人想不通，认为我是来抗日的，天天开荒种地不如回家种地，有的人往前线跑，中途又被送回来了。父亲说起初他也闹不懂为什么要搞大生产运动，以后才明白。首先，搞大生产运动是为了粉碎日本侵略军和国民党反动派的经济封锁，为了保障人民的生活和抗日部队的供给，巩固根据地。其次，军队不打仗，去开荒，也是为了保存实力，这些人出去以后，最小也是一个排长、班长，不然，以后我们的地盘扩大了哪来那么多干部呢？同时，大生产运动还锻炼了广大军民的意志，坚定了大家的革命信念，使大家学到了不少本领。

大生产运动，除了开荒种地，还要纺棉花、纺线、捻羊毛、纳鞋底等等。干纺线、捻羊毛、打鞋底之类的活，对于父亲他们这些粗手大脚的男同志来说，确实有一定的难度，但不会就学嘛。才开始干这些活的时候，一些手巧的女同志就来教父亲他们，渐渐地大家都会做了。干这些活都是利用空余时间干，而且有一定的规定，也有激励机制。父亲说他记得纺1斤一等线的报酬是1斗米，纺1斤二等线的报酬是5升米，捻1斤粗羊毛的报酬是3升米，打1双鞋底也是3升米，所得报酬，百分之七十归集体，百分之三十归个人。归集体的部分也就是个人向边区政府上交的公粮。

父亲说："干革命，不但自己不吃公粮，还要交公粮，这在世界上恐怕也只有中国共产党领导的八路军才能做到。"干纺线、捻线、纳鞋底之类的活，手脚麻利的同志干得快一些，特别是女同志，而有的同志干得慢一点，比如打鞋底，有的同志两个晚上就可以打1双，有的同志却要花五六个晚上才能打1双。但不管干得快还是干得慢，每一个人都在尽自己的努力干，每一个人都生怕自己落后于人。父亲在大生产运动中学会了捻羊毛、纺棉花、做棉衣、打鞋底等活，而且干得很好。

父亲说他第一次拿到自己捻羊毛的劳动报酬后，去买了一盒牙膏。在此之前因没钱买牙膏从来没有刷过牙膏，第一次刷上牙膏，那满嘴的白泡泡让他觉得牙膏味实在香甜极了。

1944年，杨玉庭局长到中央党校学习，把父亲也带去了，带父亲去党校做公务员，为参加学习的首长们服务。那时中央党校有1000多人学习，一部分是老地委书记以上的大官，多数是司令员；第二部分是团以上的干部；第三部分是马列主义学院、艺术学院的知识分子、文艺界人士；第四部分就是一些老革命、老红军等等，主要是学文化；第五部分是区级以上的干部。培训干部，这是党中央的战略方针，正因为我们有了干部队伍的基础，所以全国解放后区长、县长、省长都有了。父亲说这些道理是他以后才知道的。

到了中央党校后，父亲被统一分配到二支部当公务员，任务是烧开水，赶着牲口外出驮水。父亲刚到党校时，一个支部有两个公务员。父亲说他服务的对象尽是些大官，这个司令那个司令的，但他们没有一点架子，个个和蔼可亲，每天，水烧开了，只要喊一声："打开水了！"首长们都自己来打开水，很遵守秩序。以后，开荒种地进入高潮，一半的公务员被抽去开荒，留在党校的公务员减少了，一个支部只留一个烧水的，全校统一的有几个驮水的，因此水每天就要控制使用了，首长们都很自觉，很注意节约用水。

父亲说在党校时吃的菜都是自己种的，人人动手种菜，菜多得很，吃不完。首长们也参加种菜，还规定了任务，一个人一季要交几十斤菜，超产部分按百分之四十发给个人，其余归党校食堂。每个人种菜都是利用空余时间，有的种西红柿，有的种白菜，有的种萝卜，品种很多。那时每一个人都要算一笔账，一天除了工作、学习能抽出多少时间纺线、捻羊毛、搞生产，自己订出计划，领导再根据你的计划下达生产任务。父亲自己算了一笔账，因为每天烧水起得早，所以一天只能抽出3个小时完成生产任务。这3个小时的生产任务是利用中午和晚上休息时间完成，捻羊毛、纺线、纳鞋底等随便你挑一样，父亲挑的捻羊毛。领导根据父亲的计划下达给他的任务是每月捻羊毛1斤半，年底一起算账，超产部分百分之三十归自己，其余交公。那时大家都争超产，没有哪个完不成任务的。首长们也有任务，每天中午、晚上和礼拜天，他们都在纺线、捻羊毛，没有一个人到处东走西走，没有一个人吹牛摆龙门阵。大家都在努力完成自己的生产任务，只听见纺车“呜呜呜”地叫，听不到其他什么声音。礼拜天，首长们还经常搞劳动竞赛，竞赛结束后，向优胜者奖励纺车、黄蜡等生产用品。

在中央党校，父亲除了完成工作任务、捻羊毛任务外，还经常挤出时间去开荒种菜，今天在这里刨一片土，撒下萝卜籽，明天到那里挖一块地，栽上西红柿。父亲说他种的菜还长得又多又好，仅一片土的红萝卜就收获了100多斤。父亲种的西红柿成熟得迟，人家的都红了摘了，父亲的还是青的，等人家的都吃完了父亲的才红，收获了迟熟的西红柿，除了交公，剩下的父亲都分给了同志们，与大家一起分享。同志们收获的蔬菜瓜果也分给父亲共享。1944年，父亲开了一亩多沙地，用平时种菜、捻羊毛积攒下的钱买了几斤花生种全部种了下去，收获了200多斤水籽花生，父亲将大部分花生交给了公家，自己留了少部分，卖了1000多块钱边区票，父亲说他发了“大财”。

1945年5月1日，父亲在中央党校二支部经沈吉清、陈国玉二同志介绍，光荣地加入了中国共产党，成为一名无产阶级先锋队战士。

进军东北

1945年8月15日，日本宣布无条件投降。中国人民经过14年浴血奋战终于取得抗日战争的伟大胜利。就在日本宣布无条件投降的第四天，父亲调延安干部大队给首长朱理治当警卫员，随他率领的干部大队到东北去。就要离开延安了，父亲依依不舍。父亲在延安生活工作了10年，早就将延安当作了自己的第二故乡，是延安的水土养育了他，使他这个参军时还没有枪高的红小鬼长成了一米八的大高个，是共产党的阳光雨露哺育了他，使他这个昔日的放牛娃成长为一名坚定的共产主义战士。

9月上旬，干部大队离开延安东渡黄河，经山西、河北挺进东北。从延安到东北，7000里路程，几乎全是步行，部队晓行夜宿，有时晚上也要赶路，走了三四个月的时间。一路上，父亲说他见到许多动人的事情，也见到一些新鲜奇怪的事，大大地开了眼界。在解放区，父亲他们的部队每到一处，都受到人民群众的热情欢迎，老百姓又是端开水，又是送鸡蛋，送果子，凡是好吃的东西都往父亲他们口袋里塞。各个兵站为了欢迎部队也忙成一团，搞得热火朝天，使父亲他们深受感动。

路途中，父亲第一次见到了铁路，了却了多年来的一个心愿。父亲说过同浦路是一个夜晚，那里是敌人的封锁线，部队已经过了铁路好几里了，父亲还不知道，去问战友，战友告诉他早就过了铁路了。父亲决定跑回去看看，战友对父亲说铁路前面不远就是封锁线劝他别转去，父亲仍然坚持跑转去几里路，终于看到了铁路。父亲看到铁路后先用手摸了摸钢轨，再趴在枕木上听了听，原来铁路就是这个样子，两根钢轨铺在木头上。父亲说他当时怎么也没想明白火车是怎样在铁轨上跑的。甚至担心火车会站不稳从铁轨上滑下来。父亲看了铁路后又回头追赶部队，追上部队后，一位战友告诉父亲再走一段路就可以坐火车了，父亲似信非信。以后部队经齐口、柳林子、新县、新洲、葛县、神池、五寨等地到了晋察冀交界处，从晋察冀到张家口果真坐了一段路的火车，虽然是坐的闷罐车，但父亲却感到很满足了。

到了张家口，部队住在一个兵站。父亲第一次到大城市，看什么都新鲜。张家口的人民群众对父亲他们很好、很热情，各剧院都免费让战士们看戏、看电影。父亲他们到剧院看戏，总是被安排到前两排就座，还给倒上一杯开水。父亲看到剧院里一排排整齐的椅子、漂亮的幕布、五颜六色的灯光，觉得很新奇。父亲说在延安看戏从来都是在露天坝看，刮再大的风也是站在那里看，没听说还有专门的影剧院。父亲说他们刚住进兵站还出了个大洋相，父亲与战友6个人住一间大房子，里面有电灯、电扇等设备，晚上睡觉时，一位战友出于好奇不知怎么搞的一下子把电扇打开了，又关不来，大家帮着捣鼓了半天，谁也没把电扇关住，又怕把电扇弄坏，只好让它吹了一晚上。那时天已很冷了，父亲他们只能任凭电扇风吹，一个个冷得裹着被子缩成一团。第二天早晨兵站的同志进来见父亲他们大冷天还在吹电扇，问是怎么回事，父亲他们不好意思说真情，只好说屋里空气不好开电扇吹吹。

部队在张家口休整了7天，乘火车到了承德。这次乘的是敞篷车，父亲他们只穿了件薄棉袄，冻得受不了，就在车上使劲跳，但也解决不了问题，最后大家的脚冻得连鞋也脱不下来了。部队在承德待了一天。父亲说承德这个地方很好玩，过去是皇帝避暑游乐的地方，那里有宫殿庙宇，庙里阴森恐怖，神像大得很。

离开承德，父亲他们又乘车到了辽宁的朝阳、义县，再由义县步行，经法库到吉林的洮南。进入东北后，到处一片冰雪世界，气温都在零下几十度，口水吐出去，在半空中就凝固成冰了。父亲的一位战友因为没有防冻经验，看见地上有根铁丝就去捡，结果手指的皮被铁丝粘去两块。父亲说没到东北以前听说冰上能过汽车还不太相信，现在身临其境，对东北寒冷的程度感受就很深了。

从义县到洮南，近千里路程，父亲他们干部大队跟在新四军的一个师后面走，一路上也打了几仗。战士们克服了缺衣少食等种种困难，与严寒斗，与饥饿斗，与国民党、土匪斗，终于胜利到达了洮南。部队在洮南住下后，建立了洮南军分区，军分区政委就是父亲警卫的首长朱理治，司令员是李银武。军分区成立后组建了警卫班，父亲任班长。

父亲他们刚到洮南时，困难重重，没有地方党组织，没有群众组织，没有人民民主政权，没有根据地，加之部队经过长途跋涉，非常疲劳，械弹不足，供给缺乏，没有粮食，没有鞋袜，没有御寒的衣被，很多战士都病倒了。但指战员们没有被困难吓到，在艰难的环境中，在洮南军分区的领导下，坚决执行党中央《关于建立巩固的东北根据地》的指示，把摧毁伪满政权，建立民主政府，发动群众，消灭土匪，肃清国民党的影响，建立扩大人民武装作为工作重点，深入到乡村开展工作，将各项工作搞得有声有色。

到洮南不久，父亲要求去当骑兵，政委和司令员同意了父亲的要求。父亲说，当时骑兵连只是个空架子，正在组建。由司令员的一个亲戚在负责，那个人是当地人，父亲去后协助他工作。父亲到了工作地点后，没几天就察觉到他扩兵的方法很不对，每天晚上都抓些人来吊打，威胁逼迫人家给他钱财。父亲坚决制止他的这种做法，严肃地警告他："你这样搞不行！我们是共产党的队伍，根本不允许你这样干，你扩的什么军？纯粹是敲诈勒索！"那人仗着自己是司令员的亲戚，根本不把父亲的警告放在心上，仍然我行我素，继续他的错误行径。父亲立即去找司令员反映情况，司令员不徇私情，查出他确实搞了不少私货，处分了他，把他弄走了。事隔两天，司令员调来张生音等3个关里来的同志，和父亲一起组建骑兵连。张生音同志抗战时期就是骑兵连连长，带骑兵很有经验。父亲他们4个同志经过研究，决定先扩充人员，张连长负责制订组建骑兵连的方案和落实马匹，父亲和另外两个同志负责招人。于是，父亲他们三个人一人拿一面锣到各街口、乡镇招人，一面敲锣一面喊："招兵了，中国人民解放军骑兵连招兵了！大家快来报名啊！"然后对围拢来的群众宣传革命道理，宣传共产党领导的中国人民解放军是如何为广大劳苦大众谋解放、如何为人民服务的，宣传穷人要翻身就应该参加自己的队伍，推翻黑暗的旧社会推翻剥削压迫自己的地主老财，宣传三大纪律、八项注意、官兵平等、同志友爱等。参军的人很踊跃，不到3天就扩充了七八十个人。

有了人，又没有枪，只有两把马刀。张连长叫父亲去找李银武司令员要两条枪看门。父亲去找司令员，结果被司令员骂了一顿，司令员数落着父亲说：“你们没长手吗？国民党军队里有那么多枪，土匪、特务手里有那么多枪，民间也有很多枪，你们不会自己去找吗？还好意思来找我要枪。扩军就是这样啰，人要自己去发展，枪要自己去找，没有决心就不要干！”听了司令员的话，父亲感到脸上火辣辣的，只好灰溜溜地回到住地，向张连长汇报了情况。

张连长召集父亲等4人专门开会研究弄枪的事，经过认真仔细地分析研究，决定先分头搞调查，弄清哪里有枪，再制订弄枪的行动计划。通过一个多星期的明察暗访，了解到一个曾给日本鬼子当过翻译官的人在日本投降后藏了一批枪支弹药，还有几匹好马。翻译官住在一个独院，他的老婆是日本人。父亲他们决定去找翻译官，叫他交出枪支弹药。那天，父亲他们4人另外带了几个可靠的人化装成老百姓到了翻译官的家，进门后即以迅雷不及掩耳之势抓住了翻译官，要他交出枪支弹药和马匹。起初这个家伙还狡赖，一口否定他藏有枪支。父亲他们反复向翻译官交代党的“坦白从宽，抗拒从严”的政策，并威严地给他指出：“你过去替日本鬼子干事，是民族的败类，死有余辜，现在只有交出藏匿的枪支弹药，补偿自己的罪过，才是唯一的出路，不然就只有死路一条！”马刀就架在翻译官的脖子上，吓得他浑身抖得像筛糠一样。这个翻译官在我党政策的强大威力震慑下，反复权衡了生与死的关系，最后终于交出了他藏的三十几条枪，一箱王八盒子，几箱子弹，还有几匹好马。鉴于翻译官的行动，父亲他们没有要他的命。

搞了这么多枪支，大家都很兴奋。如何发放枪支？是否每个扩充的人员都发给枪支？成为新的问题摆在父亲他们面前。经过研究，父亲他们决定对扩充的人员再进行一次详细的审查，审查合格的才发枪支。因为先前招收的人员很复杂，里面混进了一些伪警察、地痞流氓等不良分子，父亲他们人手少，时间紧迫来不及审查。

于是，父亲他们几个人又分头调查了一个星期，审查出50个人不合格，叫他们回去了。随后，父亲他们又深入到农村，充分发动群众，依靠贫雇农，在帮青会中扩充了一批人员，帮青会的成员都是些长工、雇农，阶级基础好，以这些人为骨干，不到一个月，就扩充到了120人，这就是一个连的人数了。不到两个月，枪支、马匹也补充齐了。只是武器不统一，有三八式、小口径、老套筒，还有王八盒子，因枪和子弹不合一，各人的枪只能装各人的子弹，枪不能乱放，只能按指定地点放，不然紧急集合拿错了枪就不能使用。

父亲他们经过两个多月艰辛而紧张的工作，终于白手起家组建了一支骑兵连。骑兵连组成后，正式编为中国人民解放军北满纵队骑兵师一团三连，父亲任司务长。父亲说："那个时候，当个班长、排长、连长都是件很不容易的事，人、枪都要自己去找，给你几个人就要叫你发展一连人，我们这个骑兵连就是我们4个关里去的同志扩充发展起来的。

在扩军中，我们充分依靠群众，依靠贫雇农，如果不是这样工作就无法进行。那时，我们这一片游击区，关里只去了几个师，都是干部架子。叫你当排长，你就自己去发展一个排的人、枪。叫你当连长，你就自己去发展一个连的人、枪。营长、团长也是这样。"

父亲在骑兵连任了3年司务长。3年中，父亲历尽艰难，千方百计搞好连队后勤保障，不管部队走到哪里，人能吃到热饭菜，马有好草料，保证了部队有旺盛的战斗力，这在战争年代是一件很困难的事。那时，父亲他们连队主要在游击区活动，也经常到敌占区，有时就在敌人的鼻子下，流动性很大，活动范围也非常宽，今天在这里，明天说不定就到了几百里外的地方了，因为马跑得快呀。

当时部队的粮食来源一是靠当地民主政权供给，靠老百姓供给，那时游击区的各县、区、乡都普遍建立了民主政权，但没有公开；二是到敌占区强迫伪乡长、土豪劣绅提供粮食。为了保证连队吃粮问题，父亲经常带领一个班到各处催粮、筹粮、征粮，遇到很多麻烦事，也经常遭遇土匪偷袭，经历了很多困难和危险。

让父亲印象最深的两件事是：一次，父亲带一个班去找一个伪乡长催粮，该伪乡长与土匪暗中勾结抗拒交粮，就在父亲找伪乡长催粮时，100多名土匪突然包围了父亲他们。面对险情，父亲沉着应战，指挥战士们集中火力扫射土匪，撕开一条口子后，父亲命令一名战士火速回去报信。两名战士押解伪乡长撤退，其余战士且战且退，全部撤退到附近的一座碉堡里。土匪将父亲他们占据的碉堡包围了整整一天。父亲指挥战士们打退了土匪的多次进攻。每次土匪一进攻，父亲就叫战士按住伪乡长的头塞出射击口，吓得伪乡长哇哇大叫，伪乡长一叫喊，土匪就不敢进攻了。坚持到下午太阳落山，张生音连长率部队赶来了，一个冲锋砍掉了一半土匪的脑壳，那个伪乡长的脑壳也被父亲他们砍下来了。杀了这个压迫村民、强奸妇女、无恶不作的伪乡长，老百姓拍手称快，高兴极了，都认为骑兵连为他们除了害、出了气。

另一件事是：一次，父亲带一个班去找我们自己的一个区长催粮，那个区长是从部队下去的，已经蜕化变质。父亲他们催粮，每到一个区都是吃派饭，那个区长故意把父亲他们派到一个吃不起饭的雇农家里，吃饭的时候，那家主人端出用高粱壳壳、萝卜缨缨做的饭，抱歉地对父亲他们说："家中确实没有粮食，哪怕有一点点，也决不会让你们吃这样的饭。"从他的谈话中父亲看出他对区长是很不满意的。父亲看到这家老乡的生活这样苦，心中很难过，同时也很奇怪，当即回到区长住的大院询查原因，正巧碰上这个区长摆了一桌酒菜在吃，鸡鸭鱼肉样样齐全，区长见父亲去了，压下心中的惊慌，嬉皮笑脸地请父亲一起吃饭，父亲没买他的账，愤怒地质问他："老百姓家中揭不开锅，你却在这里大吃大喝，你还是不是共产党的区长？还管不管老百姓的死活？"一席话说得那区长面红耳赤张口结舌开不了腔。父亲决定先不忙催粮，到村上把事情了解清楚，看看这个区长到底是怎么回事。原来这个区长与他住那个大院地主的女儿勾搭上了，严重丧失了阶级立场，地主大院里两排房子堆满了粮食，由于有这个区长撑腰，就是一粒也不交出来。父亲当即叫战士通知缺粮的老乡到这个大院来扛粮食，那个区长不敢阻拦，地主就更不敢阻栏了。老乡们兴高采烈来扛粮食，一共扛了五车，他们一边扛粮一边议论，称赞父亲为老百姓办事向着咱穷人；谴责那个区长心眼不正包庇地主光是坑害穷人。以后父亲把这个区长的情况反映到县里，县里处分了这个人，另外派了一个区长来。

父亲说他们在征粮时，是严格按照党的政策办事的。除了对伪乡长、土豪劣绅的粮食是硬提外，其余不管是到区、乡政府征粮，还是秋收季节到老百姓家征粮，都是打了收据的，收据盖上父亲刻有“吴英德”三个字的私章就作数，以后他们就凭收据抵交公粮。

父亲他们入关后，为了开辟建立巩固革命根据地，经历了一场艰苦卓绝的斗争。入关初期，土匪猖獗，人民群众深受其害。上级要求发动群众工作从清剿土匪入手。父亲他们骑兵连在很长一段时间内主要任务就是剿匪。当时，东北的匪患泛滥成灾，名目繁多的各类土匪，或几十人一股，或数百甚至上千人一股，割据一方，为非作歹，残害百姓，土匪对地理环境非常熟悉，消息灵通，活动诡秘灵便，全部是马队。为了摸清土匪行踪，父亲他们依靠当地群众，化装侦察，潜伏等待，掌握有利战机，给土匪以毁灭性打击，打得土匪抱头鼠窜，无处藏身，人民群众拍手称快。

1947年春，父亲的连队奉命到内蒙古剿匪，当地人叫“打红胡子”。那里地域辽阔，人烟稀少，往往方圆几十里都没有人家，地形以沙漠为主，也有一些丘陵和高山。这里的土匪有一部分是被我骑兵部队从东北境内赶过来的，有一部分是长期盘踞在此占山为王的，都是一些亡命徒。在与土匪的频繁交手中，父亲连队打了不少恶战，牺牲了好些战友。在东北与内蒙古交界的土金县一带，父亲部队收编了一个团的土匪。这伙土匪武装的团长是蒙古族人，他率众土匪在土金县一带与我军对抗，打了两年。父亲所在的骑兵部队去后与他交了几次锋，打得他丢盔弃甲溃不成军，后来这个土匪团长投降了。根据我党的政策，这个土匪团长投降后仍安排他当团长，俘虏了他的人枪也一个不少归还他，整编时，父亲部队又派些同志到他的部队做政治思想工作，通过整编将这支土匪武装改造成了人民的武装。

经过我军一年多的反复搜剿，穷追猛打，至1947年5月，东北境内的土匪除九万余人被国民党收编为正规军外，其余七万九千多人全部被歼，剿匪斗争取得基本胜利。

父亲说他到东北后感受最深的是东北人民在日本鬼子的铁蹄蹂躏下生活太苦了，东北人民遭大罪了。日伪统治时期，侵略者采取移民政策，将老百姓东一户西一户移到指定的屯子，少则一百户，多则五百户，进行集中的法西斯式的管理，造成几十里无人烟的凄凉景象。侵略者害怕老百姓造反，规定七家人合用一把菜刀。老百姓只有种田的义务，没有吃饭的权利，种的粮食必须全部交给“皇军”，再由“皇军”搞所谓的“粮食配给”，配给的粮食全是掺了大量沙子、石子的高粱，而且数量很少，根本不够吃。老百姓没有粮食吃，就只有吃高粱壳壳、萝卜缨缨，吃野菜。过年吃一顿水饺，这在北方是最传统、最讲究的了，哪怕是黑面、荞子面，老百姓都要想方设法借一点过年包顿饺子吃，但不敢白天吃，只能在夜深人静时偷偷地吃，如果不慎被鬼子汉奸发现，就要被抓去当劳工。因为按“皇军”规定：吃大米白面就是经济犯。老百姓没有人生自由、言论自由，一举一动都受到伪乡长和他的爪牙们的严密监视，谁要稍有反抗行为即刻就会被抓去当劳工修铁路，直到修死为止，劳工们两人拴一条脚链，一人栓一只脚，想跑也跑不了。日伪统治时期，老百姓遭了殃，伪乡长等一帮汉奸走狗、地主老财却发了国难财，他们的大院里粮食堆积如山，连烤火都是烧的苞谷，这帮禽兽宁肯将粮食扔进火里也不给吃糠咽菜的穷人吃。老百姓恨日本鬼子、恨汉奸走狗、恨日伪政权，硬是恨得咬牙切齿，因此他们在反日伪政权的斗争中也非常坚决，一旦觉醒了，就铁了心跟着共产党走。

发动群众是开辟建立东北革命根据地的基础。如何将群众发动起来，是父亲他们到东北后的重要工作内容。父亲他们到东北的头一年冬天，部队在本溪湖一带活动，雪深得很，踩下去都有两尺多深。为了更有利于接近群众，父亲他们响应上级领导的号召，脱下皮大衣、脱下毛皮鞋，穿上当地农民的衣服和乌拉草做的鞋子下乡发动群众，与人民群众打成一片，利用各种形式和场合向广大人民群众宣传我党的政策：打土豪，分田地，肃清汉奸力量，剿灭土匪，放手发动群众，扩大人民武装，建立各级民主政权，人民当家作主过上好日子。

当时，国民党反动派也在争夺民心蛊惑民众，他们告诉老百姓只有等到中央军来了才有好日子过。很多老乡被迷惑了，整天盼的是中央军，而对共产党领导的部队却心存疑虑很不理解，这给父亲他们开展群众工作带来很大的困难。

父亲印象很深的是有一个村子，当他们第一次去时，老乡不欢迎，父亲他们向老乡借水桶为老乡挑水，老乡都不肯借，也不让部队借宿。晚上，父亲他们就在野外露宿，尽管天寒地冻，战士们冻得彻夜难眠，也没有一个人去动老乡的一根谷草。父亲他们用自己的实际行动证明共产党的部队是一支爱护穷人的队伍。第二次，父亲他们再到这个村子时，情况就完全变了，老乡们热情欢迎，给战士们烧炕铺炕，挑水做饭，拿出最好的东西招待战士们，年轻人都踊跃报名要求参军。

原来父亲他们走后，这个村来了一连国民党军队，也就是老乡们盼望的中央军。这些兵进了村后到处抢东西，搜刮民财，强奸妇女，坏事做绝，老乡们恨不能一刀宰了他们。对比中，老乡们深切感到只有共产党领导的解放军才是他们的救星、他们的希望，而对国民党的中央军则是由盼望到失望到痛恨。父亲告诉我，当时在老百姓中流传着这样两首民谣，一首是“想中央，盼中央，中央来了更遭殃”，一首是“先是先遣军，后是光复军，先抢后光”，就形象地说明了老乡的思想转变过程。

父亲他们在发动群众的过程中，始终坚持耐心细致的思想工作，坚持自觉遵守三大纪律、八项注意，坚持关心群众的生活和疾苦，帮助群众解决实际困难。每年春节前，父亲的连队都要到敌占区搞粮食，搞到粮食后分给穷苦百姓，帮助他们度过年关。

随着工作的深入，随着土地改革的胜利完成，广大的人民群众被充分地发动起来了，人民踊跃参军、踊跃交公粮、踊跃支前……正是因为有了人民的支持、人民的拥护、人民的参与，东北解放战争才真正成为一场人民战争。父亲在他的回忆录中写道："老百姓拥护我们，支持我们，这是革命取得胜利的根本保证。日本投降时，蒋介石狂妄叫嚣三个月消灭共产党，结果三年把他赶到了台湾。东北国民党军队号称六十万，什么六十一军等好多支军队都是蒋介石的王牌部队，曾经不可一世，结果三年就被人民解放军消灭了。这是为什么呢？这就是因为我们发动了群众，依靠了群众，得到了广大人民群众的支持，建立了巩固的根据地。每次打仗，老百姓都积极参战，为部队送粮食，送弹药，抬伤员，他们把最好的东西送给部队吃，而自己却吃糠咽菜。每个县都组织了担架团或担架营，由一个县领导带队，参加担架队的老百姓每三个月一换，部队走哪他们就跟到哪，打起仗来，他们就上前线抬担架、救伤员。老百姓干这些都是自愿的，尽义务的，没有报酬。部队有吃他们就有吃，有时部队不吃也要保证担架队的人吃，军民关系犹如鱼水不可分割。除担架队外，各县还组织了支前队、送粮队、送弹药队，保证前方部队的给养和所需弹药。"

骑兵具有跑得快、活动范围广的特点。上级下达给父亲所在的骑兵连的主要任务是：通讯、联络、阻击、迂回。父亲所在的骑兵连自打成立后大大小小打了不少硬仗恶仗，其中，数八面三招伏击战打得最为漂亮，父亲他们一个连打败了敌人一个师，俘虏了敌师长，缴获了大量武器。八面三招伏击战之前，父亲所在的连队在骑兵团的统一指挥下行动。一天，骑兵团和一股敌人交战，全团人马一起冲向敌人，父亲的连队冲在最前面，后来与团里失去联络，团参谋长也与团部失去联络和父亲的连队同行。团参谋长姓刘，是抗大毕业的，以后当了骑兵师的师长。父亲的连队和骑兵团失去联络后正好与从齐齐哈尔方向来的一股先遣军遭遇，这股先遣军号称一个师，约3000人。父亲他们决定智取这股敌人，采取疲劳骚扰、诱敌入瓮的战术，全连指战员整整奋战了7天7夜，终于吃掉了敌人。父亲的连队咬上这股敌人后，白天跟他们兜圈子，牵着他们走向预定的战斗地点，晚上就派一个班或者一个排轮流去骚扰，不让敌军休息。这样拖到第五天，刘参谋长叫集中全连的5挺机关枪，骑上最快的好马赶到前面的一个山岗上埋伏，只留一个排在后面逗引敌人。父亲说他记得这个设伏的地方就叫八面三招。第七天，敌人被引进了埋伏圈，刘参谋长一声令下，5挺机关枪堵在山上猛烈扫射敌军，敌军突遭袭击，晕头转向，以为遇上了我军主力，军心大乱，抱头鼠窜，一潮一潮的敌人倒在我机枪火力下，企图逃跑的敌人被我英勇的骑兵战士“咔嚓咔嚓”砍倒一大片，其余敌人见势不妙，纷纷举手投降。

父亲的连队缴获了28车军火，俘虏了敌师长和师长老婆以及数百名敌军官兵。投降的敌人，叫他们一个个放下枪向后转，缴了他们的武器。缴这么多武器父亲他们根本拿不走，于是将每支枪上的撞针取下来，3支枪一捆，3个俘虏为一组，叫俘虏们轮流背枪。押解俘虏的路上，有俘虏不服气地对父亲他们说：“就是拼拳头我们也拼得赢你们。”父亲他们嘲笑地反问：“那你们为什么又输了呢？”俘虏垂头丧气地说：“不明真相啊。”这一仗打得太漂亮了，但也是一场恶仗，父亲他们七天七夜未合眼，大家都处于极度疲倦和劳累的状态，有一个战士骑在马上押解俘虏，走着走着突然从马背上摔下来，躺在地上一动不动，同志们以为他牺牲了，上去拉他，他却大叫一声跳起来，才知道他是睡着了。

父亲他们骑兵连把缴获的军火武器以及俘虏押送到指定地点后，上级领导安排其他兄弟部队为父亲的连队站岗，让父亲他们睡觉，全连指战员足足睡了三天三夜。父亲说硬是瞌睡得很，连饭也不想吃，每顿饭吃上两口倒下又睡着了。这次战斗后，父亲的连队的武器全部换成统一的了，一色的日本造九九枪，一个排配一个机枪班，战斗力大大增强了。

黑岭子歼灭战也是父亲骑兵连在无数次战斗中较为精彩的一战。当时，在黑岭子一带有一股敌军的杂牌师和我军顽抗，抢劫当地村民，坏事做绝。骑兵师决定歼灭这股敌人，团部交给父亲的连队的任务是把敌人引出来，引到我军在黑岭子设下的包围圈里。父亲的连队去逗了三天三夜，才把敌人逗出来，敌人恼羞成怒，跟着父亲的连队追，一直追到骑兵团设在黑岭子的包围圈里，被全歼了。这次战斗，父亲的马刀都砍卷了刃。

战争是残酷的，每打一仗都要牺牲好多同志，成千上万的革命先烈为了中国人民的解放事业将一腔热血洒在了祖国大地上。就拿父亲的连队来说，几年中牺牲的战友就有好几百，很多人连自己的姓名、籍贯都没有留下。父亲在他的回忆录中写道："那时在东北战场上，一年有两个战役，春季战役、秋季战役，一个战役的时间大约是5个月，每个战役结束后部队都要休整一段时间，补充人员。我们连120人参加秋季战役，战役结束后，最多时剩60来人，少时只剩下20来人，通过休整又补充到120人，到春季战役结束后又只有三四十人了，又再补充，每年都是如此。这些人大部分牺牲了，少数人负了重伤或生了重病。这说明一个什么问题？说明今天的胜利是来之不易的，是无数革命先烈用生命和鲜血换来的。我们连队的例子只是千千万万个连队的一个缩影。我记得有一年冬天，我们去阻击一股敌人，冲了3次，冲到敌人重机枪火力网下，我连有一个排就牺牲了三分之二的战士，另外几个排的伤亡也很大，马也打死了好多匹。对这些牺牲了的战士，我们把他们一层层放在从老百姓家找来的几个大柜子里，再用冰雪把柜子封好，跟当地人民政府讲好，第二年春天由政府处理，或者烧或者埋，大部分都是烧了，因为那里容易发生白石蛀瘟疫。有的战士牺牲了连姓名、籍贯也查不到。"父亲经常告诫我们胜利来之不易，是无数革命先烈用生命和鲜血换来的，要我们珍惜今天的幸福生活，努力工作，决不能让烈士的鲜血白流。

父亲的连队在骑兵师、团的直接领导下，还参加了四平攻坚战、辽沈战役等大的战斗。

1947年6月中旬，父亲连队奉命参加四平攻坚战，主要任务是在四平附近百十里外游动打阻击，保证主力部队顺利进攻，另外还负责各部队的联络、送信工作。每天晚上，父亲连队都要放十几个流动哨侦探敌情，敌人来了就给予迎头痛击，不准敌人增援部队接近我军阵地。有一天晚上，父亲他们送信到炮兵阵地，离四平只有三里路，那天晚上，我军和敌人整整打了一夜，机枪、大炮打得震天响，半边天都红了，但我军还是没有攻下四平。四平这个据点的碉堡太多了，足有上千个，加之周围都是一望无边的平原开阔地，我军不易进攻。6月28日，国民党东北保安司令部调集了九个师的兵力增援四平，与我军决战于四平外围。6月30日拂晓，父亲连队和其他参战部队一起奉命撤离四平战场。四平攻坚战是东北民主联军历史上第一次大规模的城市攻坚战。

父亲他们还参加了长春围困战，救助了数百名逃难群众。父亲在回忆长春围困战时说："我记得围困长春时，从长春方向逃难出来的群众很多，特别是长春快解放的时候，一群群的难民从五台一带沿铁路南下，沿路上饿死了很多人。每天都有大批的难民从我们驻地经过，这些人一个个面黄肌瘦，样子很难看，我们临时搭了几间大房子，把他们收留下来，用一口大锅先为他们熬溜清的稀饭喝，喝了三四天后才逐渐给他们吃干的，就这样把他们救了下来，等他们恢复了体力，然后才让他们走。饿极了的人如果先拿干的给他吃，肠子容易胀断，只能由稀逐渐到干慢慢调养，这样才能保住性命。记得有一个六十多岁的老头经过我们驻地时，看见哨兵正在吃高粱米饭，他饿慌了端过哨兵的碗就吃，哨兵没有这方面的经验，也没阻挡他，这位老大爷狼吞虎咽地吃了一碗，又喝了一瓢水，水喝下去后躺倒在地再也没有起来。那时，沿途的军队和人民政府都设立了很多点，熬粥救济难民。"

长春解放后，父亲他们参加了接管。投降的国民党军政人员将长春城里的文书档案、政治犯等都一一向我军交代清楚，由我军接管，投降人员到指定地点统一集中。

东北解放后，一部分军队进了关，参加淮海战役，一部分军队留在东北，参加接管和建设。父亲所在的骑兵师也解散了。父亲说："骑兵部队的作用就是通讯、联络、阻击、迂回，战术就是采取游击战与运动战相结合，打得赢就打，打不赢就跑。东北解放后，骑兵作用不大了，所以解散了。"

那时父亲已经在骑兵团供给部当出纳，骑兵师解散后，领导安排父亲到四野总供给部当出纳。起初领导安排父亲搞内勤出纳，父亲因识字不多怕干不好内勤出纳，向领导要求搞外勤出纳，领导同意了父亲的要求。外勤出纳就是负责给四野下属的各个部队送钱。送1亿元派多少人护送，送5000万元派多少人护送，都有统一规定。每次送钱都是一车一车地送，父亲就整天跟着车跑。父亲当外勤出纳期间，经手的钱成千万上亿，从未出过一点差错，每次都能将钱按时安全地送到各部队。以后，领导又调父亲到沈阳东北军区后勤部当出纳，父亲考虑到自己文化低怕干不好而顾虑重重。领导了解了父亲的思想后，改派父亲当行政管理员，负责军区杂七杂八的后勤事务，领导一个警卫排、一个汽车排。父亲在行政管理员的岗位上兢兢业业、勤勤恳恳，把军区的行政后勤事务工作管理得井井有条，领导非常满意。几个月后，组织上调父亲到东北军区后勤部招待所当所长。父亲在招待所当了3个月所长，即报名参加了西南服务团。

挺进西南

1949年6月，在解放战争已经取得决定性胜利的大好形势下，中共中央决定把解放西南、接管西南的任务交给第二野战军，并由二野调配各老解放区的干部，招收青年学生、职工参军，组建西南服务团，为接管西南做干部准备。东北军区按照中央的部署，动员所属单位的干部到西南去，号召南方人回南方闹革命。父亲立即带头响应，报名回四川干革命。对于父亲的举动，好些人不理解，一些与父亲要好的战友劝父亲：“打了十几年仗，才过上几天安定的日子，不要慌着走嘛，等全国解放了，火车、汽车都通了再走也不迟，这样不是能少走一些路、少受一些苦吗！”父亲婉言谢绝了战友们的挽留，他对战友说：“走路我不怕，吃苦也不怕，早晚都要走，早走比晚走好。家乡人民还在水深火热中，我能等得了吗？再说，那边还有好多工作等着我们去干呢！”当时，围绕去不去西南的问题，很多同志都有思想顾虑，也有一些奇谈怪论，有的说四川的蚊子比虾子还大，咬人时一咬一个大包包，有的说四川终日雾蒙蒙见不到太阳，有的说四川潮湿一年四季都是阴雨连绵，等等。鉴于这种情况，领导安排父亲等几个四川人给同志们宣传四川的地理气候、风土人情、物产矿藏等基本情况，让大家了解四川，了解西南，解除顾虑。父亲充满感情地对同志们讲：四川的自然地理条件很好，气候宜人，比东北暖和得多，一年四季都看得到绿色植物，冬天也有新鲜蔬菜吃。四川是天府之国，一旦解放，就能真正成为鱼米之乡。听了父亲他们的宣传，同志们逐步打消了顾虑，纷纷报名到西南。

1949年8月初，东北军区所有进关干部都到长春集中，组成一支干部大队，有300多人，来自东北军区的各个单位，多数是四川人，也有东北人和其他省的人。干部大队在长春集中住了个把月，一边学习，一边等人。父亲他们在长春系统学习了有关城市接管、建设的政策文件，还学习了一些有关国民党统治地区的政治、经济、工业、农业、商贸、宗教等方面的资料，例如国民党四川省政府及各县县政府组建情况、县长及一些头面人员的名单，等等。通过学习，熟悉情况，做好进关思想准备。父亲说当时他们每人还发了一本书，上面都是有关城市接管、建设的政策文件，可惜在“文化大革命”中弄丢了。

8月底，父亲怀着依依不舍的感情告别了曾经战斗生活了4年的东北大地，告别了东北的父老乡亲，告别了生死相依、亲如兄弟的战友，随干部大队进关。父亲他们从长春乘火车经沈阳到天津，在天津待了4个小时，又乘火车到南京。到南京后，父亲他们这支干部大队就编进了西南服务团，划归二野领导，仍保留干部大队的番号。在南京，父亲他们住在原国民党政府的飞行学校，一边学习，一边训练。还聆听了刘伯承司令员、邓小平政委等首长的报告。

1949年10月，在庆祝中华人民共和国诞生的鞭炮锣鼓声中，父亲他们踏上了挺进大西南的征途。由南京渡江到浦口，在浦口乘火车经徐州到郑州，再由郑州到武汉。父亲他们乘坐的军列都是闷罐车，上百人挤在一个车厢里，空气浑浊沉闷，但没有一个人叫苦叫累，大家热情极高，一路上笑声歌声不断。

在武汉，部队待了一天，住在一个纱厂里。因武汉刚解放，社会治安比较乱，上级怕大家上街出问题，所以部队刚住进纱厂就宣布了一条纪律：不准上街，不准外出。同志们绝对服从命令，没有哪个上街，就连厂区大门也没有人迈出半步。这个纱厂很小，一下子住进1000多人，上厕所都困难，要排很长时间的队，就是在这种情况下，也没有一个人到处乱撒尿。父亲他们离开纱厂时还把厂区内外打扫得干干净净。

部队离开武汉后乘火车到了长沙，在长沙住了3天就赶往桃源。在桃源，部队进行短期整编。为了适应形势发展的需要，有利于接管和建设工作，西南服务团将原来的大队解散按地区重新编队。父亲被编进川南支队财经大队五中队，担任副教导员兼管理股长。中队下面按地区分了泸州小队、内江小队、自贡小队、乐山小队等若干小队，父亲分在泸州小队。

部队在桃源整编后，迅疾开始了千里迢迢的徒步行军。为了早日赶到目的地，部队每天都要走七八十里路。父亲所在的中队的年轻人多，还有好多大学生，他们没有走远路经历，行军不久脚上就打起了泡。父亲是一个老兵了，经历了二万五千里长征，在行军方面很有经验，每到宿营地，他总是热心地为那些年轻的战友挑脚上的水泡，并教给他们保护脚的方法。

行军途中，父亲负责管理全中队的生活后勤。为了让同志们经过长途跋涉后能喝上热汤，吃上热饭，有热水泡脚，有柴火烤湿衣服，父亲千方百计，多跑了好多路，多吃了好多苦。每天早晨，同志们还在吃早饭，父亲就带领赵南林、蒋良成、刘盘玉等几个同志先出发了，快速行军到达宿营地后，赶紧安排挑粮食、买蔬菜、弄整伙房等事项，待一切准备好，炊事班开始做饭，经常是饭都做好了，大队人马才到。在所有的事务中，挑粮食是一件最苦的差事，往往指定的供粮点离宿营地有十几里路远，来回就是二十几里路，所以挑粮的事父亲总是亲自干，从不安排别人干。父亲说看见同志们一个个累咻咻的样子，怎么也不忍心叫他们去挑粮食。因此，每到宿营地，父亲安排好各项事宜后，挑起箩筓就去挑粮。为了抢时间，不耽误正点开饭，父亲挑着130斤重的大米，一路小跑行进在泥泞滑溜的乡间小路上，连气也不敢多歇。每次父亲气喘吁吁将粮食挑回宿营地后，一看时间总是提前到达，从没因无米下锅而耽误部队开饭的时间。这就是我的父亲，这就是一个红军老战士的情怀！ 吃苦在前，享受在后，

“先天下之忧而忧，后天下之乐而乐”。

为了改善部队生活，父亲想了好多办法。快到贵州时，父亲听说部队经过的地方非常偏僻贫困而且特别缺盐，担心部队到贵州后没有菜吃，就预备用盐换菜，必要时也可用盐水下饭，因此安排每一个人多背一斤盐。到贵州后，身临其境，其缺盐的情况比想象中还严重，老乡们家家户户的灶上都用绳子吊一块锅巴盐，炒菜煮汤时用它在锅里晃两晃又赶快提起来，这就算是放了盐了。老乡们稀罕盐巴就像稀罕宝贝一样，父亲他们背的盐就起了大作用了，1斤盐换3斤肉，那段时间父亲他们中队天天都有肉吃。父亲他们带的盐也救济了一些穷苦百姓，有一位老婆婆，穷得叮当响，父亲送了她两斤盐，她感动得老泪纵横，拉着父亲的手千恩万谢，再三问父亲以后解放军还经不经过他们这里。父亲对她说：“老人家，解放了，以后什么都会好起来，盐也不会再缺了，等着吧，好日子就快到了。”老婆婆听了父亲的话，一个劲地说：“解放军真是大好人，大好人！”

父亲他们从桃源出发就遇上绵雨天，行军近一两个月几乎没有晴过，天天都是毛毛细雨，一路泥泞，又溜又滑。父亲原来还有一顶草帽，实在戴得稀烂了，干脆扔掉，淋着雨行军。其他很多同志也没有雨具，都是冒雨前进。同志们天天都是穿着湿漉漉的衣裤行军。每到宿营地，父亲就安排后勤人员四处寻找柴草，烧火给同志们烤衣服。每一个人都长虱子，长得一堆一堆的，烤衣服时虱子爆得噼里啪啦响。大家戏称虱子为“革命虫”。父亲说他们长虱子并不是因为他们懒，不爱干净，而是天天行军赶路，没有条件洗澡，没有时间洗衣服，加上天天穿着汗水、雨水交织的湿衣服，穿干了打湿，打湿了又穿干，有利于虱子疯狂繁殖，所以人人都长了很多很多的“革命虫”。

从桃源到川南，行程几千里，一路上虽没打什么仗，但也遭遇过国民党散兵游勇和土匪的袭击。特别是湖南西部和贵州山区一带，国民党残余势力很强，土匪也很猖獗，经常暗中搞破坏，不时有我们的同志被杀害或失踪的事件发生。有一个其他中队的女同志趁部队休息时独自一人到附近河边洗衣服，头被土匪砍下来了。这件事发生后，引起中队领导的高度重视，要求大家提高警惕，不能远离部队，不能单独行动，解便就近，最少也得三人一道。

行军途中，尽管险象环生、艰难困苦，但父亲他们总是热情乐观，生气勃勃，走一路留下一路解放军的优良传统和作风。每到一地，父亲他们都主动帮助老乡挑水干活，离开宿营地时，都要把周围的环境打扫干净，借了的东西必须归还，严格遵守三大纪律、八项注意。部队行至湘西、贵州边远山区时，看见那里的老百姓非常贫困，十七八岁的大姑娘没有裤子穿，睡在床上下不了地，同志们非常同情，纷纷把自己的衣服送给他们。父亲把自己的几件换洗衣服全送了，只剩下身上穿的一套。在挺进大西南的征途中，父亲以一名老兵的责任感践行着我党我军的优良传统和作风，为年轻战友树立了榜样，他的乐观，他的吃苦耐劳，他的宽厚，他的谦让，给年轻战友们留下了深刻印象。

部队到贵阳后，休息了一两天就兵分两路了。一路是各中队的干部乘坐汽车先期到达目的地接受任务，另一路是其余战士仍继续步行。父亲他们这一车坐了二十几个人，经毕节到叙永，再由叙永到泸州。路过江门场时，桥被土匪炸断了，汽车过不了河，父亲他们全部下车，先把汽车推上船，然后到对岸，大家齐心协力将装载汽车的船拉过了河。

组建隆昌县贸易公司

1949年12月中旬，父亲到达目的地泸州。中共川南区党委分配父亲到隆昌县组建贸易公司。父亲到川南贸易总公司报到接受任务，并在泸州住了十来天，学习政策及有关商贸的专业知识，了解隆昌各方面的基本情况。1949年12月25日，父亲率朱纪林、夏乃本、余亚平3位同志带1万个银圆、2000万纸币乘一辆带篷汽车驶向刚解放的隆昌，去创建新型的社会主义商业。当时，沿途时有土匪出没，很不清净，特别是福集场附近的十八弯地段敌情较为严重。为了确保钱财的安全，父亲要求大家提高警惕，加强警戒，他拿起轻机枪，架在车头棚顶上，一路上警惕地搜索着行进的前方，余亚平等3人各握一支三八式步枪，分别对左右和后方进行警戒。安全到达隆昌后，父亲到县委向县委书记冯潜、县长冯滔报到。县委书记、县长非常欢迎，安排他们暂住原县政府旁边保安大队营房的一间大房子里，钱财都放在里面，还安排了薪金水、康金生两名武装警卫战士负责钱财安全保卫工作。

住下来后，父亲带领朱纪林、夏乃本、余亚平3位同志迅即投入到组建隆昌县贸易公司的工作中。招人是当务之急。父亲说要打开工作局面，打开各种渠道，大量收购各类物资，尽快把手中的钱变成粮食，变成物资，变成人民生活所需的用品，当务之急就是需要人，需要一批能干工作的人。父亲他们依靠中共隆昌县委、县人民政府和隆昌地下党的同志，很快招收了二十几个人。父亲说当时人事制度还没建立，招人也没有具体规定，只是大概先定了个名额。招收的这些人员主要来自三个方面，一是县委、县政府直接派来的；二是地下党同志介绍来的，这些人员中有很多是父亲委托他们物色的有搞经济工作特长的人员；三是从旧银行等接收单位录用的人员。在招收人员的同时，父亲逐一选择、落实了办公、门市、仓库等各项事宜。

1950年元月初，隆昌县贸易公司正式挂牌成立，几个从泸州来的同志也分了工，父亲担任经理，周行任副经理，周行是地下党员，由县委直接委派。公司下设秘书股、业务股、储运股、会计股、畜产股等内部机构。隆昌县贸易公司实行双重领导，行政上接受县委县人民政府领导，业务上接受川南贸易总公司领导。其职责是：促进全县物资交流，调剂市场供需，使市场物价不致暴涨暴跌，进而掌握物资，控制物价，安定人民生活，保护正当工商业的合法经营。工作重点是经营粮食，保证居民粮食供应，稳定粮价安定民心。

搞经济工作、做生意，对于父亲来说确实是一个大转变。戎马生涯15年，拿惯了枪杆子的手一下子要拿起笔杆子，要洞察全县经济发展形势，审时度势，掌握大局，要周旋于各类商人之间做生意……虽然困难重重，但父亲却信心十足，因为父亲坚信只要依靠党的领导、依靠群众，只要自己全身心付出，就没有克服不了的困难，就没有搞不好的工作。工作中，父亲任劳任怨、兢兢业业，不敢有一丝一毫的松懈。白天，父亲要到各处检查工作，了解情况，还要和各类商人做生意，应付各种应酬；晚上，父亲要审查账目、看传票，煤油灯下，每一张传票都要经过父亲的手，每一笔账父亲都要拿起笔来亲自算一算，审查合格了才在传票上签字盖章，没有哪个晚上父亲是在凌晨两点以前睡觉的。因为父亲掌握了第一手资料，所以他对公司的各类业务了如指掌，开展起工作来也就得心应手了。

贸易公司成立后，父亲带领全公司员工一面大胆开展业务，开拓社会主义商品经济市场，一面组织人力调查隆昌的经济状况。为了做到心中有数，知己知彼，父亲他们对全县各类商人进行了摸底排队。通过调查，父亲了解到解放前夕隆昌的经济命脉就掌握在几个大商人手中，这些大商人分别经营着米、油、花纱、夏布等大宗物品，另外还要加上义大煤矿，义大煤矿有煤，并拥有8台汽车，这在当时是号称“王牌”的。这几家联合起来，要你隆昌物价涨就得涨，要你跌就得跌，真是不可一世。父亲对待这几家的策略是：既要防备某些不法商人囤积居奇、哄抬市价搞破坏，又要周旋在各大商人之中与他们做生意；既要严厉打击不法商人的破坏活动，又要保护和支持正当工商业的合法经营。

起初，这些大商人看见父亲他们穿得土，黄军装、黄军帽，寒冬腊月脚上还是草鞋一双，完全不像做生意的人，根本不把父亲他们放在眼里。后来通过较长时间的接触和相互间做生意，大多数商人被父亲的诚信、坦率、精明强干所折服，由不放在眼里到敬佩，由心存疑虑到信服，认为共产党的干部厉害，有本事，能文能武。只有极个别奸商还想与贸易公司较量，与政府作对，对待这样的人父亲就不客气了。

父亲说：“做生意不比打仗，只要敢冲敢闯就行，还要脑子里多几根弦，既要斗胆，更重要的是要斗智。”父亲幼时因家贫未能上学念书，参加红军后在部队识了一些字，文化水平不高，但却聪明机灵，有头脑，喜欢动脑筋。战争年代，正是因为父亲的机智勇敢和准确判断，才使他几次得以从枪林弹雨中死里逃生。在做生意的过程中，父亲发挥了他的聪明才智，不仅有胆量，而且有智慧，有理、有利、有节，斗得奸商招架不住落荒而逃。那时，父亲经常带上业务股股长在茶馆里与各类商人做生意。对付那些企图囤积货物抬高市价的奸商，父亲他们自有一套办法，比如花纱，价格涨到一定程度自然会垮下来，垮到一定程度就全部给他收了，这样搞了几个回合，几家老奸巨猾的富商再也不敢与贸易公司作对了，不敢哄抬市价了，只能服从政府号令，按照公司给出的各类物资参考价制定自己商品的价格，其价格只可在公司参考价的基础上浮动百分之十五至百分之二十，如果超出了范围，公司就要追究他们。这样一来，隆昌的物价就控制得比较好。

隆昌较出名的米商某某、油商某某、花纱商某某、夏布商某某都因心怀鬼胎、图谋不轨败在了父亲他们手里。油商某某失败后赔了公司5000斤油（或者是1万斤，父亲说他记不准了）。

有一个米商，在隆昌很出名，家大业大，还做槽坊生意。1950年旧历年后，公司派出若干工作组到各乡订购了一批预货（预货即青苗），在荣昌、富顺等地也订得有。这个米商认为预货要看涨，要赚大钱，找父亲洽谈要买公司的预货，父亲召集业务骨干专题研究此事。大家分析了当时的形势，各乡正在闹土匪，估计有一部分预货收不回来，况且这个米商拿到这批预货米价也涨不起来，因为公司仓库里有存粮，所以父亲决定把公司订的预货卖给他（父亲说这当中绝没有要整他的意思，只是分析形势审时度势做生意使然），3家铺保，公司就把预货条子转给了那个米商。父亲说那时做生意，只要有两家以上铺保就可以发放定金，生意就算做成了。以后由于公司始终掌握了大批的粮食，粮价没有涨，预货就更不可能涨价了。这个米商打错了算盘，想囤积预货赚大钱的美梦破灭了，只好卖了槽坊和大部分家产还公司的账。

父亲在与各类商人做生意时还得参加一些必要的应酬，有时明知有危险也得去。那段时间，父亲是天天手枪不离身的，随时准备对付意外情况。一次，义大煤矿的矿长和业务股股长请父亲去喝酒。父亲知道义大煤矿是个土匪窝，矿长是军统特务，业务股股长是青年党骨干，到这样的地方去是很危险的，但又不得不去，因为公司要和他们做生意，要用他们的汽车搞运输。父亲只身一人到了矿上，客套几句就进入酒席。矿长、业务股股长轮番向父亲“敬酒”。父亲因早有准备，根本不怕灌酒，等他们喝得差不多了，父亲就用大碗要他们同饮，业务股股长当场醉倒在桌子下。酒后，矿长邀请父亲下井参观，父亲怕在井下出事婉言谢绝了。到要洽谈的事都谈好了，天也黑了，矿长留父亲住宿，父亲坚持要回公司，而且要矿长用车送，在这个土匪窝里，只要有矿长和父亲在一起，土匪就不敢动父亲一根毫毛。

父亲回到公司已经晚上10点多钟了，同志们还在焦急地等待着父亲，见父亲平安无事地回来了，大家悬着的心才放了下来。父亲说，那个时候生意场上的喝酒，表面看是大家和气，吃吃喝喝，实际里面斗争激烈大有名堂。有些商人是想用酒肉封住对方的口以达到他所需的结果，有些商人则是存心想灌醉对方以便醉后洽谈生意，从中捞取好处。父亲从不买那个账，先立一规矩：酒桌上不谈生意事。到谈生意时，该怎么着就怎么着，没有半点含糊和退让。为了应付喝酒，父亲煞费苦心事先就做好了准备，将两条毛巾一只胳膊里塞一条，喝酒时让酒顺着脖子往胳膊里流，等回到家里再把毛巾扯出来，有时一条毛巾就能拧出半碗酒来。

贸易公司成立后，斗争最大的还是粮食问题。父亲他们来到隆昌时，正是12月底，临近年关。有同志告诉父亲，隆昌解放前曾发生过上千群众在衙门口抢米的事件，他们担心二三月份青黄不接的时候又会发生抢米事件。父亲安慰大家不用担心，只要公司掌握了大批粮食，粮价就会稳定，粮价稳定了就不会出乱子。

父亲发动公司全体员工为稳定粮价、保证粮食供应出主意想办法，同志们群策群力，提了很多好的建议。父亲综合大家的意见，采取了一系列有效措施。一方面，派业务人员深入到各乡，广泛宣传，以高于当时市价的价格收购了100万斤粮食。收米那阵，几个仓库外面都排着几里长的队，远近的农民，包括一些米商都把米挑到公司来卖，还生怕公司不收了。公司将这批粮食按中熟米、上熟米、九二米分别存放在二中、考棚、电灯公司的仓库里，统一编上仓号，只准进不准出，要销售的粮食另有仓库保管；另一方面，公司到各乡订购了几十万斤预货，做长远打算；再就是做好宣传工作，让民众知道人民政府有粮食，能够保证供应，解除恐慌心理。公司规定每人一次买粮不得超过30斤，要求民众吃完再买，不要存放。

1950年春节以后，全县征粮剿匪正在紧张进行，各处米商勾结起来，暗地组织了一帮人套购公司的粮食。每天，公司各售粮门市还没开门就有几百甚至上千人等在外面，门一开人就挤进来，将门市围得水泄不通，使那些需要买米的普通群众挤不进来，这帮人几十斤几十斤地零买整存，搞得人心惶惶。面对这种局面，父亲决定刹一刹奸商们的嚣张气焰。根据商人买涨不买跌的心理，父亲果断决定卖一仓上熟米，每斤米提价200元（折合新币2分），牌一挂出去，不到3个钟头，30万斤上熟米售罄，米商们个个扬扬得意。第二天，父亲将米价调回，按原来的价格出售。米商们这才如梦初醒叫苦不迭。居民群众都欢天喜地地到公司买米，而米商们的米堆满了南北两个米市却无人问津，十天半月也卖不出去。自此，公司各售粮门市恢复了正常的工作秩序，不法米商们再也不敢轻举妄动了。

为了保证粮食供应，父亲还带领公司员工从泸县等地组织调运回粮食上百万斤。4月份，父亲又派出十几个工作组到龙市、界市、双凤、响石、迎祥等乡订购预货，预货就是还没有长出粮食的青苗。旧社会农民卖青苗是在万不得已的情况下，米商们把价格压得很低，而贸易公司却不这样，价不作死，按以后新米上市价格最后定价。农民群众非常欢迎，认为政府没有亏待他们，都愿意把青苗卖给公司。这样，公司的钱也发放出去了，粮食也收购到了。有了粮食，稳定了粮价，保证了供应，隆昌人民的心也就安定了。解放第二年，老百姓都说："还是共产党好！解放一年多了，虽说时间不长，但物价确是稳定了，粮食有了保证，不像过去，粮价今天涨，明天涨，像无底洞一样见不到底，那种上午买一升米，下午连半斤米也买不到的时代一去不复返了。"

在平抑物价稳定市场方面，贸易公司发挥了不可或缺的积极作用。1950年2月初，隆昌物价猛烈波动，市场棉纱高达29万元（折合新币29元）1饼，大米高达1200元（折合新币1角2分）1斤，市场混乱，人心不安。父亲率贸易公司经过周密细致的调查分析，制订了稳定物价的方案，随即以每饼棉纱20万元（折合新币20元），每斤大米650元（折合新币6分5厘）的牌价稳住了漫天要价的混乱市场。以后物价便逐渐下降，向贸易公司看齐。到3月初以后，物价继续降落，直线下泻，以致影响正常工商业的合法利润，贸易公司便主动稳定牌价，各类货物的牌价经常高于市价的四分之一至三分之一，止住了市场价格的不良下跌，保护了正当工商业的合法经营。

为了平抑、稳定物价，建立社会主义商品经济的良好秩序，贸易公司根据实际情况适时制订不同时期各类商品的牌价，供各商家参考。各商家参考公司牌价并允许在牌价范围内上下浮动百分之十五至二十确定自家商品的价格。这样一来，隆昌的物价就控制得比较好，在川南名列前茅。

隆昌盛产夏布，当时全县三分之一以上的民众靠夏布为生。为了保障夏布生产者和消费者的利益，父亲他们做了大量工作，采取了一系列有效措施，平抑夏布价格，促进夏布业发展，所以隆昌的夏布在百业凋零、百废待举的解放初期价格一直比较平稳，没有出现过暴涨暴跌状况。1950年上半年，北京妇联派了一个女同志来隆昌购买夏布，父亲安排公司有关业务人员协助她收购，使她在较短时间内圆满完成了任务。她非常感谢父亲他们，特别对夏布价格的稳定合理感到满意。

隆昌县贸易公司自成立后，父亲便把自己的整个心身扑在了工作上，他带领公司全体员工不分白天黑夜辛勤工作，把生意做得红红火火，把公司办得风生水起。贸易公司的经营范围很广，大宗物品有米、面、油、盐、糖、猪鬃、花纱、夏布、土布、布匹百货、畜产品等，小宗物品就数不清了，连其他商人不收购的东西公司也收购，例如台布，给人民群众带来很多方便和好处。老百姓亲切地称贸易公司为“一揽子公司”。

从1950年元月初到6月底，“半年来，贸易公司在促进物资交流，调剂市场供需方面获得一定成绩：6个月中先后以15亿元收购了100万斤大米、93担半猪鬃、1.7万斤菜油、10万斤隆盐、1万斤白糖、25包棉线、700匹土布、6300匹夏布。扶持猪鬃业由几家增至23家，扶持土布夏布业由每场二三百匹增至2000匹。另外还从泸县运来总价值约5亿元的大批布匹百货，供给全县人民需用。尤其是米粮方面，先后由泸县调回大米54.7万斤，并还有100万斤正在调运中，解决了隆昌缺粮现象。总计6个月来回笼货币15.8亿元，这对物价稳定是有相当效果的。推销了148万斤米及菜油、棉纱、面粉、棉布、肥皂等众多物资商品。在平抑物价稳定市场方面：2月初物价猛烈波动时，贸易公司即以每饼棉纱20万元和每斤大米650元的牌价（当时市价棉纱高达29万元1饼，大米高达1200元1斤）稳住了漫天要价的混乱市场。以后物价便逐渐下降，向公司看齐。到3月初以后，物价继续降落，直线下泻，公司方面为稳定市场，期使物价不致过分下跌以致影响正常工商业合法利润，便主动稳定牌价，各货牌价经常高于市价的四分之一至三分之一，止住了市场价格的不良下跌，保护了正当工商业的合法经营。"（摘自县委书记罗枫奇在1950年7月12日至15日召开的隆昌县第二届各界人民代表大会上作的《半年来施政报告》）。

隆昌县贸易公司以其出色的成绩，获得人民群众的信任和赞誉，获得县委、县人民政府以及川南贸易总公司的多次表彰。面对荣誉，父亲说："成绩的取得靠公司全体职工的努力，我个人的力量是微不足道的。那时，那些才招进来的人工作都非常积极主动，每天晚上点盏煤油灯，起码也工作到十一二点，没有加班费，也没有别的报酬，都是供给制，没有一个人抱怨，没有一个人计较，大家比的是学文化、学业务，比的是工作成绩、工作干劲，人人争先，生怕落后。另外，公司始终掌握了大批物资，这是搞好工作的物质基础。再有就是抓住粮食这个根本，开辟工作新局面。"

父亲在抓业务工作的同时，很注意职工的政治思想教育，从思想上、政治上、生活上关心他们，爱护他们，帮助他们。对朱纪林、夏乃本、余亚平3位同父亲一起来隆组建贸易公司的年轻人，父亲的要求是严格的，他时时提醒3位同志要抓紧学习、事事带头，为新招人员做出榜样，这3

人中有两人就是父亲西南服务团的战友。对新招收的员工，父亲更是关怀备至，经常给他们讲红军二万五千里长征的故事，讲革命先烈为了中华人民共和国抛头颅洒热血的故事，言传身教，帮助他们树立正确的人生观。对待同志的缺点错误，父亲坚持实事求是的原则，从不一棍子打死，而是在严厉批评的同时真心诚意地帮助他们认识错误、改正错误，并扶持他们从哪里跌倒就从哪里站起来。

1950年年初，正值隆昌土匪猖獗之时，余亚平被调去驻守管理位于隆昌洞坎的粮食仓库，他把主要精力放在了看管粮食仓库上，而忽略了自己兼管的位于贸易公司的百货仓库的守护。一天深夜，土匪从百货仓库的一处死角破墙而入，盗走了棉纱、布匹、夏布等物资。当时潜伏在县人民政府民政科的反革命分子某某（已镇压）诬告说经管人员串通盗卖，上级要将余亚平拘留审查，父亲挺身而出，坚持实事求是的原则，保护了余亚平。同时，父亲严厉批评了余亚平缺乏敌情观念、麻痹大意的错误，要求他写出深刻检查。直到余亚平写了第三次检查，父亲认为他确已真正认识到了自己所犯的错误才没再提。这件事让余亚平终生难忘、受益终身，在以后的30多年里，他一直从事商贸财经工作，再也没有出过任何纰漏。他认为这是父亲严格要求的结果，他个人得有今天的幸福，是和父亲的教导、保护分不开的。

1950年7月，隆昌县贸易公司完成了自己的历史使命，分设出粮食公司、百货公司、油脂公司、猪鬃公司、花纱公司、畜产品公司等专业性公司。按照组织安排，父亲担任粮食公司经理，同时兼任其他各新设公司的经理。原贸易公司的人员成为各新设公司的业务骨干和中坚力量。隆昌县贸易公司的另一重大贡献，就是为隆昌的商贸事业培养了一批骨干人才。

父母牵手

此后，匪患平息，隆昌各项建设逐步纳入正轨，社会治安趋于稳定。

父亲请假回彰明老家探望父母亲人。父亲已经15年没有回故乡，15年没有亲人的音讯。当父亲怀着激动忐忑的心情回到老家时，才知道自己最思念最牵挂的母亲早已不在人世，给人家当童养媳的大妹也因患天花去世，扔了的小妹更无从知道她的下落。闻听噩耗，父亲泪如雨下。当年父亲参加红军离开家乡时，祖母正在中坝给地主当用人，父亲怕祖母伤心没有向她告别，只是把自己参军前为红军挑粮食得到的两块大洋托当童养媳的大姑姑转交给祖母。万万没有想到，父亲这一走竟与祖母成为永别。当父亲听祖父说祖母得知他跟红军走了的消息后沿着部队走过的路追了一天，临终时一直叫着他的名字闭不上眼时，心如刀绞。

父亲一直很自责，后悔自己不该瞒着祖母不辞而别，失去了与祖母见面的最后机会。父亲说祖母是一位饱经风霜的劳动妇女，吃苦耐劳，慈爱善良，通情达理，她肯定会支持自己参加红军的，肯定不会拖自己后腿的。亲人已逝，父亲只有将思念之情深藏心底。在拜祭了逝去的亲人，看望了家乡的亲戚朋友和父老乡亲后，父亲接走祖父并为他养老送终。

1950年8月，县委宣传部副部长郭成圩为父亲、母亲牵红线，介绍父亲与母亲认识。母亲程尊品，生于1927年农历五月十三日，隆昌界市人，1948年从川南师范毕业后执教于界市女校，1949年11月参加革命，隆昌县第一期地方干部训练班学员，参加了征粮剿匪，经受了血与火的洗礼，因在全县表现突出首批加入了共青团，1950年6月分配到县委宣传部工作，郭成圩是她的领导。父亲粮食公司的副经理周行，是中共地下党员，曾在郭成圩领导下从事地下工作，郭成圩是他的入党介绍人。有了这两层关系，所以，郭成圩部长为父亲、母亲牵红线，并约他们在自家开的天成药房商铺见面。

见面那天，县委秘书程尊一陪同母亲一起去的，到药房商铺时，父亲已先到了，母亲一眼看见父亲高大魁梧的身躯，就感到比较满意。那天父亲内穿雪白的衬衫，外罩染成灰色的军装，显得稳重、有活力。父亲给母亲的第一印象是穿着得体，英俊挺拔，爱干净；第二印象是豪爽大方。父亲与母亲刚见面，话都没说两句，药店的职工就七嘴八舌笑他买糖吃，父亲二话不说马上到隔壁糖果铺买了一大包糖请大家吃。父亲与母亲第一次见面，因旁边人多没有机会单独交谈，只简单聊了几句，但相互间留下良好印象。母亲与父亲见面后，有同事告诉母亲工农干部文化低、性情粗鲁、脾气暴躁，要母亲慎重考虑，母亲有点拿不定主意。

过了十几天，父亲约母亲到县政府民政科楼上的一间办公室面谈。这次见面，两人作了坦诚的交谈，父亲将自己的家庭情况及参加革命的经历告诉了母亲。母亲为父亲一家在旧社会的悲惨遭遇感到心痛同情，母亲觉得父亲的身世太苦了，小小年纪本该被父母庇护却为了还债去给地主当长工，受尽凌辱和欺压，真是太可怜了；同时母亲也被父亲不满14岁参加红军，爬雪山过草地，历经二万五千里长征到延安，从延安到东北，再从东北挺进西南的艰难而震撼人心的革命经历所感动、所敬佩。母亲觉得父亲对革命有功，而且功劳很大，于是拿定主意要嫁给父亲。母亲也将自己的家庭状况和经历如实地告诉了父亲，同时对父亲提出她唯一的条件就是要奉养她的母亲，因为母亲的哥哥脑子有点问题，生活能力较差，不可能担负起奉养老人的责任。父亲对母亲的要求没有异议，完全赞同母亲的想法。父母双方诚信相待，推心置腹袒露各自心声，很快就达成共识，确定了恋爱关系。

1950年11月，组织上将母亲调到父亲的单位中国粮食公司隆昌支公司任人事秘书。母亲到粮食公司上班后，与父亲、周行副经理同一个办公室，办公室里只有两张办公桌，父亲和周行合用一张，母亲单独一张。

父亲第一次给母亲送礼物，是一把牙刷、一支牙膏、一个盅盅、一张洗脸帕。他不好意思当面交给母亲，而是将它们悄悄放在母亲办公桌的抽屉里。母亲说当她看到这些东西后，觉得很好笑，将它们退还给了父亲，并对父亲说她有这些东西。父亲没说什么，将母亲退回的东西收下了。

第二次，父亲送母亲一节浅蓝色的阴丹布，也是放在母亲办公桌的抽屉里。这次母亲收下了父亲送的礼物，做了一件上衣。母亲说她与父亲都是初恋，谈恋爱期间，没有去看过一场电影，没有一起上过街，更没有花前月下地卿卿我我，就连见面的时间都很少。父亲太忙，他不光是粮食公司的经理，还同时兼任了百货公司、花纱公司、油脂公司、猪鬃公司、畜产品公司的经理，一天从早忙到晚，在办公室的时间很有限。

1951年元旦，父亲、母亲喜结良缘。之前，副经理周行曾提议由公司来操办父亲的婚礼，杀头肥猪，婚礼与元旦一起庆祝。被父亲婉言谢绝，父亲说："结婚是我个人的事，不能花公家的钱，占公家的便宜。"为了筹集结婚的钱，父亲卖掉了自己的唯一资产——一枚金戒指（这枚金戒指是父亲在延安大生产运动中用开荒种菜、捻羊毛的报酬换来的），又向朋友借了一些钱，加上组织上批准结婚补助的钱，在粮食公司办了4桌。公司的全体员工都参加，另外请了罗枫奇、赵洪滔、郭成圩、程尊一等领导，来宾们在一张方正的绸缎上签名以示祝贺。婚礼由副经理周行主持，县委书记罗枫奇证婚，赵洪滔、郭成圩等领导及职工代表发表了热情洋溢的祝贺讲话。婚礼举办得简单而热闹。当时，实行供给制，父亲吃中灶，母亲吃大灶，都没什么钱。父母亲结婚，没有置办一件新衣服和床上用品，只是将两人的单人棉絮合在一起弹成双人棉絮，将两张窄床单缝连成宽床单。结婚的头天晚上，母亲的同事陈一仙、杨文裕还来帮母亲补烂袜子。结婚当天，父亲穿的是染成灰色的半新军装，母亲穿的是组织上发的一件已经穿旧了的列宁式灰棉袄。新婚燕尔，父亲、母亲一天也没休息，都忙于各自的工作。

婚后，父母亲相亲相爱，相濡以沫，生养了我们三姊妹：吴晓英、吴晓虹、吴伟清。我是老大，母亲为我取名吴晓英，因为父亲的名字中间是一个"英"字，所以我的名字末尾也是一个"英"字，我是父亲的女儿自然是晓英。父亲是母亲心目中的大英雄，母亲希望她与父亲共同创造的大女儿也成为她心中的小英雄。这就是母亲为我取名吴晓英的缘由。听母亲说我是在隆昌粮食公司家中出生的，人民医院的罗伯荣医生来家中为母亲接的生。我是傍晚时分出生的，当父亲听见我的第一声啼哭时，激动得手舞足蹈，他小心翼翼地抱着我一个劲地说："我有女儿了！我有女儿了！"以后父亲不管工作再忙再累，回到家中的第一件事就是抱抱我、亲亲我。我出生后，父亲便管我叫"大娃儿"，以后演变为"大鹅儿"，直到现在，我耳边还经常响起父亲“大鹅儿、大鹅儿”的呼唤。

坚持实事求是

1952年1月18日，泸县专区改为隆昌专区，地委专署迁驻隆昌县城。组织上派父亲担任隆昌专区粮食分公司经理，同时兼任隆昌县粮食支公司经理。隆昌专区粮食分公司与隆昌县粮食支公司实际是两块牌子一套人马，有关粮食购销问题，无论是县上的还是专区的，都由父亲他们统管。

此时，声势浩大的“三反”（反贪污、反浪费、反官僚主义）运动正在全专区乃至全县机关、国有企业、事业单位和供销合作社开展。

“三反”运动初期，父亲所在单位的运动完全是按照中央的部署健康稳慎地开展的。可是不久，父亲就被停止了领导运动的权力，因为父亲抵制了专区某些领导好大喜功不实事求是的错误做法。这些领导在专区召开的部署“三反”运动的大会上，要求各单位规划“大老虎”“中老虎”“小老虎”（“老虎”即贪污犯）的个数。父亲认为运动刚开始，还未接触到实质就规划“老虎”个数，不符合党的实事求是的原则。在讨论会上，父亲如实发表了自己的看法：“运动刚开始，‘老虎’的多少不能事前定，要到运动后期才能定，打贪污老虎又不是糊纸老虎，想糊几个就糊几个，要根据事实来确定。”这就惹恼了某些领导，认为父亲思想右倾不能领导运动，于是另派他人到专粮分公司担任副经理专职领导“三反”运动，父亲只负责业务工作，凡是有关“三反”运动的会议也不让父亲参加。

“三反”运动中，父亲虽然靠边站，但也在尽自己的力量制止刑讯逼供，暗中保护了一些被冤枉的“老虎”。一方面，他反复向公司干部职工宣讲党的实事求是路线，苦口婆心地告诫“老虎”们要相信党相信组织，要向组织讲真话讲实话，有多少讲多少，不要乱扯，一就是一，二就是二，乱扯的结果只能将水搅浑给组织给自己带来不可避免的危害；另一方面，他尽自己的努力保护那些被冤枉的“老虎”少受皮肉之苦，只要看见“打虎队”的人对“老虎”用刑，就要立即进行制止劝阻，劝告“打虎队”的成员按政策办事，放下吊打的“老虎”，让“老虎”自己说清自己的问题，千万不能搞刑讯逼供。父亲的劝阻多数时候起了作用，但也有不起作用的时候，因为“打虎队”里也混进了个别坏人。那段时间，父亲忧心忡忡，常常夜不能寐，每天晚上他都要到公司各处转转，看看有没有打人吊人的事情发生，夜深人静，只要一听见响动，父亲就会一骨碌翻身下床奔向有响动的地方，有时一晚上要起来好几次。

值得父亲欣慰的是，运动中“左”的思潮得到了逐步纠正，党中央再三强调的实事求是的路线又回来了。隆昌“三反”运动最后结案时，父亲已调离隆昌。父亲在回忆这段历史时语重心长地对我说：“实事求是是马列主义、毛泽东思想的精髓，是干革命的制胜法宝。不管搞什么运动、干什么事，都必须坚持实事求是的路线。什么时候坚持了这条路线，我们的事业就兴旺发达，不断向前；什么时候背离了这条路线，我们的事业就会受到挫折，人民就要遭殃。特别是作为一名共产党员、一名党的干部，更应该时时事事坚持实事求是的原则，只有这样，才能干好党交给我们的工作，才能为人民造福。”

调往泸州

1952年12月20日，隆昌专区改为泸州专区，地委专署从隆昌迁至泸州。父亲调到泸州专区煤建公司任经理，母亲仍在专区粮食局任学习指导员。我们全家也随父母亲调动迁移到了泸州。

泸州专区煤建公司有四十几名职工，主要负责全专区各县的煤炭销售工作，组织货源，推销煤炭。当时公司的煤炭主要来源于威远煤矿、乐山吉祥煤矿、隆昌义大煤矿。为了组织和推销隆昌义大煤矿的煤，公司还专门在隆昌桐梓园设了一个点，派人常驻在那里。父亲调到专区煤建公司时，已撤销的川南区煤建公司遗留下大批积压的白煤（即无烟煤），由于当地民众不习惯烧白煤，所以白煤卖不出去，造成大量积压。堆积如山的白煤亟待销售，父亲到煤建公司的第一件事就是销售白煤。父亲认为要做活生意必须搞好推销，于是从宣传工作入手，派出若干个小组提着小火炉带着无烟煤到各地向群众现场操作宣传白煤的好处，很快打开了白煤销售局面。为此，省煤建公司奖励了父亲他们公司一部唱片机，职工们大受鼓舞，革命干劲倍增。在父亲的带领下，公司上下拧成一股绳，人人争先，唯恐落后，煤炭的销售工作越做越好，越做越出色。

紧张工作之余，公司的娱乐生活也是丰富多彩的，每周六晚上，在家的职工都要欢聚一堂，举办舞会，就用省煤建公司奖励的唱片机放音乐。父亲虽然不会跳舞，但也总要挤出时间和大家一起娱乐娱乐，上下级关系非常融洽和谐。每次参加周六晚上的舞会，父亲都要抱着我，带着母亲一起参加。听母亲说我那时已经能满地跑了，看见叔叔阿姨们跳舞，也跟着胡乱扭，逗得大家哈哈大笑。每当这个时候，父亲总喜欢把我高高地举起来，然后做一个抛向空中的假动作又紧紧把我抱在怀里。父亲还为公司的两对年轻人当过红娘，使他们终成眷属。

1953年5月，弟弟晓虹刚出生不久，组织上安排父亲到眉山四川省第一工农干校脱产学习文化。父亲特别看重这次读书机会，他说："组织上安排我去读书，这是党对我的关怀。旧社会家里穷，不能供我读书，我不敢有读书的奢望。参军后，天天行军打仗，环境恶劣，没有机会读书。新中国成立后，我又马不停蹄地投入到紧张的经济建设工作中，没有时间读书。但我却一直渴望读书。在长期的工作实践中，我尝到了没有文化的苦头，特别是干领导工作，没有文化干起工作来吃力呀。如今，党把我这个昔日的放牛娃送进学堂读书，我能不感谢党吗？我非常珍惜这次读书的机会，下定决心要努力学习。"父亲接到通知的第三天，就背起行囊，告别同志们和家人，奔赴眉山上学。

到了眉山工农干校后，父亲一头扎进书堆里，如饥似渴地学习文化知识。学校开设语文、算术、历史、地理4门课。刚开始上课，父亲很不适应，也不习惯，有时一道算术题就把父亲搞得晕头转向。为了不使自己上课坐飞机，跟上老师的讲课进度，父亲除了上课强迫自己认真听讲外，还经常晚上开夜车复习功课，尽量做到当天的学习内容当天消化，当天巩固。这样过了一段时间，父亲跟上了教学进度，适应了学校的学习生活。第二学期，同学们选父亲担任临时党支部支部委员，并兼任班上的学习委员。父亲不但自己搞好学习，还主动帮助班上学习有困难的同学学习。经过两年的学习，父亲以4门功课每门都在4分以上的优异成绩拿到了毕业证书，文化水平基本达到初中水平。

在眉山工农干校学习的两年时间里，父亲学会了写信，他与母亲通了十几封信，每封信他都要问到弟弟和我的情况，遥祝我和弟弟健康成长。母亲收到父亲的信后，总是认真阅读，然后在回信中指出父亲信中的错别字以及语法错误，并一一纠正。父亲寒暑假回到家里，是我们全家最高兴、最快乐的时候。父亲总是一进家门就先找我们姐弟俩，抱抱这个，亲亲那个，亲热得不得了，每次都会带给弟弟和我每人一件小礼物。

1955年5月，妹妹伟清出生，还在眉山学习的父亲得知这一消息后开心得不得了。父亲将我们三姊妹当成了宝。

1955年7月，父亲从眉山工农干校毕业后回到泸州，担任泸州专区贸易公司经理。不久就开始搞肃清反革命运动。专署和各大口都成立了肃反办公室，并将各单位负责人和骨干分子先集中在各口参加学习，各人通过学习按照文件上的标准对照衡量自己，有问题的交代问题，没有问题的提高觉悟。父亲所在的贸易公司属供销口，集中学习期间，纪律严明，不准回家，尽管我们家离父亲集中学习的地点只有几百米，但在将近一个月的集中学习时间里，父亲一次家也没回过。学习结束后，父亲回到公司，按照党的政策稳慎地领导公司开展运动，使公司的肃反运动健康发展，没有出现偏差。

1956年7月，父亲调任泸州专区供销合作办事处主任。泸州专区供销合作办事处是四川省政府派出的正县级行政机构，有干部25人，内部设科室，不直接搞经营，除分管泸州市日杂经理部、废品经理部、生产资料经理部、土特产经理部等5个经理部外，还负责全专区8个县供销合作社的业务领导工作。供销合作社是中国农村劳动人民自愿入股，并由国家扶助组织起来的社会主义商业组织。在中央设中华人民共和国供销合作总社，在地方设各级供销合作社。其职责主要是面向农村供应生产资料和生活资料，收购和推销农副产品和手工业产品，组织农民发展多种经营，领导和管理农村市场，通过购销业务，为工农业生产服务，为人民生活服务。

父亲说，那个时候各县供销合作社都是搞的股份制，入了股的年终分红，搞得好的社分红就多，搞得不好的社分红就少，甚至分不了红，所以大家干劲都很大，都想搞好。各县供销合作社都是靠一把杀猪刀白手起家，很受群众欢迎拥护。为了掌握第一手资料，总结推广各县供销合作经验，父亲每年都要抽出大量时间深入到各县搞调研，倾听入股民众的呼声，帮助基层供销合作社解决发展中遇到的实际问题和困难，给他们出谋划策。还指导各县供销社成立了供销合作理事会，理事会每年都要召开代表大会，总结一年的工作，表彰先进，发展会员，鼓励农民群众积极入股入社。

1957年7月，肃反运动还没结束，整风反右运动就在全国范围内全面开展了。当时，母亲由专区商业局借调地委肃反办公室负责专案工作已有两年。整风运动中，母亲被划为“右派”。这让一生挚爱中国共产党、挚爱无产阶级革命事业的母亲懵了、不知所措了，她为自己辩护，她一次又一次向组织提出申诉，但这一切，都无济于事。1957年10月，母亲被分到永寿乡一个叫毛碑子的农业社，进行农村劳动改造。到农村后，母亲为了忘掉心中的屈辱，以近似于疯狂的状态拼命地干活，幻想以肢体的劳累折磨自己，使自己能短暂地进入梦乡。在母亲最悲观、最绝望的日子里，是父亲以他对母亲的爱，对母亲的包容，对母亲的不放弃、不抛弃，重新点燃了母亲心中的希望，给了母亲活下去的勇气和力量。

母亲被错划为“右派”，背上沉重的思想包袱、政治包袱。父亲为此受到的打击无疑是沉重的，思想上的压力、痛苦、苦闷、无助是不比母亲少的。但他却要强打精神，撑起我们这个家，在母亲面前，在老人面前，在我们三姊妹面前，装成一个无事人一样，无论再大的困难、再大的压力，他都一个人扛。因为父亲清楚，母亲是被冤枉的。所以，父亲一方面劝说开导母亲面对现实，认真劳动改造，相信组织、相信党，等待平反昭雪的一天；一方面独自承受来自各方面的压力，尽他最大的努力，为母亲、为我们这个家遮风挡雨。

后来，父亲被下放到隆昌县担任副县长。本来父亲原任泸州专区供销合作办事处主任就是正县级，现被无辜降为副县级，其中的原因父亲心中跟明镜似的。他没有向组织上提半点要求，没有讲半点价钱，而是坚决服从组织安排。父亲告诉我，他当时心里只有一个想法，管他那么多，只要能为党工作，在哪里干、干什么都行。他还告诉我，无论发生什么事情，他都不会改变忠于革命、忠于人民、忠于中国共产党的初心，都将一心向党矢志不渝。

调回隆昌

1958年4月，父亲带着我和弟弟以及祖父离开泸州来到隆昌。母亲带着妹妹和外祖母继续在泸县石洞农村劳动改造。

到了隆昌后，按照组织安排，父亲分管农业。为了干好工作，父亲长年累月奔波在生产第一线。为了掌握第一手资料，父亲一头扎进区乡，扎进田间地头，开展调查研究，了解农业生产的需求，了解农民群众的疾苦，尽最大努力为基层干部、为农民群众、为发展全县农业生产解决问题、排忧解难。作为县防洪指挥部指挥长，父亲将人民群众的安全放在第一位。防洪期间，他总是亲临现场，逐个排除解决水库隐患，挨家挨户查看农户房屋漏不漏雨，下水沟堵没堵塞，沿河道查看河床有无淤塞……全县每一个村社，都留下了父亲的足迹。

1958年7月，柏林寺水库工程上马，该水库设计总库容量1020万立方米，灌溉面积5.91万亩，建成后将成为隆昌当时最大的一座水库。为此，县委、县政府非常重视此项工程，成立了柏林寺水库工程建设指挥部，从各乡抽调了3000多民工上阵。父亲作为副指挥长兼工地负责人，率先垂范，从开工的第一天起，就背着铺盖卷来到工地上，和民工们同吃同住同劳动，一干就是几个月，一两个月都不回一次家。工程上出现问题，父亲总是及时解决，从不拖泥带水，魄力很大，敢负责任。工地上的干部、技术人员、民工，都很敬重父亲、信服父亲，认为跟着父亲干心里很踏实。父亲关心民工们的疾苦，主动为他们解决实际困难，使他们能安心在工地劳动。父亲重视工地上的后勤工作，多次到工地食堂检查饭菜和卫生，要求食堂工作人员尽心尽力为民工们做好后勤服务保障工作，保证民工们吃得饱、吃得暖，以便有强壮的体力参加水库工程建设。父亲特别注重工程质量，注重安全生产，要求工地上所有的干部、工程技术人员、民工一定要在各自的工作岗位上认真负责，严把工程质量关，为隆昌人民建一座高质量、经久耐用的水库。

据与父亲当年一起修建柏林寺水库的同志回忆，那时父亲常常挂在嘴边的一句话就是："修水库是一件惠及人民、惠及子孙后代的大好事，万万不可有一丝一毫的麻痹大意，要将人民群众的生命安全看得高于一切、重于一切，要将水库质量看得高于一切、重于一切。"经过几个月的艰苦奋战，这座凝聚着父亲心血的水库建成了！柏林寺水库建成后，不仅满足了石碾、周兴、五坡、云峰、城郊等公社的农田用水，还解决了隆昌县城数万居民的生活用水，为发展隆昌的农业生产、改善城区居民生活发挥了积极作用。

1958年9月，中共泸州地专直属机关监察委员会、四川省泸州专员公署对母亲做出定为右派，开除党籍，行政职务由行政科员降为办事员、工资由20级降为22级的处分决定。母亲说，她是泸州地专机关最后一个定案处理的，她在农村劳动改造是表现最好的，本来是可以下降的，就是因为她不承认自己反党反社会主义一次又一次地申诉，最终失去了下降机会。

1958年10月，母亲从泸县农村调回隆昌，先安排在金墨湾铁矿劳动改造，后来金墨湾铁矿下马又调到三龙桥铁厂。母亲带着外祖母、带着妹妹回来了。我和弟弟非常高兴，虽然母亲一个星期只能在家待一天，但总比在泸县长期见不到母亲强多了。母亲回隆昌时，我已7岁，上小学一年级了，懂事了。在很长一段时间里，我经常在睡梦中被母亲的惊哭声、喊冤声吓醒，我害怕，我担心，我无助，我不知道又会发生什么事情，惶恐中有一种大祸临头的感觉。

母亲在她的处分决定宣布后，为了不连累父亲，不连累我们三姊妹，曾几次向父亲提出离婚，但都遭到了父亲的拒绝。父亲真诚、深情地对母亲说："我了解你，清楚你。所以你一定要面对现实，要振作起来，为了我们这个家，为了我们的3个孩子振作起来。相信我，我不会和你离婚，我不能让我们的孩子从小没有妈，没有一个完整的家。反正我们的命运已捆绑在一起了，有困难我们一起面对、一起克服，就让我们有苦同吃、有难同当吧。没有过不了的火焰山！再说，你是做了绝育手术的，离了婚你今后怎么办？你一定要打消离婚的念头，好好劳动改造，好好操持家务，耐心等待，等到水落石出、沉冤昭雪的一天。相信我们的党，总有一天会查明真相，纠正错误，还你一个清白的。"母亲被父亲的真诚感动了。由于父亲的不放弃、不抛弃，母亲打消了离婚念头，有了生活的勇气，有了生活的方向。带着父亲的爱，带着父亲的预言，母亲积极投身到劳动改造中，不怕苦不怕累，是闻名全厂的拼命三郎。三年中，母亲的足迹遍布金墨湾、白水滩、三龙桥一带凡是有矿石的山头，无论是酷暑寒冬，还是刮风下雨，无论是烈日炎炎，还是冰霜凛冽，母亲都挑着120斤重的矿石担子跋涉在崎岖泥泞的山路上。挑运矿石是一项重体力劳动，没有坚强的毅力是难以坚持的。母亲她们那个女子挑运排最开始有三十多人，到最后只剩下母亲一人。

母亲在她的回忆录中写道："尽管我的事给老吴带来那么多的麻烦、那么多的株连，他却仍然相信我，仍然爱我，没有抛弃我，没有埋怨我。他就是我的精神支柱，是我们家的顶梁柱。"

1958年底，县委安排父亲到红旗铁厂担任副指挥长。红旗铁厂位于新华公社境内的刘家沟，是大战钢铁运动中隆昌建起的最大的铁厂，设备较

“洋”，有高炉几十座，工人上千，炼铁所需的矿石就在当地开采，矿石含铁量不到百分之四十。尽管县上下了很大的决心，但产量还是提不上去。以后上级下达的任务越来越多，县里汇报的数字也越来越大，对各铁厂下达了高不可攀的硬指标，为了完成任务，各个铁厂只好到各处收集废铜烂铁回炉再炼，最后连社员家的铁锅、铁门扣以及凡是沾铁的东西都强行收缴来炼铁，在群众中造成很不好的影响，使党的威信受到损害。父亲是坚决反对提群众铁锅这类行为的，他斩钉截铁地对提锅的人说：“收集废铜烂铁可以，提人家的锅就是不行！从哪里提的就还回哪里去！”父亲给我说了一件让他印象非常深刻的事。那是1961年秋收季节，父亲带一个工作组下乡去帮助社员劳动，某社员用粪桶给父亲他们挑开水，父亲很生气，质问他，他回答说工作组中一位姓马的人1958年到他家强行提走了铁锅，他心里有气才这样报复的，父亲批评了他：“马某某提锅不对，可今天我们是来帮助你们干活的呀，并不是来害你们的嘛。”那个社员听了自知理亏才去换了挑水桶。这件事让父亲难过了很久，他说：“我们党只有时刻为群众着想，才能得到群众拥护。战争年代，硬是要掉脑壳的事，人民群众都和我们鱼水相依，宁可自己少吃、不吃，也要把粮食送到部队，宁可牺牲自己，也要保证部队的安全。”父亲在红旗铁厂工作时带我去过一次，那时我已上小学，学校放农忙假，父亲骑自行车带我去的，在厂里住了两天，父亲很忙，其他的叔叔阿姨也很忙，没人陪我玩，我觉得不好耍，闹着要回家，父亲为了哄我高兴，还给我买了一包花生赞。

1959年，县里安排父亲到重庆工农干校学习两年。父亲二话没说，服从组织安排，告别家人到重庆学习。

1959年至1961年，正值国家三年自然灾害生活困难时期，父亲在重庆上工农干校，母亲在三龙桥铁厂劳动改造，留在家里的我们老的老、小的小，吃了不少苦头。

当国家处于三年自然灾害困难期间，父亲主动下降一级工资，与国家共渡难关。这段时间，父亲在重庆工农干校学习得了肿病，周身浮肿，整天四肢无力、头昏眼花，但他仍然坚持学习。1960年，学校放暑假了，我和弟弟、妹妹都掰着指头算日子，盼着父亲快点回家来。母亲从厂里提前一天回到家等着父亲归来。当父亲出现在我们面前时，大家都惊呆了，父亲被肿病折磨得面目全非。母亲见状禁不住泪如雨下，父亲却满不在乎地安慰母亲："不要紧！"往常，父亲回家，是我们三姊妹最快乐、最高兴的时候，我们会像小鸟一样扑向父亲，围着父亲转，围着父亲亲，任由父亲硬叉叉的胡子在我们脸上扎来扎去。可这一次，弟弟、妹妹直往母亲身后躲，父亲得肿病模样都变了，让弟弟、妹妹不认识了。母亲难过得偷偷痛哭了一场，她用供应肿病病人的半斤黄豆磨成粉调成羹给父亲补充营养，可父亲舍不得吃，硬要分给大家一起吃。

1961年元月，父亲毕业了，从重庆回到家时我和弟弟、妹妹正在用蚊帐筛糠壳，我们要将筛出的细糠和点高粱粉做粑粑吃。看见父亲回来了，我们欢呼着、雀跃着扑向父亲，接过父亲的包包就翻，看里面有没有什么吃的东西。以往父亲外出回来，每次都会给我们带点礼物，哪怕是几个冷馒头，可这次什么也没有，父亲说拿着钱也买不到吃的东西。父亲抱着妹妹亲了亲，捧起我们筛的细糠看了又看，揉了又揉，那个糠里面看不见一点米花花，用水搓揉，根本揉不拢，一捏就散。父亲眼圈红了，掉泪了，这是我第一次看见父亲落泪。第二天，父亲带我们去火车站餐馆吃了一顿，弟弟因长时间没吃过包子、馒头之类的食物了，馋得不得了，使劲地吃，吃撑了，住进了医院。在医院住了几天，母亲每天给他买一个麦鱼鳅（用面粉做的像鱼鳅状的食物），出院时，弟弟说什么也不愿意出院，说出了院就没有麦鱼鳅吃了，弄得母亲心酸酸的，哭笑不得。

我们曾经埋怨过父亲，父亲不在家的这两年该享受的一些待遇也享受不到，看见别人买代食品饼子，我们却一个也买不到；看见别人家的孩子有代食品吃，我们却只能眼巴巴地望到。一次农场供应每个县级领导一只鹅，一天早晨，一个人提着一只鹅到我家敲门，问："吴县长在家吗？"我一边回答："没在家。"一边跑去开门，开门一看，送鹅的人已提着鹅走了，只听见远远传来"嘎嘎嘎"的鹅叫声。我和弟弟、妹妹后悔了好一阵，如果我回答父亲在家，那不是就能吃到鹅肉了吗？父亲听了我们的诉说，语重心长地对我们说："娃儿们，不要后悔，爸爸没在家就是没在家，绝不要撒谎。爸爸不在家，不应该得到照顾，爸爸就是在家，也不会要照顾的。广大群众都是这样过，我们也能过，我们没什么特殊的地方。现在是苦一点，但每月到底还有十几斤粮食供应。爸爸当兵那阵，饿肚子是经常的事，天天还要行军打仗，野菜野果充饥就更是家常便饭了。爸爸长征过水草地时因缺粮啃过树枝，吃过草根，连皮带都割了几截来吃。过旱草地时断了3天粮，爸爸饿着肚子一样追赶部队。你们现在和爸爸那时是没法比，不知要好多少倍。所以，娃儿们，要晓得好歹，要学会吃苦。"我们听了父亲的话，觉得很对，也为自己过去的想法感到脸红。

一次，粮站的刘叔叔给了我们一张20斤的稗子粉票。这对我们是一个很大的诱惑，我们非常高兴也非常期盼，可是父亲却坚持要叫我们将稗子粉票退还给刘叔叔，我们只能照父亲的要求做，将稗子粉票退还给了刘叔叔。当时，粮食实行统购统销，在自由市场买卖粮食是违反国家政策的，是犯法的。父亲对家里人说："我是一个共产党员，宁肯饿细肠子也不干违法乱纪的事，我们家的人谁也不准到自由市场买粮食。"不能买粮食，就只能以菜代粮。每个逢场天，家里人都要去买几十斤红萝卜或者牛皮菜，有时候星期日，母亲还挑上箩篼到乡场去买，乡场要比城里好买些。10斤牛皮菜，1斤高粱粉，煮成一大锅菜糊糊，这就是我们家那段时间餐桌上的主打食物，我们三姊妹喝了一碗又一碗，只要能填饱肚子，我们什么都能吃。父亲经常夸我们懂事，知道好歹。

父亲回来了，我们觉得有了主心骨。在母亲不在家的时候，父亲不仅给了我们如山的父爱，还给了我们温柔细腻的母爱。一次妹妹头上长脓疱疮，父亲用碘酒消毒后轻轻地为妹妹挤脓疱疮内的脓血，怕妹妹哭还专门为她准备了一颗糖，治好后，妹妹头上再没长过脓疱疮。父亲利用空余时间带我们去挖野菜，教我们认识灰灰菜、野油菜、车前草等各种野菜。父亲告诉我们，长征途中能找到车前草、灰灰菜就是最好的了、最安全的了，那时很多战士吃了不认识的野菜而中毒，上级成立了野菜委员会，教大家识别各种野菜，所以父亲认识很多种野菜。父亲还给我们讲延安大生产运动，讲延安军民自力更生、丰衣足食的故事。父亲带着我们在院坝里种上了几窝葵瓜（又叫佛尔瓜，俗名八月瓜），并叫母亲买回几只小鹅仔、小兔崽、小鸡仔，分配弟弟放鹅，妹妹养兔，我喂鸡。每天放学后，弟弟就拿着竹竿去放鹅，我和妹妹去扯兔草、找喂鸡的虫子。葵瓜牵藤了，父亲带着我们给葵瓜搭架子；结瓜了，父亲带着我们给葵瓜施肥。小葵瓜一天天长成了大葵瓜，弟弟喂的小鹅也长成了大鹅，妹妹养的兔子下了6只小兔，我喂的鸡也开始生蛋了。一个星期天，母亲回来了，父亲抓了一只鹅宰杀了，我们把凳子搬到瓜架下，站到凳子上摘瓜，一次就摘了十多个大葵瓜，中午，一大盆香喷喷的葵瓜烧鹅摆在了餐桌中间，我和弟弟、妹妹高兴得手舞足蹈，那个味道，至今想起来还流口水。从此，葵瓜在我家院子里生长了几十年，伴随了我们几十年，葵瓜烧鹅成为我家最具有家的味道的传统菜肴。

父亲回来了，欢声笑语又光临到了我家。父亲是一个非常乐观的人，只要父亲在家，我们家就少不了欢乐和笑声。父亲喜欢讲笑话，喜欢逗我们开心。父亲讲，有一个懒汉不想干活，就去土地庙求土地神帮助，他双手合十口中念叨：土地公公，土地婆婆，大小给我个病病，不要我的命命。又讲，一个懒汉装成瘸子、驼子去要饭，他佝偻着腰，一手拄着棍子，一手拿着个破碗，嘴里念念有词：先生太太行行好，打发老爷一点嘛，行行好，打发老爷一点嘛……父亲讲笑话，喜欢一边讲一边辅之以动作。他在讲上述笑话时，手上还要拿一根棍子，扮成驼子、瘸子模样，向我们伸出手，口中念道“打发老爷一点嘛”，逗得我们哈哈大笑，笑得前仰后合。我们也学着父亲的样讲起了笑话。妹妹从小就喜欢打扮，喜欢跳舞，她用枕巾包头装扮自己，用红苕叶的长柄做成耳环、项链打扮自己，每次妹妹表演以前都要放下蚊帐，在蚊帐里打扮很久然后说开始了才拉开蚊帐，每当这个时候，父亲总是带头鼓掌，欢迎妹妹的表演。妹妹表演完了，我也喜欢唱两句，每当我唱歌的时候，父亲就要开玩笑地说“黄牛叫了，我家的大黄牛叫了”，因为我的生日与牛的生日是一天（农历十月初一是牛生），加上我的嗓门大，唱歌沙声沙气，父亲常常笑我唱歌像黄牛叫。弟弟的节目就是站在桌子上学小铁脑壳往下跳，用头触地。我们小时候，家里每年要包一两次饺子，都是父亲包，父亲在北方待了十几年，喜欢吃饺子也会包饺子。每次包饺子就是我们三姊妹最开心、最快乐的时刻，有时我们高兴得过头了也常常惹父亲生气，每次包饺子前，父亲会发给我们一人一张饺子皮，随我们怎样揉捏自己的那张面皮，但我们不满足手上的那张，常常趁父亲不注意时偷拿一张，再偷拿一张，惹得父亲发火了叫我们滚蛋。我们滚蛋了，要不了3分钟，父亲就会高喊："大鹅儿、红娃儿、三癞儿，快过来！"我和弟弟、妹妹又会像小鸟一样飞到爸爸身边，重新开始我们快乐的包饺子大行动。父亲叫妹妹"三癞儿"，是因为妹妹曾经被传染头上长了癞疮，母亲为了给妹妹治癞疮给她剃了光头，当时人委会里有好几个小女孩都生了癞疮。

父亲的手很巧，在延安大生产运动中他学会了纺线、捻羊毛、纳鞋底等活，我们家的苍蝇拍、扫帚等好多小物件都是父亲自己制作的。父亲编扎的棕扫把很结实，能用很长时间。父亲还用麦秆给弟弟编蝈蝈笼，用筛筛制作捕鸟的工具，带着我和弟弟、妹妹去捕鸟。有一次，一下就捕到两只麻雀，父亲编了一个小鸟笼，把麻雀装在里面让我们玩。只要有父亲和我们在一起，我们就感到非常开心、非常快乐、非常幸福。

父亲从重庆工农干校毕业回到隆昌后，又被晾了一段时间不给安排工作。父亲心中烦恼，确实有许多想法，他在《我走过的路》回忆录中写道："我由一个正县级降到副县级，工作上几次受到冷调，得不到安排，不就是因为我的爱人是'右派'吗？我背上这个划不清界限的包袱，我也无须为自己作什么辩解，只要能为党工作，什么名利、地位我从来都是不计较的，倒是想干工作而没有工作干，这就不能不令人心焦烦恼。"父亲心烦，但他从不在母亲面前表露出来，怕勾起母亲的伤心事。母亲了解父亲，父亲是一个工作狂，只要有工作干，再苦再累他都乐意，一旦闲下来就浑身不舒服。母亲知道是自己连累了父亲，让父亲受了委屈，她很自责，也很难过，但又没有什么别的办法，只能好言宽慰父亲，叫我们三姊妹多陪在父亲身边，逗父亲开心。

父亲在焦躁中等了一段时间，县里安排他和靳银贵协助组织部办一个学习班，靳银贵是父亲重庆工农干校的同学。这个学习班有几百人参加，就办在北街常训班内，门口有人站岗，参加学习班学习的人不准出去。父亲不知道这是个什么学习班，参加学习班的都是些什么人？于是和靳银贵一起去调查了一下，参加学习班的人大多数是复员退伍军人。父亲问他们因为什么原因参加学习班，这个说我饿得没法偷了一把胡豆，那个说我掐了一把豌豆尖，差不多都是这样的问题。父亲一听很生气，认为举办这样的学习班是小题大做，当时生活紧张，摘把胡豆掐点豌豆尖算不了什么大问题，教育教育也就行了，而且这些人大多数都是复员退伍军人，有接受教育的能力，这样集中起来学习，既浪费了人力物力财力，又达不到教育的目的，相反还起反作用，引起抵触情绪。父亲将自己的想法向县委作了汇报，希望县委停办这个学习班，但没有引起县委的注意，县委也没有采纳父亲的意见。父亲就离开了学习班。组织部有人质问父亲为什么不参加办学习班，父亲说他不明确办学习班的目的。父亲就是这样，性格坦诚耿直，眼睛里揉不进半点沙子，有什么说什么，直来直去，从来不隐瞒自己的观点。

不久，县里安排父亲分管民政、文教、卫生工作。

重建公社敬老院

父亲分管民政工作后，他首先到福利机构和各公社调查了解情况。当时正值三年自然灾害生活极端困难时期，孤儿很多，一家一家的，大人都饿死了，留下没有生活能力的孩子流落乡间无处安身。一次，父亲到黄家区调研，遇见两个一身稀脏、弄得花眉花脸的娃儿正坐在一堆甘蔗叶上啃甘蔗尖尖，一个有七八岁，一个只有五六岁，父亲问他们的爸爸妈妈在哪里。他们说饿死了。问他们晚上住在哪里。他们说就睡在这堆甘蔗叶上。父亲看着这两个可怜的孤儿，心被揪得阵阵发痛，他从口袋里掏出几元钱拿给大一点的哥哥，叫他带妹妹去买点吃的，又吩咐随行的黄家区民政干部妥善安置这两个孩子，不能让他们再露宿街头了。通过调查研究，父亲觉得当务之急必须解决收养孤儿的问题，否则将引起严重的社会问题。父亲向县委领导汇报了自己的想法，当时省上和地区都非常重视收养孤儿的问题，县委也很重视，通过研究，县委同意父亲的建议，决定恢复和办好原有的公社敬老院，由敬老院在收养孤寡老人、残疾人的同时负责收养无处可去的孤儿，现阶段以收养孤儿为主。

隆昌县自人民公社化后共建公社敬老院26所，但绝大多数公社敬老院在生活困难时期都名存实亡，什么也没有了，必须重新组建。重新组建也就是重新兴家，面临着一系列具体的困难和问题，诸如管理人员、经费、房子、家具、炊具、床上用品、生活用品等等。要解决这些困难和问题，就必须下大决心、花大力气，在落实上下大功夫。为了重新组建公社敬老院、办好公社敬老院，父亲倾注了全部心血，足迹遍及全县每一个公社。

在重建公社敬老院的日子里，我们很少见到父亲，父亲总是早出晚归，有时好几天都不在家。很多时候父亲回到家里天已很晚了，我们早已进入梦乡，第二天我们还没起床，父亲就已经出发了。那时县上汽车极少，父亲下乡全靠两条腿，或者走路，或者骑自行车。父亲一个敬老院一个敬老院地落实，一个敬老院一个敬老院地恢复重建，不仅在人力、物力上给予大力支持，还在细节问题上为他们出主意想办法，帮助他们解决所面临的一切困难和问题。父亲特别注重各敬老院院长的选用，要求一定要选用责任心强、品质好、工作认真负责、有爱心的人当院长。经过半年多的艰苦努力，各区、公社的敬老院都恢复重建好了，规模条件都胜过从前。原来没建敬老院的公社也新建了敬老院。敬老院建好后，把没人管的孤儿都收养起来，全县收养了几百名孤儿，仅隆昌福利院就收养了六七十名，还专门请了老师来教他们。父亲非常重视孤儿的教育问题，要求各敬老院要明确专人负责孤儿的教育工作，孤儿多能够办班的敬老院要为孤儿们请最好的老师教他们，孤儿少的敬老院要根据孤儿的实际情况送他们到就近的学校念书。除了文化教育外，父亲还要求各个敬老院组织年龄大一些的孤儿学一门手艺，如木工、泥瓦工、篾器竹器编制工等等，使他们长大后有一门求生的本领。敬老院收养的这些孤儿长大成人后，都安排了工作，成为有文化、有技术的社会主义建设者。为了解决敬老院缺少管理人员、护理人员的问题，父亲要求各敬老院在收养的孤儿中物色培养人才，等他们长大后留院工作，为党的福利事业做贡献。

为了巩固重建敬老院的成果，将敬老院越办越好，父亲每个月都要在隆昌福利院召集一次各区、公社敬老院负责人会议，总结工作中的经验教训，提出需要解决的问题和困难，商量解决的办法，这已形成制度。父亲说当时隆昌福利院的条件相对要好些，物资也丰富一些，所以他就经常调剂一些给各公社敬老院扶助他们。

另外，父亲还狠抓了干部的思想作风建设，以隆昌福利院时任院长曾某某严重违纪违法事件为反面教材警示大家，要求敬老院的干部职工要树立全心全意为孤寡残疾人服务的思想，为办好党的福利事业尽职尽责，决不能干丢共产党脸的事。

父亲在恢复重建公社敬老院的工作中还重点抓了敬老院的生产自救。当时，正值国民经济困难时期，国家拨的民政经费有限，敬老院的院民们吃不饱，得肿病的多，死亡率也高。父亲看在眼里、急在心里，他决定将延安大生产运动的精神传承到各敬老院，带领他们走自力更生、丰衣足食的道路。为了解决菜地的问题，父亲一个区一个区地跑，一个公社一个公社地落实，通过多方做工作和协调，各公社采取租或划的办法，拨给敬老院一定数量的菜地、饲料地，以解决敬老院院民们吃菜、吃肉问题。

父亲以隆昌福利院为点，多次召集院领导商量发展生产的办法，并在院民大会上介绍延安大生产运动和自己的亲身经历与体会，让全院干部职工和院民们树立信心，明白自己动手、改善生活的道理，从而积极投入到艰苦的生产劳动中。在父亲的支持、关心、建议下，福利院成立了农业组、副业组，并根据院民的身体状况将他们分别编入农业组、副业组，从事力所能及的农业生产或副业生产。同时引进奖励机制，激发大家干活的积极性。福利院自开展农、副业生产后，效果显著，每年收获粮食五六千斤，圈存生猪二三十头，院民们吃饭再不定量，可以敞开肚皮吃了，每个星期还能吃上3次肉，院民们的体质增强了，死亡率也降低了。

父亲将隆昌福利院的经验推广到全县，要求各区、公社敬老院因地制宜，发展农、副业生产，自己动手，种粮食种蔬菜，喂家禽养肥猪，增加收入，改善生活，让正在长身体的孤儿们吃饱吃好，身体长得壮壮的，好接革命的班。通过自力更生、发展生产，各区、公社敬老院基本做到了蔬菜、肉食自足。另外，父亲还合理安排使用民政经费，把钱用在刀刃上，改善各敬老院办院条件，每年都要拨出一定的民政经费，为敬老院修房子，添置必需的用具。同时，父亲加强了对各敬老院院长的考核，及时发现问题、解决问题，从组织上保证敬老院的健康发展。

父亲在选用敬老院院长时，首先注重的是人品，认为担任敬老院院长的人一定要品质好、有爱心，有担当，工作认真负责，责任心强；其次要身体好，有力气，能够胜任照顾孤老残疾人的工作，而且在年龄上应该相对大一点，这样更有利于工作的开展。

抓收容工作也是父亲分管民政工作的一大亮点。20世纪60年代，人民生活困苦，隆昌外流人员增加，每年收容遣送外流人员达3000多人，仅车旅费就要花去5万多元。父亲分管民政工作后，组织收容所办了一个砖瓦厂。父亲说他当时的想法是：办一个砖瓦厂，既可以增加收容所的收入，又可以安置收容人员，收容人员在砖瓦厂干活，凭劳动挣钱，多劳多得。这当中有个竞争，通过劳动竞争，又可以锻炼改造他们的思想，稳住他们的心，免得他们又去到处流窜。砖瓦厂建起后，成效显著，那时正是青黄不接的时候，隆昌有七八十个人流窜到外县，收容所把他们接回来后都安置在砖瓦厂劳动，其中只有4个人收容了以后又跑出去流窜，其余的人都没再跑，而是安心在砖瓦厂劳动。

父亲除下大力气狠抓民政工作外，对自己分管的文教、卫生工作也毫不放松，管到实处，做他们的坚强后盾，尽自己最大努力为他们排忧解难。父亲工作起来很有魄力、很有担当，敢于负责，敢于拍板，爱护干部，善于发挥他们的长处。他这种认真负责的工作态度和实事求是联系群众的工作作风，得到文卫系统干部职工的交口称赞。父亲尊重知识、尊重人才，特别强调对文卫系统的老专家、老教师、老艺人要给予更多的关怀与照顾，让他们充分发挥自己的聪明才干，为发展隆昌的教育事业、卫生事业、文化事业贡献更大的力量。

据隆昌县川剧团老职工（后调文教局文管所）陈举强同志回忆，父亲是一个平易近人、没有一点官架子的领导。他很关心隆昌川剧事业的发展，非常尊重川剧艺人，关心他们的疾苦，千方百计为他们解决工作上、生活上遇到的问题和困难。每年春节，父亲都要到川剧团慰问看望大家，与大家拉家常摆龙门阵，这让大家非常感动，川剧团的艺人们都非常尊重父亲，喜欢与他交往。

母亲回来了

1961年10月，母亲结束了劳动改造，集中到县常训班参加为期半年的学习，学习期间组织上为母亲摘掉了“右派”帽子。1962年4月，母亲学习结束后，被分配到隆昌县农机经理部工作。

母亲回来了。我和弟弟、妹妹可以天天见到母亲，可以天天在母亲怀里撒娇，天天依偎在母亲身边享受温暖的母爱，再不用天天掰着手指头算母亲回家的时间了。5年，整整5年的时间啊！我从6岁长到了11岁，弟弟从4岁到9岁，妹妹最小也从2岁长到了7岁，到了上小学的年龄。

母亲回来了。我们这个家完整了。我们三姊妹能同时沐浴如山的父爱和如水的母爱，我们太开心了！父亲、母亲爱我们，把我们当掌上明珠。但父亲、母亲绝不溺爱我们，而是从小严格要求我们，教给我们做人做事的道理。记得小时候我们只要将饭菜撒在了桌子上，父亲都要求我们一粒一粒捡起来吃了。做诚实的孩子，这是父母亲对我们的最起码的要求，如果犯了错但讲了实话，父母亲会原谅我们，如果撒了谎，肯定会受到父母亲的严厉批评甚至惩罚。

弟弟小时候很顽皮，他在中心街高坎子民校上初小时，经常被老师留下来请家长，我都到学校接过他几次。印象最深的有两次：一次是弟弟和班上的十几个小男孩正中午被老师罚站在烈日当空的操坝中间，个个被晒得脸红筋胀、汗流浃背；一次是被集体罚站在厕所内闻臭。在人委会的小孩中，弟弟是他们那拨小孩的“孩子王”，都叫他“头”。他带领那帮小孩跑毛子、玩官兵逮强盗、藏猫猫、爬树，经常惹祸，常有人来家“告状”。父亲对我们要求很严，一旦有人“告状”，就要严加处罚，有时还要动手打弟弟。弟弟每次挨打，都昂着头、挺着胸做出一副“坚贞不屈”的“英勇”模样，任凭父亲怎样打，他都不会吭一声，弄得父亲打也不是，不打也不是，只好住手。

因为弟弟的教育问题，父亲、母亲常有一点小摩擦。母亲认为对弟弟要以表扬鼓励为主，不能打，父亲也逐渐赞同了母亲的意见。他们一起为我们三姊妹制订了奖惩办法。母亲将她当教师时的经验用在了我们身上，表现好的插红旗，表现差的插黑旗，一个月评比一次，一个学期总评一次，奖惩兑现。奖品就是本子、擦子、铅笔等学习用具，我得到的最高奖品是一支钢笔，那是我小学毕业以优异的成绩考入隆昌一中，父亲、母亲特别奖励我的。

妹妹上小学二年级时和她班上的一位女同学打过一次架，起因是那个女同学先欺负她，打了她，妹妹自卫还击，两人抓扯在了一起，妹妹的脸被抓得鲜血长流，那位女同学的头发被妹妹揪下了一绺。老师提着那绺头发带着妹妹和那位同学到我家家访，当时父亲不在家，母亲狠狠批评了妹妹一顿。起初妹妹不服气，认为是那位同学先打她，她才还的手，经过母亲耐心细致的思想工作，妹妹才认了错。父亲回来后，将我们三姊妹召集起来开了一个会，他给我们讲了长征途中战友们团结友爱、互相帮助、互相谦让的故事，要求我们要和同学搞好团结，要向雷锋同志学习，对待同志像春天般温暖。因为妹妹和同学打架，父母亲给她插了黑旗。从此以后，妹妹再也没有和别人打过架。

最初，弟弟得的黑旗最多，后来逐渐地减少，直至消灭了黑旗。弟弟变得越来越懂礼貌，越来越爱学习，也没有人来“告状”了。一次，弟弟在人委会操场捡到10元钱，交给了人委会办公室的领导，受到了表扬，人委会办公室办的黑板报还登了专门文章，表扬弟弟拾金不昧，号召人委会的小朋友们向他学习。

在轰轰烈烈的学雷锋活动中，我们三姊妹都按父母亲的要求表现很好。弟弟积极参加学校和班级组织的各种学雷锋活动，长期为大北街的一户孤寡老人挑水、劈柴，坚持了两年多，被学校树为学雷锋标兵。我也被学校评选为学雷锋积极分子，我将班上的同学组织起来成立了学雷锋小组，每天下午放学后，我们就去扫大街或者扫电影院，或者打扫学校的厕所，或者为班级擦黑板、修补桌椅等等。我们班有一位姓唐的女同学生病了不能走路，上不了学，我就每天到她家背她上学，放学后又将她背回家，坚持了一个学期。这位同学很受感动，硬要送一包花生糖给我吃，我不要她不依，我只好收下。

小时候，为了培养我们良好的生活习惯，父亲操了不少心。他要求我们自觉遵守作息时间，早睡早起，爱清洁讲卫生，勤俭节约，当天的事当天完成，办事认真仔细不马虎，等等。只要父亲在家，他就是我们的起床闹钟，早晨到起床的时候，父亲会挨个叫醒我们，他先捏着鼻子拖长声音叫几声“公公羊”，再大声喊：“太阳晒屁股了，起床了！”“大鹅儿，起床了！”“红娃儿，起床了！”“三癞儿，起床了！”一个一个拉我们起床，并督促我们整理床铺和洗漱。有时我们赖床，父亲就会“惩罚”我们。他“惩罚”我们最常用的动作就是“刮鼻子”，弯曲他的右手食指，在我们的鼻子上轻轻刮两下，一边刮一边念叨“小懒虫”。“刮鼻子”是我们犯小错时父亲对我们的小惩罚，里面包含着浓浓的父爱。父亲也刮母亲的鼻子，只要看见母亲有烦心事了、不高兴了，他就会去刮母亲的鼻子，逗母亲开心。有时我们做了错事或挨了批评不高兴了，父亲会来逗我们：“快来看，快来看，大鹅儿（或者是红娃儿，或者是三癞儿）的嘴巴噘起可以挂油壶了！”然后就来刮我们的鼻子，刮我们噘起的嘴巴，直到把我们逗得破涕为笑为止。

我小时候常做笨事伤害到自己，曾经在人委会从几米高的坎上摔到坎下，把尾椎骨摔断；关门时手没抽出，右手除大拇指外其余4根指头都被门框挤压得血肉模糊；蹦蹦跳跳地行进在巷道里，头“砰”的一声撞在巷道中间的门框上，被撞个大包包；去开水房提水，木桶掉下来将右脚大脚趾砸成重伤……这样的笨事还有好多。因为我的毛躁，父亲、母亲没少为我操心。为了帮助我改正毛躁的习惯，不管我做什么，父亲、母亲都会提醒我不要做笨事，要动脑筋，要多观察，要细心，要学会保护自己，不要毛毛躁躁。父亲还专门给我讲了他在延安躲日本飞机的故事，要不是父亲机灵，及时观察到日机飞行的方向，改变了他们的隐藏地点，父亲和他的战友就被日本飞机扔下的炸弹炸死了。我听了父亲的话很受触动和教育，决心改掉自己毛毛躁躁、爱做笨事的毛病，让父亲、母亲放心安心不再为自己操心。

建设磷肥厂

1965年5月，县里安排父亲分管工业。其时，县委、县人委根据我县土壤调查情况和农业生产现状，正准备筹建一座投资少、见效快的高炉法生产的小型钙镁磷肥厂。父亲接手分管工业后，立即投入到筹建磷肥厂的工作中。当时，隆昌县地方工业非常薄弱，县财政十分困难，拿不出钱建磷肥厂。怎么办？父亲想到了从南京迁到隆昌的化工部第八化工建设公司，八公司内迁到隆昌后，占了我县那么多地，县里对他们帮助也很大，请他们拿点钱帮助我县建个磷肥厂，应该问题不大。于是，父亲与县计委主任魏全安等同志一道找到八公司领导，请他们支援我县建磷肥厂。经过多次协商，八公司同意帮助我县建一座小型磷肥厂，投资15万元，并负责工艺设计和设备配套以及安装技术指导工作。1966年3月，磷肥厂破土动工，开始基建。厂址就选在离火车外站只有50来米的成渝公路边群星十三队的地界上，那里交通便利，原料、燃料及产品运输都很方便。修建磷肥厂，父亲是本着因陋就简、修旧利废、勤俭办厂的原则来建设的。建厂的机器设备，除一部分是调来的外，多数是到各地采购的废旧设备，还有一些是从火车站“捡”来的，如熘铁炉、烘干机等设备。这些设备是有些厂矿放在火车站好几年了没来取，日晒雨淋，火车站要作为无主商品进行处理的。父亲找火车站商量，请他们支农，无偿支援给磷肥厂，火车站也就支援出来了，一分钱没收，所以父亲说这些设备是“捡”来的。磷肥厂动工不久，全国各地就开始了轰轰烈烈的无产阶级“文化大革命”。父亲顶着来自各方面的压力，坚定不移地带领建厂班子继续建厂。

1967年3月，磷肥厂点火投产，计划年产钙镁磷肥1万吨。

坚定不移抓生产

1966年5月16日，“文化大革命”开始了。1967年1月，中共隆昌县委、县人民委员会及其工作机构被夺权，各项工作陷于瘫痪。

1967年3月，在隆昌县武装部的领导下，组建成立隆昌县生产委员会（5月改名为隆昌县抓革命促生产委员会）。隆昌县生产委员会是当时县里唯一领导全县工农业生产的日常工作机构，父亲被结合安排担任县生产委员会副主任，主要职责就是抓生产。在当时各个机构都受“文革”影响的情况下要抓工农业生产谈何容易！其困难程度可想而知！但父亲还是临危受命接受了任务，决定干！而且要好好干！父亲认定一个理：民以食为天，不管什么时候，生产总是要人抓，人民群众总是要吃饭、要穿衣。因此，不管情况有多错综复杂，父亲始终坚持抓生产，始终站在抓生产的第一线，始终想尽千方百计发展全县的工农业生产。

面对艰难的政治环境、社会环境、经济环境，父亲坚定不移地迎着困难上、义无反顾地挑起了全县抓生产的重担。为了不让隆昌的工农业生产瘫痪下去，为了在困境中发展隆昌的工农业生产，为了让人民群众少吃一些苦头，父亲殚精竭虑付出了极大的努力，时刻践行着一个共产党员应尽的职责。那段时间，每天晚上，父亲都要工作到凌晨，看文件，思考问题，统筹考虑全县工农业生产的发展和人民群众的吃饭问题，经常熬得眼睛发红、嘴巴起泡。母亲心疼父亲，尽可能陪着父亲熬夜，父亲也关心母亲，总是叫母亲早点休息。母亲知道拦不住父亲，但每当看见父亲筋疲力尽的样子总免不了“拖父亲后腿”，劝父亲早点休息，注意身体，不要太劳累了。父亲总是一边安慰母亲不要紧、挺得住，一边忙他的，丝毫没有早点休息的打算。母亲只好随父亲去，尽可能在生活上多关心照顾父亲，冬天，为父亲准备一个热水袋；夏天，为父亲打蒲扇；父亲饿了，犯病了，为他准备一碗热汤面；父亲累了，为他揉揉肩、捶捶背。父亲和母亲就是这样相濡以沫行进在他们人生的道路上。也就是在这时，父亲得了高血压，头晕、头胀、失眠，母亲多次催促父亲到医院看医生，父亲总是因工作忙拖着不去，后来终于受不了了，才到医院看病。医生一量血压，高压超过200mmHg，低压超过130mmHg，赶紧叫父亲住院，父亲却怎么也不肯住院，说这么多工作等着干，住在医院算怎么回事？医生只好给父亲开了降压药，嘱咐他一定要坚持每天服药，注意劳逸结合，不能太劳累、太熬夜。父亲在家里，总是母亲监督提醒他服药，可父亲出差在外，一忙起来就总忘了服药，所以父亲的血压总是控制不好，低压徘徊在110mmHg至120mmHg，高压在160mmHg至180mmHg，经常出现头昏头胀的症状。

父亲在抓生产的过程中，团结了一批县、区、社站出来的中层领导干部一起抓生产，经过他们的不懈努力，全县工农业生产出现了好的发展趋势。1967年小春粮食产量比1966年增产一倍多，粮食征购任务也基本完成，财贸战线上的购销、收货和税收任务也完成得比较好。

1968年4月25日，隆昌县革命委员会成立，结合父亲当了一个委员，并担任县革委生产指挥组第一负责人（1970年4月起改称组长），主抓全县工农业生产。

就在隆昌县革命委员会成立的那天晚上，父亲回到家里，告诉我们不要睡觉，做好撤离隆昌的准备，然后又匆匆出去了。听了父亲的话后，母亲赶紧带着我们收拾铺盖、换洗衣服和日常生活用品，打了4个背包，又将几床棉絮藏到巷道厕所的夹棚上，把坛子里泡的十几个咸鸭蛋全煮了，带着路上充饥。半夜时分，撤退开始。过了龙市，就走公路了，父亲找朋友借了一辆板板车，拉我家和邻居赵永昌叔叔一家的行李。我和赵大隆负责拉车。这样，父亲、母亲、弟弟、妹妹和赵叔叔一家就可以甩手走路了，就轻松多了。拉板板车是很辛苦的，但我作为家中的老大，理所当然应该挑起这副重担。我和大隆互换着拉中杠，拉拉歇歇，歇歇拉拉，终于到了自贡的何市。队伍在何市住了一夜，我们一家被分配住在街上的一家店铺内。一路上，父亲非常辛苦，不仅要操心大队伍的事，还要操心我们的事。我想打点热水给他泡泡脚，跑了很多家都没找到热水，最后终于在一家馆子找到半盆热水，我端着热水回到住处，给父亲脱下鞋，把父亲的脚放在热水里泡着，看到父亲舒服的样子，我忘记了自己的累，觉得很开心。到了自贡后，我们这批人被安排住在自贡市某单位的二楼会议室，以家为单位划分地铺位置，约有几十家、上百人，我家分到地铺位置后，母亲即带领我和弟弟、妹妹铺地铺，清理日常用具，一切弄好，就算安顿下来了。在自贡住了一段时间，我们又随父亲来到富顺，住在农机厂的一间集体宿舍里。无论是在自贡，还是在富顺，几个月的时间里，我们很少与父亲团聚。

县革委撤退期间，在很长一段时间里工资都发不起，为了大家的生活，父亲每个月都要朝宜宾跑无数次，硬着头皮找有关领导和部门要钱、借钱来发工资。

8月30日，县革委迁回隆昌县城，我们也终于回家了。回到家里，我们被眼前的景象惊呆了，家门洞开，地上一片狼藉，所有箱柜、抽屉都被翻得乱七八糟，墙上挂的一幅荷花图、一幅喜鹊闹梅图被盗走了，这是隆昌一中美术教师张彩芹老师特意送给父亲的两幅画，父亲非常珍爱。还有一双银筷子、一个酒精灯、一个白瓷彩塑大肚笑罗汉也不知去向。总之，凡是值点钱的东西都被盗走了。我们一家人的照片影集被撕得粉碎散落一地。只有藏在厕所夹棚上的几床棉絮安然无恙。

那时的隆昌，全县缺粮问题非常严重，仅非农业人口粮食供应缺口就差2400万斤。父亲心急如焚，他深知粮食对于人民大众的重要性。民以食为天，如果不能保证粮食供应，民心就难稳定，社会就要动乱。为了解决居民粮食供应问题，父亲多次召开财贸、粮食系统有关人员会议，研究解决办法。一方面，组织要求各粮站到各处收购一定数量的红苕粉、红苕干，以准备应急。另一方面，父亲亲自率领粮食局的同志跑宜宾、合江、纳溪等6个县要粮，请求支援。在父亲一行人诚恳的、锲而不舍的努力下，6个县都伸出了援助之手。粮食要到后，父亲又四处联系车辆组织运输。待粮食运回隆昌后，父亲才长长舒了一口气，心中的一块石头落了地，老百姓不会饿肚子了，总算渡过了缺粮难关。因为要回的粮食有细粮，也有粗粮，所以在供应粮食时就采取粗细粮搭配的办法进行供应，百分之六十的细粮，百分之四十的粗粮，粗粮以苞谷为主。有了这批粮食，老百姓的口粮有了保障，父亲也就心安了。

1968年12月22日，中央发出号召："知识青年到农村去，接受贫下中农的再教育，很有必要。要说服城里的干部和其他人，把自己初中、高中、大学毕业的子女，送到乡下去，来一个动员。各地农村的同志应当欢迎他们去。"根据中央的指示，县革委成立了毕业生分配组（县知青办公室前身），随即开展了知识青年上山下乡动员工作。动员刚开始，父亲就表了态，坚决响应号召送子女到农村去接受贫下中农再教育，并替我报了名。

当天晚上，父亲召集家庭会议，通报了他给我报名上山下乡的事，要求我积极响应号召，随时做好下乡的准备。当时我刚满17岁，正是渴望学习知识的大好年华，可现实却让我离开了教室，在家"逍遥"了两年，为此，我时常感到苦闷、彷徨。现在，父亲给我报了名，让我下乡当农民。我想，与其长期在家无所事事、虚度时光，还不如到农村去寻找实现自我价值的地方。于是，我毫不犹豫地、爽快地答应了父亲的要求。只是母亲还有些犹豫担忧，她怕我到农村后吃苦受罪，担心我能不能过惯农村生活、会不会受人欺负等等。我安慰母亲不用担心，我自认为自己适应能力较强，又继承了父亲红军的光荣传统，具有不怕吃苦不怕受累的精神，我相信自己能很快适应农村生活。

1969年元月上旬，在中心街川剧院大门外搭台召开了声势浩大的知识青年上山下乡动员大会。我虽没有上台，但仍觉得浑身热血沸腾，整个心被会场上热烈的气氛强烈地感染着。动员大会后，城关地区知识青年上山下乡的步伐却因“文革”中的多种原因停滞了下来。父亲忧心忡忡，不知道这种局面还要持续多久，决定亲自送我回老家务农。起初母亲不同意把我送到千里以外的老家当农民，她认为既然县里都没动，我们也就没有必要急着行动，等县里动了再动也不迟。后来经过父亲做工作，母亲同意了。老家江油县治城公社北江大队和生产队的领导都欢迎我回老家接受贫下中农再教育。当年红四方面军在老家扩红时，有100多人报名参加了红军，革命成功后活着回乡的寥寥无几，父亲是其中的一个，老家的父老乡亲对红军的后代是很有感情的、很欢迎的。

1969年2月，父母亲为我办好了上山下乡的一切手续，包括迁移户口、开介绍信等。3月初，刚过了大年即元宵节后，父亲就为我整理好行装，送我回到了老家——江油县治城公社北江大队八生产队。二婆一家热情接待了我们。

回到老家第二天，父亲带我拜访了大队书记、生产队长以及当年送父亲参加红军仍健在的老人，请他们好好教育我、帮助我，有不对的地方尽管批评我，我也向他们表示了接受贫下中农再教育的决心。父老乡亲们对红军战士及红军战士的后代都很有感情，表示一定好好培养我、教育我，叫父亲放心。

父亲将我安顿好后就回隆昌了，临行前再三叮嘱我要好好接受贫下中农再教育，要听二婆的话，要注意身体，不管做什么都要冷静沉稳，切不可冒失毛躁。我依依不舍告别了父亲，开始了当农民的生活。在生产队，我按照父亲的要求，事事处处严格要求自己，干活不偷懒，不怕脏，不怕累，争着学、抢着干最脏、最累、最苦的活。我虚心向社员们学习，学会了刨附子、间种、栽秧、打谷、薅秧子、打连盖、车水、挑粪、施肥等多种农活。经过一段时间的磨炼，我很快融入到社员之中，干起活来与土生土长的农村姑娘不相上下，甚至还超过她们。

我虽然远离父母，父母却时刻牵挂着我。母亲每个月给我写一封信，我也每个月向父亲、母亲汇报自己的劳动、生活、学习情况。每次母亲来信，父亲总要在信笺上附几个亲笔字，或者是“大娃儿，好好干”，或者是“大娃儿，要抽时间复习功课”，或者是“大娃儿，要注意身体”，等等，当父亲得知我当了先进，还出席了公社、县召开的上山下乡知识青年先进个人表彰会时，非常高兴，附的亲笔字是“大娃儿，好样的，继续努力”。以后，父母亲又先后将弟弟、妹妹送到了农村接受贫下中农再教育。

筹建纸厂

1969年，全国各地掀起了大办五小企业的高潮。这一年，父亲筹划在隆昌糖厂建造纸车间，即纸厂。隆昌县糖厂属地方国营性质，建于1959年6月，坐落在黄家区黄土桥，以甘蔗为原料，榨制生产红糖和绵白糖，那时该厂有7台榨机，日榨能力200来吨，每年榨糖后都要产生大量的废蔗渣。父亲看见堆积如山、沤得稀烂的蔗渣，觉得非常可惜，打算借大办五小企业的东风，依托糖厂建纸厂，纸厂以糖厂废弃的蔗渣为原料造纸，既能变废为宝，又解决了糖厂废弃蔗渣处理难的历史遗留问题，一举两得。父亲与糖厂领导及相关人员商量后，达成共识，决定在糖厂建纸厂，纸厂为糖厂的一个车间或分厂，利用制糖蔗渣作原料，生产机制纸。随即，糖厂向县革委写了修建造纸车间（即纸厂）的报告，很快得到县革委生产指挥组的批准批复。1969年10月，纸厂破土动工，开始基建。从长远考虑，父亲要求厂房建筑搞钢筋混泥土结构，坚实耐用，反对搞土木结构。

为了确保纸厂建设不走弯路，父亲与糖厂领导一起到成都轻工设计院、重庆造纸研究所请求支援和帮助，请他们做建设纸厂的坚强后盾。在省轻工设计院和重庆造纸研究所的指导帮助下，纸厂按计划顺利完成了设计、施工及设备安装工作。1971年10月，单缸双网一号纸机投入半流程生产，试产机制纸。1972年1月，正式投产，实现全流程生产。1973年采用亚铵制浆造纸新工艺。

父亲说，建设纸厂，得到了省轻工设计院的鼎力支持。设计院在隆昌糖厂搞亚铵造纸试点，派左工程师长住糖厂3年，帮助建设纸厂，帮助搞亚铵造纸。亚铵造纸是一项新工艺，搞亚铵造纸必须增大投入，否则就搞不成。而纸厂建设初期，国家按计划只给30万元，30万元只能买一台纸机，资金缺口很大。尽管如此，父亲还是没有动摇搞亚铵造纸的决心。父亲的观点是干起来再说，一边干一边要钱、争取资金。父亲觉得搞亚铵造纸有利于全县农业生产，因为地区批给我县的小氮肥项目年产能力是3000吨，父亲担心3000吨氮肥满足不了全县农业生产的需要。如果搞亚铵造纸，造纸后流出的废水就是含有大量氨气的很好的肥料，可以弥补氮肥不足的部分。这样，既利用了废蔗渣，又用新工艺生产出高质量的机制纸，废水又能当肥料。这样的好事，值得干！父亲认准了的事，哪怕前面布满了荆棘、布满了艰难险阻，他也会奋不顾身地往前冲。

为了要钱，父亲抹下面子，一趟一趟地往宜宾跑，坐了很多冷板凳，吃了很多闭门羹，看了很多脸色。面对窘况，父亲毫不在意，仍然执着地找人、反映困难、请求追加计划。终于，功夫不负有心人，地区将计划从30万元追加到120万元。父亲在回忆这段经历时是这样说的："建纸厂，最大的困难是资金问题，去地区要钱，可以说是踏破了门槛，当'把门将军'都不晓得当了好多回。人家开会，我们就在外面守着，一守就是几个钟头，等人家散会了，我们就赶紧去找人汇报，说我们的困难，说我们的要求，遇到态度好的，还接待你一下，有时遇到态度不好的，根本不接待你。我记得宜宾专区计委有一个姓刘的，上午说好下午接待我们，我们等到下午，他又说要开会不接待了。我们窝着一肚子火还得忍耐着，管你接不接待，反正我们守在门口不走，非等到接待了不可。当然，有时说冒火了，我还是要发发脾气，说两句冒火的气话。不过话又说回来，为了给隆昌人民多建一个厂，多做一件好事，个人受点气、受点委屈，又算得了什么？大概是我们的毅力和韧力感动了上级，建纸厂所需的经费像挤牙膏一样逐渐增多，由30万元增加到了120万元。”

建纸厂的历程充满了艰辛，要资金，要钢材、要设备、要一切紧缺的物资，都是父亲亲自跑。仅北京父亲就跑了四五趟，找他的战友、熟人，找这个关系那个关系，请求支援，请求帮助。当机器、设备组织回来后，运输、安装又成了父亲操心的事，对那些超高超重的设备，父亲总是亲自组织指挥运输、安装，就连途中必经桥梁的承重力他也事先请专业人员测量好，采取必要措施，防患于未然，确保机器设备安全运进厂。

纸厂建好后，正式投产第二年就开始采用新工艺亚铵制浆造纸，取得了很好的成绩。为了尽快掌握亚铵造纸新技术，父亲与糖厂领导商量，派专人到山东泰安学习，学了回来就干，保证了新工艺造纸流程的顺利运行。1974年，国家轻工部在隆昌糖厂举办中、小型纸厂亚铵制浆造纸培训班，推广隆昌糖厂的经验。随后，省轻工局派专人到糖厂调研，总结亚铵造纸的经验，并形成书稿。

1979年7月，中华人民共和国轻工业部在隆昌县糖厂召开亚铵制浆造纸技术研讨会和《亚铵制浆及其废液的处理利用》一书的审稿会议。父亲说隆昌糖厂搞亚铵造纸是坚持下来了的，是省轻工局和国家轻工部树立的先进典型，而有的地方却没有坚持，造一造就搞烧碱了。1979年，纸厂增加787型双缸双网2号纸机一台，扩大了生产能力。生产的单面胶版纸、条纹纸、打字纸、书写纸、凸版纸、拷贝纸，质量都达到轻工部部颁标准。1972年至1985年，共生产各种规格纸15.787万吨。1982年、1983年生产的拷贝纸连续两年出口泰国和马来西亚。与此同时，糖厂的榨糖设备亦日趋现代化，搞蒸汽榨糖，日榨近400吨，大铁锅榨糖的时代已成了老皇历。

父亲在回忆建设纸厂这段经历时这样对我说：“糖厂发展纸厂，这叫废物利用，变废为宝，纸厂的主要原料是榨糖剩下的蔗渣，蔗渣不够再收点麦草。我认为发展工业就要有这样的指导思想和长远打算，一环扣一环，利用有利因素，不断发展壮大地方工业。另外，为了发展地方工业，还要具有不怕吃苦、不怕受累的思想，要有一股拼命精神。为了早日建成纸厂，我经常都是饱一顿，饿一顿，常年在外奔波，一个月最少也有一半的时间在汽车、火车上度过。”

筹建氮肥厂

1970年夏，宜宾地区召开工交工作会议，会议中公开布置，地区有一套小氮肥设备，但要看哪个县先把厂房建好，谁先建好厂房设备就分配给谁。这一消息极大地鼓舞了父亲，令父亲兴奋不已。父亲早就想为隆昌人民建座氮肥厂。父亲在主抓生产的几年中，深深感到缺少肥料对全县农业生产的制约。据理论计算，每施用一斤碳酸氢铵可增产3斤粮食。而当时的县情是氮肥奇缺，农业生产所需氮肥全部靠从外地调进，调进的化肥数量有限，摊到全县，平均每亩每年氮肥用量不足5斤，完全不能满足农业生产的需要。由于缺少氮肥，许多农民只好到泸天化去拉废氨水，为了拉废氨水，翻车都翻死了五六个人。父亲看到因拉废氨水死去的农民兄弟，看到群众生活这样苦，心中非常难过，总感到自己是个共产党员，不能眼看着人民群众这样苦下去，应该为群众办点实事。如果能建座氮肥厂，满足农业生产对氮肥的需要，粮食就会增产，人民群众就能吃饱肚子，也不用到外地拉废氨水，也就不会发生车祸了。于是父亲开始在思想上酝酿着要在我县建一座具有现代化设备规模的小氮肥厂。

父亲的这个愿望在1969年全国大办五小企业的高潮中更强烈了，想法也更具体了。现在地区有了这套氮肥设备，无异于雪中送炭，正合了父亲的心意，父亲当时就下定决心，一定要抓住这个机遇把氮肥设备争取到手，为隆昌的父老乡亲建一座氮肥厂，哪怕是脱一层皮、掉几十斤肉也在所不辞。

会议结束后，父亲立即赶回县里，将地区会议精神和自己的想法向县革委作了汇报，得到县革委支持。父亲即将筹建氮肥厂的工作列入今后工作的重要议事日程。1970年8月，正式成立隆昌县氮肥厂筹建领导小组，下设办公室。筹建领导小组负责人有县革委主任（县武装部部长）肖培田以及父亲，建厂具体事宜由父亲全面负责。1971年2月，氮肥厂筹建领导小组改称氮肥厂建厂指挥组，组长由父亲担任，指挥组下设政工组、办事组、生产组、后勤组、财务室。

1970年8月中旬，父亲带领化工部第八设计院、省化工设计院、西南供排水设计院等单位的技术人员冒着酷暑、顶着烈日为氮肥厂选址，考察了五六次，几经优选将厂址定在黄家区桂花井公社庙子坡高洞寺，距县城34公里，距富顺牛佛3.5公里。父亲说定这个地方有五大优越性：一是靠电源近，隆昌县太平变电站至富顺县牛佛变电站35千伏输电线路离厂址只有四五十米；二是靠气源近，隆昌气矿“工八井”就在厂址附近的五十几米处，厂子建成后可在“自输气管”接管，该井日产天然气5万立方米，含硫量极低，是氮肥厂的理想用气；三是靠水源近，厂址附近有条小河，可解决部分用水，另一部分用水可利用现成的农排输水渠道引3公里外的沱江水解决；四是离公路近，牛佛至太平公路经过厂址与成渝干线汇通，交通方便；五是占用耕地少，厂址内仅有石滩上坡地12.3亩。

10月，厂址一经选定，父亲就决定尽快破土动工，搞“三通一平”，三通即路通、水通、电通，一平指地基平。为了早日建好厂房，父亲背上铺盖卷来到远离县城的高洞寺，带领筹建组的同志们在荒无人烟的庙子坡上搭建起临时工棚，开始了紧张而繁忙的筹建工作。建厂初期，条件非常艰苦，我听筹建组的曾佐富同志说炊事员切菜都找不到地方，将扁担架在两个箩篼上在扁担上切菜，晚上蚊蝇毒虫又多，咬得人难以入眠。父亲身先士卒，和大家打成一片，吃住都在工地，同志们热情高涨，在父亲的带领下，克服了重重困难，将筹建速度加大到最快。

1971年6月，中共隆昌县第三届党代会召开，成立了新县委。不久，父亲接到调离隆昌的通知。当时正是筹建氮肥厂的最紧张阶段，“三通一平”还没完成，厂房还没建起，设备也没要到，在这关键的时候，要调父亲离开隆昌，从工作出发，父亲内心一百个不愿意。但是，作为一名共产党员，必须服从组织决定，父亲在党的组织纪律驱使下不得不到宜宾地革委报到接受新的任务。

当父亲来到宜宾地革委组织部报到时，人事科长端详着父亲，然后说道："你身体蛮好嘛，怎么说你身体不好？"父亲一下明白了其中的原委。父亲是一个简单的人，真实的人，善良的人，从不虚伪，喜欢就是喜欢，不喜欢就是不喜欢，不会说假话，不会阿谀奉承，更不会做违背良心的事，看到不符合政策的事就爱提意见，而且一门心思抓生产，是当时被批判的"埋头拉车不看路"的典型。所以，很不招某些人待见。鉴于父亲并不是"身体不好，多病，不能坚持工作的现状"，人事科长叫父亲回隆昌听候通知等待分配，这一听候一等待就是两年多。

建厂的关键时刻要调父亲走，这个消息在筹建组引起强烈反响，许多同志很关心这件事，纷纷询问父亲："吴老头，你调走了，我们这个厂哪个整哟？"父亲告诉大家："不管哪个整，把氮肥厂建成才是第一位的、最重要的。只要我在隆昌一天就要管一天，绝不会撒手不管！"父亲说到做到，在两年多"等待分配"的日子里，父亲一天也没休息，一刻也没等待，而是把全部的精力和心血都倾注在建设氮肥厂上面了。

从宜宾接受了"听候通知，等待分配"的任务回到隆昌后，父亲一天也没等，立即投入到争取设备的战斗中。在当时计划经济年代，争取到了设备就等于争取到了国家的计划和投资。因此，对于地区的这套氮肥设备，各个县都想争、都在争，有条件的在争，没有条件的也在争，斗争非常激烈。地区原来承诺的哪个县厂房先修好设备就给哪个县，可临到隆昌的厂房建好了，地区又想变卦了，不太愿意给了。面对这种情况，父亲没有灰心、没有退却，而是充满信心、下定决心必须将设备争取到手。父亲心中有底，要论条件，隆昌的条件最优越、最成熟，厂房修好了，水、路、电、气都通了，可以说是万事俱备、只欠东风，这就是父亲的"底气"。

这场争取设备的斗争，对于父亲来说，就好像是没有硝烟的战场。为了拿到设备，父亲带着指挥组的付晓天、吴宽友、谭洪文等同志一趟一趟地跑宜宾、跑成都、跑重庆，次数不下几十次。他不厌其烦地向有关领导汇报隆昌的建厂情况和全县农业生产、农民生活状况，希望领导支持隆昌，将氮肥设备批给隆昌。

后来，地区将这套氮肥设备锁定在隆昌、宜宾、珙县、合江等5个县，决定派工作组对5县进行考察。工作组到隆昌那天，父亲全程陪同，工作组认真察看了建厂的主客观条件以及“三通一平”的现状，父亲实事求是地向工作组的同志们汇报了氮肥厂筹建经过以及建厂的优越条件和“三通一平”进展情况。工作组在隆昌考察了两天，认为隆昌条件最成熟。

工作组返回后的第三天，父亲带吴宽友、谭洪文两同志到宜宾等候消息。父亲他们上午8点多钟赶到宜宾地革委，地革委有关部门领导正关着门开会，研究氮肥设备的分配问题。父亲他们3人就在会议室外面等候，走道上没有凳子，就坐在楼梯上等。其他几个县的同志都回招待所等候消息去了，可父亲却坚持就在会议室外面等，一等就是几个钟头。中午快12点时，会议室的门终于打开了，父亲立即从楼梯上站起来，对吴宽友、谭宏文说：“快！他们散会了。”赶紧寻找计委的刘主任了解情况，刘主任对父亲说：“有一点希望。”原来，5个县淘汰了两个，剩下3个，隆昌在保留的其中。这是一条既可喜又可忧的消息，可喜的是隆昌未被淘汰，可忧的是两个竞争对手县合江、宜宾都是农业大县，怕竞争不赢。父亲很乐观，鼓励吴宽友、谭洪文说：“虽然没最后定夺，但不管怎么样，总是我们的工作又向前迈了一大步，还是应该庆贺庆贺！”顺手从身上摸出20元钱交给吴宽友叫他去找地区酒类公司张昌中同志批一瓶好酒（当时酒不好买，凭计划供应），剩余的钱作为中餐的伙食费，好好庆祝一下。吴、谭二同志都说伙食费应平摊，父亲却坚持他的工资高点应由他来办招待。吴宽友同志在回忆这段经历时动情地说：“为国家办事，吃自己的，这就是一个老红军的高尚情操。老头拿钱办招待，也是为了安慰大家、鼓励大家，稳定情绪，为隆昌几十万农民的温饱而继续努力。此举感人至深，至今仍然铭记在我脑海里。”父亲就是这样，和同志们一起出差，有时为了鼓励大家、奖励大家、慰劳大家，办招待都是他自己掏钱，绝不会要同志们出钱，理由就是他的工资更高。正如宋代华同志《我眼里的“吴老头”》一文中所记叙的："和吴老头打交道，没有我们吃亏的，总是老头吃亏。在外面吃饭，都是他出钱，如果我们要争到付钱，他就会生气，他说：'你们有几个钱？我的工资总比你们的高点嘛。'"

为了争取设备，父亲没日没夜地奔波在去地区、去省城的旅途上。当时条件很差，全县只有一辆老牌美式吉普车，父亲出差多是挤火车，半夜两三点钟乘车是经常的事。为了鼓舞大家的斗志，父亲常对随行的同志们说："等把氮肥厂建起来了，化肥能满足农业生产需要了，粮食就能丰收，粮食丰收了，农民的生活就会逐步好起来，脱贫致富就大有希望了。只要能早日建成氮肥厂，我们今天多吃点苦、多受点累，哪怕多掉几斤肉，也值得！"

父亲靠腿勤、嘴勤、脑子勤，靠一股子拼命三郎的实干精神，感动了地革委的相关领导，感动了军代表，感动了宜宾地区计委、工交部等相关部门的好些同志。在5个县跑这套氮肥设备的带队领导中，数父亲参加革命的时间最长、年龄最大，但却跑得最勤、汇报得最多，也最能吃苦。父亲的这种精神，得到大家的钦佩和赞扬，连省化工局的领导也竖起大拇指感慨地说："隆昌有吴老红军这种精神，我们相信这个厂准能成！"

1971年8月，经过地区有关部门反复考察、研究、论证，最后地革委决定将氮肥设备批给隆昌。得到消息时，已是深夜，父亲他们正在宜宾等候，签批条子的军代表罗参谋长到江津去了，父亲他们等不及连夜撵到江津，找到了罗参谋长，批到了3000吨的氮肥设备条子。大家当时那股高兴劲就甭提了，几个月的辛苦总算没有白费！拿到批条后父亲他们又赶回宜宾，找地区计委拿正式文件，宜宾地革委以（71）宜革生计字146号文件批准隆昌建氮肥厂，列入1972年建设小氮肥厂项目，国家投资240万元。拿到正式的红头子文件，父亲一颗悬了多日的心才彻底放了下来。

父亲认为：为了早日建成氮肥厂，争取省化工局、化工设计院的支持很重要。于是，父亲又马不停蹄地带领有关人员立即赶往成都，找省化工局、化工设计院的相关领导、专家商量今后的搞法，请求他们的帮助。到成都的那天晚上，父亲他们找到省化工局的军代表李万忠、谭发旭（他们都是隆昌人），交谈到晚上10点多还没吃上晚饭。这种饥一顿、饱一顿的旅途颠簸生活对于父亲来说已经习以为常。

拿到了设备，这是父亲带领氮肥厂筹建组经过一年多的努力取得的关键性胜利。这就是说，国家已经把我们县正在建设的氮肥厂列入到计划之内，立了项，氮肥厂得到了国家认可，得到了国家投资，有了正式的户口。但这只是万里长征走完第一步，还有很多路要接到走，还有很多艰难险阻等着父亲他们去克服、去战胜。

面临我县历史上第一个投资大、技术复杂、科技含量高的企业，父亲意识到必须组建一个强有力的领导班子，组织一批得力的建厂骨干。在选调干部、组建强有力领导班子的过程中，父亲遇到许多难以预料的阻力和困难。面对困难，面对阻力，父亲没有退缩，没有被吓倒，他迎着困难上，向着险滩冲，下定决心非把氮肥厂建起不可。父亲依靠群众，动员了一批当时“靠边站”的部、委、局、行中的科局级干部出来为隆昌人民做贡献。他一个一个地走访，一个一个地动员，晓之以理、动之以情，要求这些干部站出来，为建设氮肥厂贡献自己的聪明才智，为农民兄弟、为隆昌人民办实事、做好事。一次走访不行，父亲就两次、三次，直到思想工作做通为止。很快，一批县级中层领导干部先后走上了建设氮肥厂的岗位，分头负责相关工作。这批中层领导干部“重新出山”后，工作都很努力，成为创建氮肥厂的骨干力量。

氮肥厂正式立项后，组织采购材料、物资、设备成为重中之重。当时正处“文化大革命”时期，各地生产不正常，各类物资、设备短缺，都是凭计划供应。特别是钢材，尤为紧俏。为了保质保量将各类物资、材料、设备及时组织采购回厂，父亲以刚站出来工作的各位部长、局长、科长为骨干，组建了5个采购组，分别派往重庆、成都、宜宾等地长期驻守，组织采购各类物资设备。父亲说他就是总采购。在采购工作中，父亲总是以身作则，身先士卒，凡是紧俏物资，都亲自跑，特别是跑钢材的时间最多。为了采购到紧俏物资，父亲不辞辛劳，不厌其烦地找他的老战友、老领导，找一切可以利用的关系，请求他们的支援和帮助。父亲跑紧俏物资，从不搞歪门邪道，靠的是自己的一颗真诚的心，靠的是自己的一股坚韧的劲，靠的是自己公而忘私的人格魅力。

在采购紧俏物资的经历中，父亲说他唯一拿给别人的东西就是一辆凤凰牌自行车计划指标。当时省物资局一位姓罗的同志是隆昌人，为了家乡早日建成氮肥厂，帮了父亲他们好大的忙，要求父亲帮忙买一辆自行车。父亲觉得这件事能办，于是找商业局领导商量，要了一张凤凰牌自行车供应票，罗同志拿着供应票自己付款买的自行车。就是这样一件事，一些别有用心的人抓住不放，大做文章，污蔑父亲拿东西换人情得好处。对于这样的做法和说法，父亲的态度是置之不理，你说你的，我干我的，早一天建成氮肥厂才是最重要的。

在创建氮肥厂的几年中，父亲长年累月奔波在要设备、要材料、要技术、要人才的旅途上，家成了他的旅社，我们十天半月也难得见上父亲一面。那时，社会秩序很乱，火车不好赶，又挤又晚点，挤不上车的事时有发生，有好几次父亲他们为了赶路都是从窗口爬进火车的。父亲身材高大又比较胖，爬窗子对他来说难度很大，每次爬窗子，都是同行的人在下面使劲把他往上撑，父亲则拼足全身力气往窗子里爬，每次从车窗爬进车厢后，父亲都累得满头大汗。有时同行的同志也劝父亲赶下一班，父亲却总是说不行，要争取时间。在火车上，人总是挤得满满的，座位很难找，经常是从起点站站到终点站，脚都站硬了、站肿了，更不要说能找到水喝。身处这种环境，父亲却仍然谈笑风生。父亲这种吃苦耐劳、乐观豁达的精神，极大地鼓舞了大家。父亲在工作上那种实干、拼命、雷厉风行的精神给同志们留下了深刻印象。

在父亲的带领下，各采购组的同志们心往一处想，劲往一处使，一个心眼为早日建成氮肥厂做贡献，出色完成了材料设备的采购任务，保障了后勤供给，加快了建厂速度。

1972年2月，氮肥厂招收第一批工人。在招工的问题上争议很大。父亲主张招高小以上文化程度的人，认为这是最起码的条件。可是有人却主张没有文化的一样可以招，只要政治条件过关就行，甚至跟父亲争吵起来，还说什么书读得越多越反动。父亲听了很生气，驳斥道："如果说书读得越多越反动，国家还办那么多学校干什么？搞化工可不比一般的工作，没有文化是绝对不能胜任的，要是扳反了阀门怎么得了？"在父亲的坚持下，最后的结果还是照父亲的意见办，招收具有高小以上文化程度的人。第一批招收了108名农村回乡知识青年。这批工人进厂后，父亲对他们进行了革命传统教育和爱岗敬业教育，要求他们发扬"红军不怕远征难，万水千山只等闲"的大无畏精神，认真学习，刻苦钻研，尽快掌握氮肥生产知识和生产技能，为建设氮肥厂、发展氮肥厂贡献自己的力量和聪明才智。新工人进厂不久，父亲就将他们送到简阳氮肥厂、富顺氮肥厂学习培训了半年。这期间，父亲多次去看望他们，关心了解他们的生活学习情况，鼓励他们克服困难、学好本领，这使新工人们感到温暖和鼓舞。这批工人学成归来后，为氮肥厂正式投产一次开车成功打下了坚实基础。

在父亲的影响下，氮肥厂从招收第一批工人起，就非常重视职工的文化技能教育，除组织职工外出学习培训提高业务水平外，又在厂内开办了各种专业课程，聘请专业技术人员对化工操作员、机械工、电仪工等技术工人进行专业培训。另外，还举办了文化课补习班，配备专职教师，开设语文、数学、化学、物理等课程，帮助职工提高文化知识水平。父亲从小没有迈过学堂门，饱尝了没有文化的苦头，对科学文化知识有一种特殊的感情和渴求。他虽然读书不多，文化水平也不高，但他却最尊重知识、最尊重人才，深知办工业离开了知识、离开了人才将寸步难行。所以，从筹建氮肥厂开始，他就主动联系省化工局、化工设计院，争取他们的支持和帮助。为了建好氮肥厂，父亲组织一批骨干力量前后共参观了8个兄弟县、市的氮肥厂，看人家是怎样搞的，学习人家的先进经验。通过参观学习，父亲在脑子里形成了初步的概念，心中有了数，建厂蓝图也逐步清晰起来。父亲说他办工业体会最深的是干事业一定要做到心中有数，要讲科学，要有决心有恒心有毅力，否则将一事无成。在建厂的过程中，父亲不懂就问，不懂就学，依靠各级干部，依靠一批得力的工程技术人员，依靠厂里的广大职工群众，争取各方面的支援，既讲干劲，又讲科学，由一个门外汉逐步入门，摸索出一套行之有效的建厂经验和方法。“文化大革命”中，知识分子成了“臭老九”，父亲却把他们当香饽饽，当时一批大学生先后分来隆昌，很多单位都不愿意接收，分到哪个单位哪个单位都不想要。父亲却主动争取要这些大学生，他对毕业生分配办公室的同志说：“不要的统统往氮肥厂安，往糖厂安，往工业部门安，厂矿需要这些大学生，需要这些人才。”于是这些大学生多数都分到了氮肥厂、糖厂和其他一些厂矿，一个厂有那么几个、十几个，以后这些大学生都成为厂里的技术骨干、业务骨干，成为县上的宝贝。

1972年年底，氮肥厂设备安装工程全面展开。这是一项要求精准、涉及方方面面的浩繁工程。为了解决设备加工与安装上的技术难题，父亲三番五次到驻隆昌的中央、省属、市属企业争取支援和帮助。父亲在隆昌工作期间，无论分管什么工作，都很注意和社会各方面、各单位、各厂矿企业搞好关系，发挥他们建设隆昌、提升隆昌的应有作用。特别是几个驻隆昌市属以上的厂矿企业与父亲关系很好。父亲在与他们的长期交往中，总是设身处地为他们着想，他们有困难，找到父亲，父亲就像办自己的事一样从不推诿，办得到的事，父亲千方百计为他们办，办不到的事，父亲坦诚相告，请求谅解，绝不藏着掖着。父亲靠真心实意、靠诚信获得了这些单位的友谊。这种建立在以诚相待基础上的友谊是珍贵的、长久的。现在，建设氮肥厂需要这些单位的支持和帮助，他们即毫不犹豫地、无私地向氮肥厂伸出了援助之手。化工部第八化工建设公司派了25个人到氮肥厂搞安装10个月，仅安装费就节约十几万元，安装工人离开时把用得上的工具都留在了厂里；石油隆昌井下作业处派了一个班9个人，自带制造工具，在氮肥厂干了9个月，没收1分钱，安装工人的工资都是他们单位自己发的；国营建安仪器厂（二号信箱）派工人到氮肥厂帮助安装了一个工段，还派出技术过硬的专业技术人员来厂指导安装工作；山川厂对氮肥厂的支援也很大，氮肥厂投产前，四处买不到减压阀，没有减压阀就不能按期开机投产，就在全厂上下焦急万分的时候，了解到山川厂有减压阀，父亲立即到山川厂请求支援，山川厂一共只有两个备用的减压阀，当得知父亲来意后，立即给了氮肥厂一个，帮氮肥厂解决了大问题，保证了氮肥厂按期开工投产。另外，川南电业局、铁道部隆昌铁路器材厂、四川省石油管理局隆昌气矿、内江地区工农煤矿、四川省永荣矿务局隆昌煤矿、隆昌县永达煤矿、隆昌县农机厂、隆昌县磷肥厂等单位也派出人力、物力，帮助氮肥厂搞设备加工、安装，为建设氮肥厂做出了积极贡献。

为了确保安装工程顺利进展，父亲多次召集工程技术人员和相关人员会议，制订总体规划，在总体规划下进行分段安排，一个工段一个工段地布置任务，明确责任人，并定期组织检查评比。父亲还经常深入工地，多方听取意见，及时发现和处理问题，为安装工人排忧解难。凡是大型设备吊装就位，父亲必到现场，与工人们在一起，什么时候完成任务什么时候离开，有时熬到深夜12点，父亲也会一直陪伴在工人们身边。

1973年上半年，正当建厂速度加快、设备安装进入关键阶段，厂里部分工人受社会上“抓生产就要变修”谬论的影响，擅离岗位，大搞无政府主义。父亲不信这个邪，带领干部职工与无政府主义思潮作坚决斗争，他身先士卒，带头坚守岗位，吃住都在厂里，在他的号召和表率作用下，一些擅离岗位的工人纷纷返回自己的工作岗位。为了稳定外单位派来的技术、安装队伍，父亲冒着被“大锅饭”淹没的风险批准1万多元，作为技术人员和工人的加班补贴以及办好食堂的经费，极大地调动了技术人员和工人的积极性，加快了设备安装进度。

为了早日建成氮肥厂，父亲以厂为家，长住氮肥厂。特别是设备加工安装工作开展后，他更是操心，常常两三个月都不回家一次，就是回来也是打一趟就走。1972年暑假，我去氮肥厂陪父亲待了几天，亲眼看见了父亲的辛劳，感受了建厂的艰辛。这年12月，我从隆师校毕业后分配到顺河街小学，开始了10年的教书生涯。1973年暑假，我又到氮肥厂，给父亲送几件换洗衣服，父亲已经好久没回家了。我在工地上见到了父亲，他正在帮工人干一些手脚活路，父亲晒黑了，也瘦了些。他见我去了，很高兴，询问了一些家里的情况，也询问了我的工作情况，我一一向他作了汇报。在氮肥厂，我体验了父亲的艰苦生活，感受了全厂上下心往一处想、劲往一处使那种催人奋进的热烈气氛，亲眼见到了父亲与群众打成一片的感人场面。父亲以他实事求是的工作原则，吃苦耐劳的工作态度，清廉自律的工作作风，深得氮肥厂干部职工的爱戴，享有很高的威望。全厂上下都喜欢他、尊敬他，都不喊他“吴县长”，而是亲切地称呼他为“吴老头”或“老头”。大家有什么心事、有什么困难都愿意找父亲摆谈，父亲也总是竭尽全力为他们排忧解难。

为了早日建成氮肥厂，父亲确实把什么都豁出去了，既当指挥员，又当工作员，事必躬亲，率先垂范，长年累月奔波在建厂的劳作中。母亲担心父亲的身体，但又不可能随行照顾他。每次父亲出差，母亲都要反复叮嘱父亲不要太劳累，要自己照顾好自己，要记得每天服高血压药，并暗中记下带药的数量，回来后检查父亲是否按时按量服了药。父亲爱喝点酒，只要是出远差，母亲都会为他准备一两斤烧酒，装在行军水壶里，炒点花生米或者沙胡豆，让父亲带上当下酒菜。因为筹建氮肥厂，父亲垫付了很多资金，连弟弟当知青时在磷肥厂干零工、下苦力、抬石头挣的100多元钱也被父亲贴进去了。那些前来支援隆昌氮肥厂建设的专家、工程技术人员，到隆昌后首先就找父亲，接待他们的费用很多时候是父亲开的，喝的酒是父亲自带的。有时连旅差费父亲也没有报。母亲给父亲洗衣服，经常能从口袋里摸出一沓沓的车票、住宿票。对此，母亲很有意见，也很不理解，有时还朝父亲发脾气质问父亲：“给公家办事，为什么要你私人掏腰包？我们的经济也不宽裕，如果我们的钱多还不说，帮公家办事花自己的钱也可以。问题是我们的钱也不多，为什么要打肿脸充胖子？”对于母亲的不满，父亲总是解释太忙忘了报账下次一定记住。可往往到了下次，父亲又忘记了，母亲拿他没办法。

1973年9月16日，父亲主持点火仪式，并亲自点燃了燃烧炉的熊熊大火，宣告隆昌县氮肥厂试车投产开始！试车投产取得一次开车成功的振奋人心的好成绩。

氮肥厂建成后，1973年年底，宜宾地革委通知父亲不调动了。父亲从1971年6月接到调动通知，在“等待分配”的两年多时间里，父亲没有消极，没有埋怨，没有悲观，而是一如既往地、全身心地投入到氮肥厂的建设中，投入到全心全意为人民服务中。母亲曾经劝过父亲：“老吴呀，既然组织上叫你‘听候通知，等待分配’，那就应该趁此机会好好休息一下，放松一下心情，调理一下身体，特别是要认真治疗一下高血压。你的血压长期处于不稳定的状态，这是很容易出危险的，这个问题必须引起重视。你常年出差在外，服药不规律、不及时，这是影响你血压稳定的原因，另外，太劳累、太劳心，也要引起血压升高。所以，你在‘等待分配’的日子里好好休息一段时间是很有必要的，这也是组织上对你的关心、对你的照顾。劳累奔波了几年，也该歇歇气了。再说，你是调了的人，要你等分配不是天经地义的吗？组织上叫你等，你就等，就要起等，你为什么还要这么亡命地干工作？”父亲没有答应母亲的要求，而是诚恳地、语重心长地对母亲说：“我是一个共产党员，共产党员就应该时刻以共产党员的标准严格要求自已。干事业不能半途而废。建氮肥厂是我多年的心愿，现在正处在关键时期，我若光顾自已休息撒手不管建厂的事，首先从自己的良心上就过不去，反正我是铁了心非把氮肥厂建起不可，只要没把我调走，我在隆昌一天这种决心就会伴随我一天，我就会继续为创建氮肥厂努力奋斗，不达目的誓不罢休。否则，对不起自己的良心，对不起隆昌人民，对不起党的事业。老程呀，我曾经是一个放牛娃，在旧社会吃的是猪狗食，住的是牛圈棚，是毛主席共产党把我从火坑中救出来的，没有共产党，就没有我吴英德，也就没有我们这个家。共产党的江山是共产党领导全国人民经过几十年浴血奋战打下的，是无数革命先烈用生命和鲜血换来的。我们自己的江山，我们自己的国家，我们不保，谁保？我们不建设，谁建设？……”父亲的一席话，让母亲无言以对。母亲知道拦是拦不住父亲的，父亲定了的事十头牛也拉不回来，母亲只能告诫父亲注意身体，注意休息，不要太拼命，不要太劳累，一定要记得每天按时服高血压药，并把服药这一条作为硬性规定，否则跟父亲没完。父亲一一答应，表示一定记得服药，让母亲放心。有了母亲的支持，父亲甩开膀子驰骋在他心爱事业的广阔天地里。

氮肥厂投产后，为促进我县农业生产发展，提高粮食产量，帮助农民增收致富，发挥了积极作用。据1983年统计数据：氮肥厂投产10年来，为国家提供积累529.62万元，使本县每亩耕地氮肥用量由1972年的5.6斤增加到1983年的108.9斤，全县粮食亩产量由1972年的368斤增加到1983年的734斤，总产量由1972年的26747万斤增加到1983年的46554万斤。氮肥厂建成了，父亲多年的愿望实现了，父亲也该歇歇气了！可是父亲没有停顿下来，而是跃马扬鞭，继续驰骋在发展隆昌地方工业的道路上，继续带领氮肥厂发展壮大。1974年，父亲率氮肥厂领导班子争取到省化工局投资110万元，对氮肥厂进行了技术改造，合成氨生产能力由3000吨提高到5000吨；1978年，又争取到省化工局投资340万元，采用中低变甲烷化流程，新老系统并联操作，形成年产万吨的生产能力。氮肥厂从1973年投产到1985年13年来，共计生产合成氨82728吨，碳酸氢铵239268吨，农用氨水79570吨，工业用氨水19227吨。至1985年，有职工479人，各种设备313台（套），固定资产935万元……氮肥厂经过从无到有、从小到大、从大到强的艰难发展道路，成为我县的支柱企业和利税大户。

隆昌县氮肥厂的建厂速度是很快的，站在了全省同批项目的前茅，比计划提前了20天，而且一次开车成功，投产后稳步发展。为什么能取得这样好的成绩？父亲总结了五条："一是依靠省化工局、化工设计院，他们是我们的坚强后盾，替我们搞设计出主意，帮我们解决一些技术上的难题；二是依靠艰苦奋斗、自力更生的精神，依靠实事求是的科学态度；三是依靠全厂干部职工，特别是一批靠边站的县级中层领导干部，他们是建设氮肥厂的骨干力量；四是得到了社会各方面，特别是市属以上各大厂矿企业的支援和帮助；五是重视职工的技术培训和文化学习。为了提高职工文化水平，厂里办了文化补习班，一个礼拜学两次，高小文化学初中课程，初中文化学高中课程，职工提高了文化、技术水平，有力地促进了生产的发展。"

建设氮肥厂，从选址、建厂房、要设备，到材料采购、设备安装、试车投产，每一步都凝聚了父亲的心血和辛劳、都彰显了父亲公而忘私的高尚品德。为了早日建成氮肥厂，早一天让农民兄弟用上氮肥，父亲恨不能一天当作两天用，恨不能把自己的一切奉献给氮肥厂，奉献给党的事业。

父亲说："建氮肥厂，跑了3年多，成都、重庆跑的次数都记不清了，有时候连旅差费都没有报，儿子当知青在磷肥厂抬石头、干零工挣的100多元钱都被我填进去了。可以说，为了建厂我是两袖清风、一尘不染。可是，有的人却不理解我的这种情操和积极性，到处散布我跑得那么积极一定从中捞到了什么好处。我捞了什么呢？难道捞两把化肥不成？为人民做贡献，为群众办实事，为什么要消极呢？为什么不该积极呢？我就是全心全意这么做的。建厂中途要调我走，叫我等待分配，等待分配就可以休息，可是我没有这样做，而是继续积极地投入到紧张的建厂工作中。调我的问题一直拖到1973年年底才解决，在这两年多的时间里，我没有消极，而是积极主动地工作，我自己认为我这种干工作的精神就是在履行一个共产党员的责任，就是全心全意地为人民服务……"

对于不时冒出来的种种指责和奇谈怪论，父亲泰然处之，一概放在脑后不在意。他在回忆录中写道："管你说东也好，说西也好，反正氮肥厂建起来了，氮肥生产出来了，这就是最大的胜利！总是隆昌人民有了这样一个厂，这么多土地化肥有了保证，农民脱贫致富有了希望！"父亲说，氮肥厂的建设过程是艰难的、曲折的，但又是充满生机和活力的，其中的酸甜苦辣只有建设者们最清楚。

筹建水泥厂、扶持磷肥厂

氮肥厂建好投入生产走上正轨后，父亲又投入建设水泥厂的工作中。1974年年底，新华陶厂党支部书记梁祖富找父亲汇报工作，谈到鉴于今后建材紧俏的走势，打算将新华陶厂的水泥车间扩建成水泥厂。新华陶厂水泥车间建于1971年，主要利用土陶黏土质原料和石灰矿生产水泥，1972年磷肥厂水泥车间并入新华陶厂水泥车间，时年产水泥千吨左右。父亲听了汇报后，与梁祖富一起考察分析了建水泥厂的主客观条件，觉得可行，同意将水泥车间扩建成水泥厂。

1975年，县革委以隆革（75）字第149号文件批准，将新华陶厂水泥车间划出，成立隆昌县水泥厂。隆昌县水泥厂位于油房山，距油房乡政府仅半华里，距石燕桥火车站8公里，县城至永达煤矿的公路经过厂门，交通方便；毗邻渔箭河，水源充足；翟家坰石灰石矿距厂不足千米，储量丰富；永达煤矿专用供电线路穿过厂区，可以满足用电需要。在水泥厂的建设中，父亲一如既往，倾注了满腔的热情和心血，给予了大力的支持和帮助。为了早日建成水泥厂，父亲四处奔波，要钢材、要设备、要资金；竭尽全力、千方百计解决建厂过程中遇到的困难和问题。为了解决水泥厂的用电、用水问题，父亲多次召集永达煤矿等相关单位座谈、协商、研究，最终使问题得以圆满解决。水泥厂建起后，遇到的最大困难就是原料运输问题。水泥厂在山上，生产水泥的原料石灰矿石在山下，从山下往山上挑矿石，1吨矿石给6元运费也没人愿意干。如果不解决矿石运输问题，不但增加水泥成本，而且势必造成原料供应不上，影响生产。为了解决这一难题，父亲与梁祖富等人研究，决定建一条索道解决矿石运输问题。父亲找银行开会，给水泥厂贷款42万元修建索道。索道全长1000多米，将山下的石灰矿与山上的水泥厂连接起来。索道修好后，矿石运费从每吨6元降到2角5分，电费、装卸费、消磨费等都包括在里面，大大降低了生产成本，保证了原料供应。

水泥厂建厂初期设计能力为年产600标号水泥5000吨，经过两期扩建，国家投资100多万元，达到年产2万吨的规模。二期扩建时，父亲建议发展到年产5万吨的规模，因地区不同意，没有发展成。对这个问题，父亲有他的看法，他认为发展地方工业应该立足本县，依据县情，充分发挥本地优势，不受条条框框的限制，只要对本县地方工业有利，就可以大胆干，地区也应该放手一点，不要卡得太紧，这样更有利于地方工业的发展。

1975年，水泥厂组织科技人员开始了煤矸石代替黏土质原料生产普通硅酸盐水泥的科学实验，父亲非常重视这项科学实验，要求厂里从生活上和工作上给予科研人员以切实的关怀和大力的支持帮助，保证科研经费。该项科学试验经过科研人员4年的努力，终于获得成功。此项成果用于生产后，水泥厂效益显著提高。水泥厂从1974年建厂到1985年，共生产普通水泥10.78万吨，创产值524.27万元，上税61.79万元，企业盈利38.39万元。至1985年，全厂占地38833平方米，有职工283人，各类设备186台（套），逐步发展成为县上的支柱企业和纳税大户。

隆昌县磷肥厂建成于“文化大革命”初期，投产后，几乎年年亏损，产量远远没有达到设计能力要求，“文化大革命”10年中生产的钙镁磷肥还不到8000吨。另外，销售问题没解决好，也是制约磷肥生产的一个重要原因。按当时归口管理原则，磷肥是由农资公司负责销售，而农资公司个别领导人的指导思想是不端正的，没有支农观点，只想干赚钱多的生意，不愿干赚钱少的生意。因为开一吨磷肥进销差只有8元，除了运费就赚不了多少钱，所以农资公司就不想做这笔生意，也不搞库存，买主开一吨的票，在磷肥厂提一吨的货，大量的磷肥积压在厂里。

父亲一直主张农资部门销售肥料一定要有点库存，这样既便于推销肥料，也对厂里有利。他多次找农资公司座谈，希望他们树立全局观念，搞部分库存，为磷肥厂分点忧、解点难，努力做好磷肥推销工作，为发展农业生产做点贡献。可在当时那种政治环境下，父亲的话没人听，农资公司怕库存积压资金，仍然我行我素，照他们的想法销售磷肥，以致大量没有销售的磷肥就只能堆在厂里。父亲无奈地对农资公司负责人说：“你们这样卖，不如就叫磷肥厂自己卖，他自己卖还可以赚8元钱。你们这样做就是没有全局观念，只顾自己的利益。”更有甚者，一些别有用心的人还四处造谣，说磷肥厂生产的磷肥里面尽是石头面面，是哄农民的钱的。父亲听了很生气，当下就叫磷肥厂和农资公司都派人一同把磷肥样品送到省里化验，并规定哪家输了哪家出旅差费。化验结果表明，隆昌磷肥厂生产的磷肥完全达到了国家规定的质量标准，根本不是什么石头面面。再有，宣传工作没跟上，以致磷肥在隆昌使用推广不开，也是制约磷肥生产的原因之一。实际上，磷肥在我县的施用效果是显著的，磷肥是提高我县粮食产量所必需的一种化学肥料。

20世纪60年代初，县农业局组织了12个专业技术人员对隆昌的土壤进行抽样化验，搞了3个月，调查结果表明隆昌土壤多属酸性，适合于磷肥，只有油坊沟那一片不适合用磷肥。磷肥厂投产后，父亲曾安排农业局、农资公司、磷肥厂等有关单位到界市、石燕、周兴3个公社推广施用磷肥，凡是推广了的地方，效果都很好，原来栽水稻因土壤含硝量重不封林，施用了磷肥后就封林了，产量也有较大提高。

为了扭转磷肥厂长期亏损的局面，挽救其濒于倒闭的命运，父亲动了很多脑筋费了很多心血。

1974年，父亲等人经过努力，为磷肥厂争取到国家投资7.1万元，新修建一座容积为8立方米的2号高炉；1977年，又争取到国家投资4.46万元，修建了一座烟筒式立式热风炉，但磷肥厂的亏损局面仍没得到改变。直至“文化大革命”结束1978年后，磷肥厂经过整顿提高，发生了可喜的变化，生产不断发展，终于扭亏为盈，改变了长期亏损的局面。1983年，国家投资10.38万元，购置油匀式球机一台，磷肥厂自投4.63万元增设2号热风炉一座，生产能力由1万吨提高到2万吨。1978年至1985年，磷肥厂共生产磷肥126787吨，实现利润82.11万元，除满足本县农业生产需要外，还远销辽宁、山东、河南、湖北、江苏等省。至1985年，磷肥厂有职工285人，各种设备55台（套），厂区建筑面积从初期的8891平方米增加到15041平方米。

“文化大革命”中，父亲为发展隆昌地方工业呕心沥血，同时也为发展隆昌的交通、服务、文化娱乐等事业尽到了最大努力。

组建国营车队

1971年3月，父亲与生产指挥组的军代表杨喜春等同志到地区开交通工作会议。会议中，地区有关领导对父亲他们说："你们隆昌为什么不搞一个国营车队？钱都让联社车队赚了。"

隆昌县运输联社汽车队（简称联社车队）成立于1966年5月，是由基层运输社筹集资金、选调人员成立的集体所有制企业。之前，地区曾分给隆昌两辆公共汽车，因隆昌没有市政建设局这个机构，也没有国营车队，这两辆公共汽车就分给了联社车队。听了地区领导的话，父亲他们觉得有道理，打算回县后就组建国营车队，搞社会主义全民所有制企业。而且，从整个宜宾地区来看，只有隆昌县还没有国营车队，其他各县都成立了国营车队。回到隆昌后，父亲召集生产指挥组专门会议研究组建国营车队事宜，会上，大家统一了思想，决定组建国营车队。

会后，以隆昌县革命委员会生产指挥组的名义发了关于成立地方国营隆昌县汽车运输队的文件通知。当时采取的办法是接收联社车队的车，转为国有，共接收联社车队的货运汽车6辆、客运汽车3辆。对联社车队的人，父亲主张凡符合条件的人全部接收，转入国营车队。

可有些人却主张要车不要人，父亲不同意这种做法，并指出这样做是会出乱子的，可这些人就是不听，还把胸口一拍，说什么我不相信这么几个人的问题都解决不了，一意孤行，只要了联社车队的部分人。由于没按父亲"全部用"的意见办，联社车队的其他人就不依了，还到人委会游行，要砸国营车队的牌子。

1973年2月，根据宜宾地革委的意见，国营车队归还了联社车队的全部车辆、设备。国营车队没有了车，就成了一块空牌子。面对这种情况，生产指挥组的意见发生了很大分歧，一部分人认为就此罢休，解散国营车队，以父亲为首的人则主张坚持下来，再逐步发展，牌子挂出去，车子慢慢组织。父亲考虑的最多的是，如果坚持不住国营车队，部队复员转业分到车队的十几个人怎么办？所以，无论如何咬紧牙关也要坚持下去，也要将国营车队办成！父亲召集车队的同志们开会，他对大家说："现在车队没有了车子，没有了办公地点，遇上了困难，但我会和大家一起坚持，直到把车队办起来，发展起来！有困难不怕，就怕没有克服困难的决心！愿意留下的就留下，只是现在苦一点累一点，不过将来慢慢会好起来的。”就有那么十几个人留在了车队，他们中多数是从部队复员转业回来的。

在父亲的鼓励、支持下，国营车队在没有车的情况下勇敢地挂出了自己的招牌。招牌挂出后，即遭到一些人的冷嘲热讽，有一个造反派头头，故意刁难父亲他们，写了这样一副对联贴在国营车队的招牌上：“无车也要叫车队；死皮赖骨挂招牌。”以后这个事就传开了，很多人见了父亲都跟他开玩笑，说他是死皮赖骨挂招牌的人，父亲也笑着回答：“我挂的是社会主义招牌，没什么不好！”

围绕是否坚持国营车队这个问题，斗争很激烈。有的人很动摇，认为车队不合法，父亲理直气壮地说：“成立国营车队，办社会主义集体事业，哪一点不合法？难道只准你办，不准我办吗？”还有许多好心人为父亲担心，怕父亲他们摔跟头，白手起不了家。父亲安慰他们说：“事在人为，没有车可以想办法去买，没有地点住可以想办法去找，没什么了不起！”特别是母亲，更为父亲担忧，多次劝阻父亲放手，她对父亲说：“你管那么多干啥子？吃力不讨好！你还没看清呀，事情干得越多越得罪人！那些不干事的人风平浪静没人去指责。你这样没日没夜地干，拼了命地干，却总是波涛汹涌招来非议，总是被整。你图什么？老吴呀，你自己掰起手指数数，这几年你在家住了几天？你管了我们这个家多少？”父亲笑着对母亲说：“谢谢你，老程，谢谢你为我们这个家做出的贡献，你辛苦了！你应该了解我，我做人做事都是有原则的，最基本的原则就是良心。我是在凭良心做事，凭共产党员的党性做事，该管的事就是要管，如果要我不管，除非我没坐在这个位子上。人民给了我权力，我就要用这个权力为人民服务。我不怕整，也不怕别人说三道四，也不图好处，不图回报，只图能给隆昌人民造福。老程，你知不知道，如果这个车队垮了，十几个复退军人就没了饭碗，他们的家庭就失去了经济来源，这将会造成很大的社会问题。如果把车队扶持起来了，这十几个复退军人及他们的家庭就有了依靠，而且能够繁荣隆昌的交通事业，给隆昌人民带来好处，这是好事啊，老程，支持我吧！”

当时国营车队确实处境艰难，号称车队却没有一辆车，且职工思想不稳定，无住处，无办公地点。为了扶持国营车队，父亲将工交局借给氮肥厂用了两年的1辆货车收了回来调配给国营车队，又到八公司借了2辆雀贝车，另外拼凑了1辆旧车，这样，国营车队就有了4辆车，就算有了一点家底了。国营车队也就是靠这4辆车起家、发展的。有了车子，父亲又积极想办法为车队落实住房和办公地点。他找有关单位协商，找群众组织协商，最终在工商联里腾出了部分房屋，暂时解决了车队的住宿和办公问题。八公司迁走后，父亲又为车队争取到一栋楼房。

就这样，国营车队坚持下来了。有段时间，运输线路又出现了扯皮，联社车队和国营车队闹得很僵，父亲除了做细致的思想工作外，本着一碗水端平的态度，将两个车队的线路分开跑，国营车队负责跑隆昌至高洞桥、黄家等线路，联社车队负责跑隆昌至响石、双凤、龙市、天华、周兴、渔箭、胡家、泸县喻寺、富顺牛佛、荣昌安富镇等线路。经过几年的艰苦奋斗，国营车队不仅坚持下来了，而且不断发展壮大，至1985年，国营车队有职工127人，客运汽车14辆，货运汽车20辆，挂车15辆，固定资产原值134.23万元，年营运收入104.1万元，修建了一幢职工宿舍、三十几套，还修建了办公大楼、车库，搞得红红火火，每年向国家上缴利税十几万元。看着国营车队的发展，父亲感到很欣慰，他说："我个人认为国营车队还是搞得不错的，我这条路并没有走错。有人说我管这么多干啥子，我说我不管这个车队就弄不起来。干社会主义嘛，就是不要怕事多，不要怕麻烦。要是怕事多，怕麻烦，就不要干社会主义了。"

拆修川剧院，扩建县委招待所

1975年，隆昌的公共娱乐场所川剧院要垮了，可是还有人要坚持在里面演出，父亲多次出面制止，但制止不了。为了广大人民群众的安全，父亲通知公安局把川剧院封了，不准演出。这下就捅了马蜂窝，涌来一帮人找父亲闹事。父亲对闹事的人说："不管你是谁，不管你要干什么，都要对人民安全负责。谁敢演谁签字，一切后果由签字人负责。"结果，没一个人敢签字。这帮人只好悻悻地散了。

川剧院是危房，要先拆除，再修建。一些利欲熏心的人乘机把自己的亲戚朋友找来拆房子、修房子，甚至连十几岁的娃儿都喊起来了。父亲发现后立即坚决制止，把那些不符合条件、没有修建资质的人下了。他对川剧团的领导说："拆川剧院，修川剧院，一句话就是要对人民负责。假如明知危房而不拆不修，某一天这个剧院肯定会倒塌，或者重新修建的剧院又保证不了质量，某一天垮塌了打死几百人，找到团长、找到书记、找到县长，找到谁都脱不到手，都负不起这个责，人命关天啊！一定要把人民的利益、人民的生命安全放在第一位，严把修建质量关，任何人不许存私念！"有些人觉得父亲管得宽，手伸得长，连修川剧院这样的事都要管。父亲知道后理直气壮地说："说我管得多，管得宽，我认为说得好，说得对。凡是对人民有利的事我就是要管，哪怕是芝麻绿豆大的小事我也要管。如果我不管，出了问题推在我头上，我对不起全县人民。"为了尽快修好川剧院，让隆昌人民早日享有文化娱乐场所，父亲积极主动帮助川剧团修建剧院，替他们想办法、出主意，替他们跑路解决一些紧俏的建材物资，替他们向四处求援，请各厂矿帮助运输、支援建筑材料等。

在父亲的鼎力相助下，川剧团经过精打细算，仅花13万元就建起了一座1602平方米、能容纳观众千多人的美观坚固的剧院。

隆昌地处成渝之间的交通要道上，来往旅客很多，20世纪70年代，隆昌的服务行业还很薄弱，县委招待所只有70个床位，还是朽壳床铺，房子也是年久失修的破旧房。父亲建议改善招待所现有条件，新修一幢楼房，增加床位，以满足旅客需要，也能增加县财政收入，县革委同意了父亲的意见。随即，县委招待所向县委、县革委打了有关修建县委招待所的报告，得到批复，同意修建，由县财政拨款5万元。5万元修建招待所，经费太紧张，父亲只好找各厂矿支援，请他们帮忙运输建筑材料，支援建材，各有关厂矿积极响应，有的厂矿派车帮忙运砂运料连油费都没收，有的厂矿拿出好钢材，只象征性地按废旧钢材收费，有的厂矿无偿支援水泥、砂石等。在各厂矿的大力支援下，招待所顺利建起了一幢三楼一底的楼房，装备床位400个。以后八公司迁走了，交出3幢楼房，在父亲的争取下，分给招待所一幢，招待所的床位就增加到700个了，基本可以满足需要了。

就在招待所生机勃勃地向前发展的时候，县里派工作组进驻招待所对招待所进行“整顿”。“整顿”的结果是拆了300个床位，把拆了的床、桌子都砸了、烧了，在群众中产生了很坏的影响。

多年后父亲回忆起这段经历，还感到气愤，他对我说：“历经千辛万苦发展起来的事业，一夜之间就毁在这些败家子手里，心痛啊！修招待所从一开始就阻力重重、困难重重，有的人惯于两面三刀，背后作梗，会上研究同意修建招待所，会后又去地区告状，说是修的楼堂馆所，地区来人看了，否认了修楼堂馆所的说法，那些告状的人才不敢贸然阻止招待所的修建。招待所修好后增加了床位，自然就要增加棉絮被盖，招待所要批点棉絮，这是事先就说好了的，可事后又不批，说什么招待所扩大了不符合政策。这些人哪像是在干工作？阴一套、阳一套，阳奉阴违，有意见不是放在桌面上提，而是背后开黑枪，真是太卑鄙了！开黑枪我也不怕！干革命就要做好不怕死的准备。如果前怕狼，后怕虎，就干不成任何一件事！共产党员就是要敢于为人民的利益坚持好的。只要人民群众能得到好处得到利益，我个人受委屈又算得了什么？”

2016年5月5日下午，我推母亲到莲峰公园锻炼，碰见了原招待所的退休职工张志庚娘娘，她认出了我们，我也认出了她。张娘娘已经82岁了，她对我说的第一句话就是：“你的爸爸是个好领导，是个正直、善良、清廉的好领导，是个大好人。”她告诉我：“吴县长关心招待所，关心招待所的职工，为我们办了很多好事实事。他工作认真务实，不搞花架子，不搞弄虚作假，待人诚恳直率，处理事情对事不对人，对的就是对的，错的就是错的，绝不迁就歪风邪气，很有正义感，非常廉洁，没有一点官架子，平易近人。他走了这么多年，我们一直记着他的好，一直怀念他。不管什么时候，我都讲吴县长是个难得的好领导，是个廉洁自律正直善良的好领导。”

作为一名老红军战士、一名共产党员，父亲一生都在践行着自己的入党誓言：忠于革命，忠于党，忠于人民。群众利益无小事，这在父亲脑海里已经烙上不可磨灭的印记。只要是对人民群众有利的事，父亲就会不遗余力地去做，去争取，哪怕赴汤蹈火也要勇往直前。

“文化大革命”期间，父亲以人民群众生活为重，以抓生产为己任，无论是分内分外的工作，他都身体力行、无怨无悔地去做。当他得知沱灌工程项目审批遇到困难、国家投资到不了位时，心急如焚，立即率队多次前往省上和北京批项目要资金，找自己的老战友，找自己的老领导，找相关部门，汇报隆昌缺水的现状以及隆昌人民迫切需要修建沱灌工程的诉求……通过父亲一行锲而不舍的努力，项目批下来了，国家投资也逐步到位。沱灌工程于1972年开工后，仅一、二期工程国家就投资2500多万元。沱灌工程上马时正值“文化大革命”期间，工程所需的建材特别是钢材紧缺，只要找到父亲，父亲都亲力亲为，不辞辛劳为沱灌工程跑钢材，跑紧俏物资。沱灌工程能顺利完工造福隆昌人民，这当中有父亲的一份功劳，凝聚着父亲对隆昌人民的一片赤子之情。

一直以来，父亲特别重视对青少年进行革命传统教育，不仅对我们三姊妹，对全县青少年都是如此。父亲乐意到各部队、各学校、各单位作革命传统报告，只要有单位邀请他，不管再忙，他都一定挤出时间按约赴会。革命传统报告会上，父亲动情地向青少年讲述自己的革命经历，讲述自己在战争年代的所见所闻，讲述长征途中红军战士可歌可泣的感人故事，讲述我党我军的光荣传统，讲述人民解放军与人民群众的鱼水关系，讲述自己对理想信念的理解和追求，讲述做人做事的道理，等等。父亲的每次报告，都获得广大青少年听众的热烈掌声。父亲认为，自己作为一名老红军战士，有责任、有义务将光荣的革命传统向年青一代传承，通过自己的讲述，让他们了解我党我军的光荣传统，了解艰苦的战争岁月，了解革命战士的情怀，晓得革命的艰难，晓得今天的幸福是千千万万革命烈士用生命和鲜血换来的，从而激发他们继承革命传统、接好革命班的积极性、主动性。这就是父亲最大的愿望。

“文化大革命”的10年中，父亲在繁忙中兢兢业业、勤勤恳恳，为隆昌人民抓生产大干了10年。父亲脚踏实地抓生产，为隆昌人民办了许多好事实事，领导建起了磷肥厂、纸厂、氮肥厂、水泥厂、国营汽车队，扩建了食品厂、新华陶厂、县委招待所……为发展隆昌的工农业生产做出了重大贡献。父亲说，作为一名共产党员他可以问心无愧了。

1976年10月，结束了长达10年的无产阶级“文化大革命”。父亲甩开膀子以更加昂扬的革命斗志投入到社会主义建设中，投入到他钟爱的事业中。

父母亲的心愿达成了

1979年春节前夕，宜宾地委组织部副部长延志电话通知隆昌县委组织部：经组织上研究决定，对程尊品同志被错划为右派予以改正，落实政策，恢复党籍，恢复政治名誉，恢复原工资级别，文件春节后下发，请转告程尊品同志及全家，过一个快乐喜庆的春节。县委组织部部长牛金成亲自到我家传达延志部长的电话精神，并祝我们全家春节快乐。听了这个盼望二十二年、激动人心的特大喜讯，全家人都欢呼起来。强压在母亲身上二十二年的政治包袱终于被实事求是的政策掀翻了！长期以来沉积在我们全家人心灵上驱之不去的阴影终于被春风吹散了！

父亲竖起大拇指感慨地说：“感谢共产党！感谢党中央！只有伟大的中国共产党才能这样地光明磊落，才有这么宽广的胸怀，有错就纠，有冤就平，不冤枉一个好人！”母亲喜极而泣，个人跑进房间关起门痛哭起来。父亲不让我们去劝阻母亲。

1979年的春节，是我们家自1957年以来过得最快乐、最轻松、最喜庆的春节。大年三十年夜饭上，全家人举杯共庆，感谢共产党的英明伟大，祝贺母亲政治上重获新生。就连我8个月大的儿子范里也知道家里遇上了喜事，挥舞着小手，一个劲地“咯咯咯”笑，逗得父母亲及全家人开怀大笑。母亲破天荒饮了3杯酒，第一杯酒，她要求我们三姊妹和她一起敬父亲。她对父亲说：“老吴啊，谢谢你！你的预言实现了。今天，党组织终于还了我的清白，重新接纳了我，我也可以给子孙们做交代了。你们三姊妹听好了，没有你们爸爸的宽容和关爱，你们的妈妈坚持不到今天；没有你们爸爸的铁骨铮铮，不放弃不抛弃，我们这个家早散了。你们的爸爸是世界上最好的爸爸，你们一定要好好孝顺他。”

我母亲对不能恢复原职，心有不甘，几次欲提笔向组织提出自己的诉求，都被父亲劝阻了。父亲对母亲说：“老程，恢复了党籍，恢复了政治待遇，恢复了工资级别就应该满足了，何必去争职务，干什么工作都一样。”父亲还将自己的一些坎坷经历告诉母亲，叫母亲大事化小，小事化了，别自找烦恼。父亲在母亲的心目中，是高大而完美的。母亲说父亲不仅是她的爱人，还是她的良师益友，是她的好领导，所以母亲信任父亲、尊重父亲、听父亲的话。听了父亲的话，母亲释然了。从此再不提要求组织恢复职务待遇的问题。

对于母亲补发工资的问题，父亲也看得很淡。他说20多年都熬过来了，补不补发都无所谓，没有那两级工资照样过，只要现在恢复了工资级别，还了清白就行了。母亲也听父亲的话，没有向组织上提补发扣发工资的问题。

我认为我的父亲人格真是太高尚了，胸怀真是太宽广了。母亲听他的话没有错，我们听他的话也肯定不会错。但我作为父母亲的大女儿，亲眼看见了母亲所受的磨难，也亲身体验了受牵连的滋味，还是有很多想法。最初我也认为母亲应该向组织上讨回二十年来被扣发的工资，因为这是一笔算得清的账。但以后，我的这些想法，在父亲豁达无私的胸怀影响感召下，变得渺小起来，以至于最后烟消云散。

1979年，县委依据中央有关文件精神和父亲的申请，批准为父亲修建红军院，预算资金7000元。红军院毗邻内江市第一社会福利院，与福利院一个大门进出，占地300多平方米，建筑面积132.66平方米。红军院建好后，地址为金鹅镇里仁巷77号，产权属政府，1981年父亲调到人大后，产权属人大，父亲每月向政府或人大缴纳房租费。1980年春节前，父亲率我们搬进了红军院，因为搬新家家里购置了第一件高档家电——一台16英寸的黑白电视机。春节期间，父亲将电视机安放在院子里播放，每天都有许多农民朋友前来观看。弟弟也在这年春节结婚了。父母亲乔迁新居，又将儿媳妇娶进家门，母亲二十几年的沉冤得到昭雪，三喜临门让二老高兴得合不拢嘴。

父亲当选隆昌县人大常委会副主任

1981年8月，父亲当选为隆昌县第七届人民代表大会常务委员会副主任。之前，父亲从1965年5月起分管工业（以后又增加了交通）计17个年头。17年来，父亲把自己的满腔热情和全部心血都倾注在了发展隆昌的公共事业上，特别是为了发展隆昌地方工业而呕心沥血、殚精竭虑。父亲一直以抓生产为己任，以发展隆昌地方工业为己任。他带领发展隆昌地方工业的团队，克服重重困难，历经艰难险阻，为隆昌人民建起了磷肥厂、纸厂、氮肥厂、水泥厂。对县属其他企业，父亲也尽力扶持，帮助他们能够生存下去而且能够不断发展壮大。如新华陶厂，父亲给他们添置了制砖机、制瓦机，鼓励他们进行技术革新，告诉他们：只要在技术上改进一下，制砖制瓦都能赚钱；群生酱菜厂，父亲为他们配备了强有力的厂级领导班子，并在资金上给以扶持，鼓励他们在传承古老酿造技术的同时开展技术革新，改变生产中全靠体力劳动的状况，通过不断的技术革新，该厂已从人力推磨、剥壳、粉碎、搬运等体力劳动过渡到半机械化生产，生产的酱油味道鲜美、名声远扬、供不应求；白水滩煤矿、永达煤矿，父亲多次到这两个煤矿，为他们排忧解难，商讨走出困境的办法，从1971年到1976年，父亲为白水滩煤矿、永达煤矿分别争取到资金190多万元、30多万元，帮助这两个煤矿在困境中坚持下去……在父亲的不懈努力下，隆昌地方工业在十年浩劫中不仅没有停滞下去，而是不断前进，在不断前进的步伐中甩掉了落后帽子，迎来了欣欣向荣、蒸蒸日上的可喜局面，跨入了地区的先进行列。

1976年10月，粉碎“四人帮”后，父亲更是焕发了革命青春，率领他的团队意气风发地前进在高速发展隆昌地方工业的道路上，使隆昌地方工业再上新的台阶。氮肥厂、糖厂（纸厂）、水泥厂，经过不断的技术革新、改造，越做越强，越做越大，成为县上的支柱企业和税利大户。磷肥厂经过整顿，甩掉了多年亏损的帽子，步入了不断发展的快车道。白水滩煤矿、永达煤矿、群生酱菜厂、新华陶厂、印刷厂等老企业也焕发了青春，产品不断革新，生产持续发展。

1976年，白水滩煤矿荣获四川省“工业学大庆”先进企业，1977年获四川省煤炭工业管理局“学大庆、赶开滦先进企业”嘉奖。是年，群生酱菜厂被评为四川省“工业学大庆”先进单位。新华陶厂新增3条梯窑，生产的土陶产品享誉川内外，深受民众喜爱……工业战线广大干部职工交口称赞父亲的实干精神，称赞父亲主抓工业抓得好，抓出了隆昌地方工业的一片大好形势。

父亲在回顾自己发展隆昌地方工业的经历时，总结了几条体会，我认为是经验。他这样对我说：“办工业，首先要有一颗为民造福的心，这是根本点。如果把办工业看成是为民造福的职责，那么就能无私无畏，就能管好工业，办好工业。如果把办工业看成是往上爬的阶梯，那么就只有靠看眼色过日子，前怕狼后怕虎，不敢负责任，不敢迈大步，甚至当败家子；办工业，要将创新的胆识和实事求是的原则有机地结合起来，坚持调查研究，坚持立足县情，做到心中有数。要充分利用本地的优越条件，发挥本地优势，看准了的事就不能放弃，要有锲而不舍的拼命精神，一切以县情为依据，以隆昌人民的利益为依据；办工业，要充分发动群众，依靠群众，特别在使用干部的问题上要任人唯贤，大胆放手。要为干部创造良好的工作环境。要爱护下面的干部，做过细的思想工作，积极主动为他们排忧解难。工作上出现问题，要帮助他们分析原因，找准差距，同时勇于为他们承担责任，鼓励他们继续探索，继续前进。切不可抓住枝节问题而忽略了别人的大方向和长处，更不能抱成见，抓到鸡毛当令箭。对待人的问题，一定要慎重，要全面地看一个人，而不能只看他的一时一事。只要有了一大批得力的干部，发展地方工业的速度就能够加快。所以，干部问题是发展地方工业的关键；办工业，作为分管领导一定要站得高、看得远，要视野开阔，统揽全局，胸怀全县。要有担当，要敢于负责，要不怕负责。要具有'先天下之忧而忧，后天下之乐而乐'的品质，见困难就上，见荣誉就让，不怕吃亏，敢于吃亏吃得亏，听得种种流言蜚语，受得种种白眼委屈。为了给隆昌人民造福，哪怕上刀山下火海，也在所不辞；办工业，需要一股敢闯敢拼的精神，但必须是在讲科学讲实际的前提下，决不能干违背事物发展客观规律的蠢事，同时还要具有不怕苦、不怕累的大无畏精神。"父亲的这番话，让我深受教育。我想，一个人只要做到了无私，就能无畏，一个无私无畏的人，再加上尊重科学与脚踏实地的工作态度和锲而不舍的拼命精神，就没有干不成的事，就没有克服不了的困难。父亲就是这样的人，父亲就是我心中的丰碑、永远的榜样。

父亲到人大后，一如既往地关注隆昌的经济建设，关注隆昌地方工业的发展。他经常到各厂矿企业调研指导，了解企业的发展情况，帮助企业出谋划策。厂矿企业遇到困难，总喜欢来找父亲，找到父亲后，父亲总是亲力亲为倾力相助。各厂矿企业的领导都乐意找父亲谈思想、谈问题，与父亲一起探讨企业的管理、企业的技改、企业的发展方向……父亲也乐意与他们一起研究探讨发展隆昌地方工业的问题。同时，父亲在新的工作岗位上，认真钻研业务，广泛开展调查研究，积极帮助和支持县人民政府、县人民法院、县人民检察院在新形势下开展工作，为发扬社会主义民主和建立健全社会主义法制做了大量工作。

父亲离休了

1983年2月，父亲离休了。离休时他唯一感到遗憾的事是没能为隆昌人民再建一座丝厂。他在《我走过的路》回忆录中写道："1983年，根据中央文件精神，干部要年轻化、知识化，我离休了。本想在离休前乘着工业战线形势大好的东风，再为隆昌人民建一座丝厂，但事以愿违，没有办成这件事，这是一件十分令人遗憾的事。隆昌建一座丝厂，省委书记杨超是很支持的。本来我们把图纸、资金等问题都弄好了的，征30亩地也说好了，那时征地不像现在这么难，也要不了多少钱，只是被征用土地的生产队、大队要求上人，我的意见是可以上一批人，就把建四千八百序丝厂的运输任务交给生产队、大队，他们都搞不完。这些都是与生产队、大队协商好了的。资金也落实了，省上已经说好投资120万元，银行贷款80万元，县里自筹40万元。省里问我敢不敢承担建丝厂的责任？我说敢承担责任。建这个丝厂有很多有利条件，首先是省上支持，而且丝厂所用的图纸是金堂县一家最先进丝厂的图纸，我们已与金堂县取得联系，请他们支援我们的技术力量，为我们培训工人。事情已经办到了这一步，条件已经非常成熟，只要再到省里跑一趟，或者再找一下杨超书记，就可以动工了。可是由于县委某领导到地区开了工业会回来后，不问清筹建丝厂的情况及资金等各方面情况的来龙去脉，坚持要在全县搞联办丝厂而不搞国营丝厂。不搞国营丝厂，省上就不投资了。这样的好事就被搅黄了。没有资金，丝厂建设被搁置起来，一搁就是好几年，到现在（1985年）丝厂也没建成。这件事令我痛心，个别官僚主义的领导，主观武断葬送了一个厂，失去了发展隆昌经济的一个大好时机，实在是太可惜了。我认为一个县的工业要发展，经济要腾飞，关键还在领导。领导要有胆略，有气魄，看准了的事就一定要干，哪怕上刀山下火海。虽说现在是厂长负责制，但解决问题总还要上级领导出面，光靠厂长是不行的。所以作为县里的领导，在决策时一定要结合本地实际，进行多方面的考察。一旦决策，就要千方百计组织实施，要敢于负责，出了问题要敢于承担担子，要支持厂长的工作，尽心尽力为他们分忧解难，做他们的坚强后盾。同时要有一颗大公无私、全心全意为人民服务的心，只有靠着这颗心，才能为隆昌人民做贡献。如果事事处处为个人考虑，患得患失，争名夺利，不为群众着想，那就肯定干不好一件事，还要遭到群众的谴责。”

父亲在隆昌工作期间，以自己热爱人民、热爱战友、热爱同志、爱护下属的赤子情怀，以自己公而忘私、坦诚忠厚、光明磊落的人格魅力，以自己脚踏实地、勤勤恳恳、艰苦奋斗的工作作风，赢得了全县人民的拥护和爱戴。父亲的担当、父亲的公正、父亲的清廉，享誉隆昌百姓之中。

20世纪70年代，招工是涉及千家万户利益的最敏感的社会问题。父亲曾是县招工领导组的成员，他在招工的问题上，坚持实事求是的原则，做到了公平、公正、公开。对一些身体条件暂时不达标、家庭贫困的优秀青年，父亲通过做招工单位的工作帮助他们得到招工机会，从而改变一家人的命运。实行干部职工退休子女顶替补员的政策后，隆昌党群政法系统的干部职工退休后子女补员安排非常困难，父亲主动为这些退休干部职工排忧解难，积极做好有关系统、有关单位的协调工作，使党群政法系统的干部职工退休后，子女补员得到妥善落实，解决了他们最关心、最操心的实际问题，解除了他们的后顾之忧。

父亲离休了。父亲说：“我从1935年参加革命，到1983年离休，整整48个春秋。在这48个春秋的革命生涯中，我没有辜负党组织的培养和教育，时刻以共产党员的标准提醒自己要求自己，在平凡的工作岗位上做了自己应该做的事，为建立新中国、建设新中国，添了砖、加了瓦，发挥了一滴水、一个螺丝钉、一颗铺路石的作用，做到了干一行爱一行，全心全意为人民服务。现在我人离休了，但我的心却一刻也不会离开革命，我将继续发挥余热，为建设隆昌富强隆昌献计出力再立新功。”

父亲离休后确是如他所言，继续发挥余热，继续关心国家大事、关心隆昌的建设发展、关心青少年的革命传统教育，积极参加党组织生活，参加人民代表小组活动，参加县委、县人大、县政府、县政协要求参加的各种会议，建言献策，多次被评为优秀共产党员。

当父亲听说县上要卖磷肥厂的消息后，几夜没有睡好觉，辗转难眠。为了保住前人创的业，保住磷肥厂，他一次又一次地找县委书记、县长谈自己的看法，谈创业的艰难，要求领导不要动卖厂的念头，并向领导建议，不办磷肥厂办个水泥厂也行嘛，如果不办厂，办个货站，一年也能赚二三十万元。以后，卖磷肥厂的事被地区、省府挡了，因为肥料不进口了，不准卖厂，磷肥厂没有卖成。父亲知道消息后，才把心放在了肚子里。父亲在1986年年初写回忆录时对我说："现在磷肥厂搞得还可以了，产量也上去了，销路也打开了，只要加强科学管理，我相信这个厂会越办越好。我总觉得，建一个厂要有正确的指导思想，要有长远打算，要以是否能为隆昌增产做贡献为标准。办工业要充分利用本地的优越条件，不要盲目地建一个厂，也不要轻率地下一个厂，要权衡其中的利弊得失，中心点就是为隆昌人民造富。"

1985年，党中央出台有关文件，鼓励离退休干部发挥余热经商办企业。父亲响应中央号召，决定发挥余热，再为隆昌的经济发展做贡献。他向老干局建议，组织离退休老干部办一个企业，这样既响应了党中央号召为老干部发挥余热提供了用武之地，又可增加收入解决老干部活动经费，还能为发展隆昌地方工业增光添彩，为县财政增加税利。老干局采纳了父亲的建议。由父亲挂帅，联络组织了一批懂经济、有办厂经验的离退休老干部继续发挥余热为隆昌再建一个新厂。为了商讨办厂事宜，父亲在我的小家（姚家巷21号县政府宿舍）召集了几次会议，老干部们集思广益，对办厂的主客观条件、可行性进行了认真考察、分析、讨论，最后决定办一个乳白玻璃厂，并为玻璃厂取名"余辉玻璃厂"。

父亲根据各位老干部的工作经历和特长，对他们做了明确分工，然后各司其责，投入到紧张有序的筹建工作中。就在余辉玻璃厂的筹建工作接近尾声即将开工之时，中央的政策发生了变化，明确规定党政干部不能经商办企业，包括离退休人员。父亲最听党的话，果断终止了余辉玻璃厂的筹建工作。当时，有的老干部思想不通，认为筹建余辉玻璃厂付出了那么多辛劳，眼看就要成功了，却不干了，无异于把到手的肥肉丢掉，所有的辛劳白费了。父亲给他们做耐心细致的思想工作，父亲说：“当初建厂，是为了响应党的号召，发挥余热，为隆昌人民再立新功，党中央也有政策，鼓励离退休人员经商办企业。现在，政策发生了改变，不准党政干部经商办企业了。作为一名共产党员，只能无条件服从党中央的决定。所以，大家一定要想得通，要看远些，不能只看到眼前的利益。”父亲说服了大家，将余辉玻璃厂无偿转让给隆昌师范学校，作为校办企业继续建设。隆昌师范接手余辉玻璃厂后更名为隆昌师范玻璃厂，做到了当年建厂当年见效益，在建成后的数年间，效益一直很好，这也应该看作是父亲及他率领的一批离退休老干部为隆昌的教育事业、勤工俭学事业做出的贡献。隆师玻璃厂投产后，为了感谢父亲等老同志在筹建工作中付出的辛劳，给了父亲他们5万个乳白玻璃酒瓶，父亲将5万个酒瓶全部交给了县老干局，并多方联系有关企业买酒瓶，将卖酒瓶的钱作为老干部活动专项经费。

1985年，县委修建离休老干部活动馆，父亲给予了大力支持和无私帮助。他与老干局的同志们一道积极投入到修建老干部活动馆的工作中，无论选址、筹资，还是找人设计图纸、组织建材，凡是涉及修建老干部活动馆的工作他都亲自参与，亲力亲为。为了购买到物美价廉的建材，父亲带领老干局的同志跑了很多建材企业，选购质量好价格便宜的建材；为了节约资金，父亲发动县属各厂矿企业支援老干部活动馆的修建，在父亲的倡导动员下，糖厂、氮肥厂、水泥厂、白水滩煤矿、永达煤矿等县属企业以及一些市属企业、乡镇企业，都向老干部活动馆伸出了援助之手，他们派人派车帮助修建活动馆搞运输搞安装，低价甚至无偿支援建材，大大缓解了老干部活动馆修建经费严重不足的困难。当活动馆修建资金出现缺口，工程举步维艰面临停工时，父亲以他的担当和魄力鼓励老干局的领导坚持修建，决不能停工，并多次找县级有关部门协调，解决了资金不足带来的困难。老干部活动馆竣工后，离休老同志欢聚在活动馆，开会、学习、看书、下棋、打牌、唱歌、跳舞、打乒乓，其乐融融，真的是老有所乐，老有所学，老有所为。父亲看在眼里，喜在心里。他对我说："离休老干部终于有了自己的活动场所，真是太好了！不像原来，大家挤在两间破房子里，活动不开不说，心情都受影响，觉得郁闷，不愿到活动室活动。现在好了，有了这么大的活动场所，大家的心情也畅快了，都愿意到活动馆来玩一玩。"老干部活动馆建成后，成为凝聚离退休老干部的活动中心。

改造修建福利院进城公路，是父亲离休后为人民群众办的好事实事之一。隆昌福利院坐落在城西洗马池，距县城约一公里，连接福利院和城区的一条乡村公路早已破烂不堪、坑坑洼洼，由于排水不畅，每逢雨天，大水坑连小水坑，路滑泥泞，当地老乡特别是福利院的孤老残疾人进城很不方便。每当父亲看见福利院那些残疾人以及白发苍苍的孤老拄棍掇棒一步一颤艰难行进在泥泞道路上时，就感到于心不忍，感到有责任帮助他们。1986年，父亲多次找与这条路有关联的3个单位：隆昌一中、福利院、文教局预制厂，协商解决修路事宜。最后，3家达成共识，由3家共同出资修路，为福利院院民造福，为当地民众造福，为一中师生造福。落实了修路责任单位和资金后，父亲又到县交通局联系修路工程事宜，县交通局非常重视，派出工程技术人员对路况进行勘察，制订了可行的修路方案，并安排县养路段具体负责修路工作。修路期间，父亲每天都要到工地上走走看看，了解工程进展情况，修路中，凡遇到困难和扯皮，父亲都及时出面协调解决。不久后，一条凝聚着父亲心血的泥结碎石路展现在民众面前。从此，福利院的院民、当地的老乡、隆一中的师生，进城再也不用走溜路、烂路了。

父亲离休后，依然关心青少年成长教育，多次应邀到部队、学校、机关、厂矿作革命传统报告。他用朴素的语言、鲜活的事例、切身的体会，讲述自己苦难的家史，讲述自己为什么要参加红军，讲述自己经历的二万五千里长征，讲述自己在延安的所做所见所闻，讲述自己在东北的战斗生活，讲述自己从东北挺进西南的故事……父亲的报告，多次获得广大听众热烈的掌声；父亲的报告，深受广大青少年欢迎。父亲通过自己亲身经历的讲述，通过与台下听众分享自己在革命征途中积累的心得体会，向青少年一代传承了老红军的光荣传统，传承了共产党的优良作风，传承了一名普通共产党员忠于党、忠于人民、忠于革命事业的信仰。

1985年年底，我所在单位县委党史办主任陈能姚同志安排我专题征集父亲的回忆资料，帮助父亲撰写革命回忆录。为了做好这件工作，陈主任向县档案局借了一台录音机，并购买了磁带交予我。回到家里，我将陈主任安排给我的工作告诉了父亲，父亲很高兴，也很乐意。此后，在两个来月的时间里，只要父亲没有其他工作和县里必须参加的活动，每天都会抽出几个钟头的时间回忆讲述他的革命经历。每次父亲讲述前，我都给他泡一杯热茶，中途休息的时候，我会给他揉揉肩、按按背、梳梳头。为了完成任务，父亲在那段时间连最喜欢的钓鱼活动也没去参加。临近1986年春节，父亲基本完成了他的讲述。春节后，1986年3月，我从党史办调到档案局，到雅安省档案学校培训学习了半年，回隆后，即忙于了解熟悉新的工作，无暇整理父亲的回忆录。直到1987年5月，我才完成了父亲回忆录的初步整理工作。在整理的过程中，我觉得父亲的回忆还比较粗略，特别缺少某些事件、某些战斗、某些人物的细节，毕竟事隔几十年，父亲第一次系统回忆，能达到这样的水平，已经很不错了。我很佩服父亲的记忆力，这么多年过去了，他还能记得这么多事。当时我的想法是，细节的回忆补充得慢慢来，久远的记忆也只能一点一滴地从脑海里发掘。所以我打算过段时间再与父亲慢慢摆谈，尽可能将遗漏的资料弥补上，以使父亲的革命回忆录更加完美、更加感人。可是，做梦也没想到，父亲竟然这么快、这么匆匆地就离开了我们，让我的打算变成了一场空。

父亲离休时，母亲还没退休。父亲从1983年3月离休到1988年元月母亲退休，5年的时间，是父亲自己安排自己的离休生活。父亲除了积极参加县委、县人大、县政府、县政协要求参加的各种会议，县老干局组织的各种活动外，还积极参加各种公益活动，参加关心下一代工作委员会组织的关心教育青少年的活动。

闲暇时分，父亲在院子里引种蜡梅，他从蜡梅的种子开始培育，然后再栽培蜡梅苗。在父亲的精心呵护下，我家院子里的蜡梅从一株发展到数株，每当寒冬蜡梅开花季节，我家上空便飘逸着沁人心脾的蜡梅花香，我家院子便被四周金灿灿的蜡梅花簇拥起来，吸引了众多朋友前来赏梅。父亲培育的蜡梅，品种纯正，花色娇羞嫩黄，没有一点杂色，花香清幽绵远，是蜡梅中的上品。很多人家慕名前来我家引种蜡梅，父亲总是热情地接待他们，或者送给他们种子，或者送给他们枝条，并耐心地给他们讲解蜡梅种子、蜡梅枝条的栽培方法、注意事项以及蜡梅的生长习性。刚搬进红军院时，父亲带领弟弟晓虹、老公金方，在院子里种了两棵桂花树，一棵金桂，一棵银桂，两棵桂花树相距不到10米，就像兄弟俩。这兄弟俩在父亲的精心照料下，茁壮成长，父亲为它们浇水、施肥、剪枝、捉虫，使它们枝型极好，就像两把撑开的大伞。金桂、银桂是我家院子里又一道靓丽的风景线，每年8月桂花树开花季节，金桂上挂满了金黄色的桂花，像一把金色的花伞；银桂上则是满满一树银白色的桂花，像一把银色的花伞，方圆几里地都能闻到我家桂花醉人的香味。桂花快开谢的时候，只要稍微起风，地上就会堆起一层黄桑桑、白花花的桂花，这个时候，父亲就会叮嘱我们不要扫，我们也舍不得扫，这样的美景要保留很长一段时间。

父亲去世后不几年，我家的金桂每年花谢后都要结几十个果果，范金方将这些果实收集起来，把它们培育成小苗，再搞盆景栽培，效果很不错。父亲在院子里还种了两棵鸡肉花树、一棵樱桃树、一棵玉兰花树、一棵黄角兰树、一窝芭蕉树、一窝金银花，一棵葡萄、一窝佛尔瓜。佛尔瓜是父亲用姚家巷21号原住家院子里栽的佛尔瓜的母瓜培育的，为了让它们长得开，父亲为它们搭了个高约2米、宽十几米，二三十平方米的瓜架子，佛尔瓜长势茂盛，每年都要结上百个瓜，父亲将有芽的母瓜收集起来，放在烘笼、面盆等器皿里，为他们盖上“被子”，待瓜芽子长到一定的程度，送给周围农民朋友栽种。

父亲爱书，喜欢看书，也喜欢买书。每天，父亲只要不外出，都要戴上老花镜，看一两个钟头的书，有时看起劲了，上午下午都看，连午觉也不睡。父亲看书通常都是慢条斯理地、大声地读出声来，很少有默看的时候，特别是父亲念武侠小说尤为精彩，声音抑扬挫顿，很有吸引力，我们都很喜欢听。父亲有藏书近千册，内容丰富，可分为两个部分，一部分是图书，另一部分是文史资料。图书大致可分为几大类：领袖著作类，如《毛泽东选集》《邓小平文集》等等；名著类：如《水浒》《三国演义》《西游记》《红楼梦》《聊斋》等等；历史类：如《隋唐演义》《南北史演义》《两晋演义》《宋史演义》《明史演义》《元史演义》《民国通俗演义》等等；人物类：如《成吉思汗》《杨家将演义》《朱元璋演义》《李自成》《慈禧前传》《袁世凯演义》《海灯法师》等等；革命回忆录及战争类：如《彭德怀自述》，许世友的《我在红军十年》，杨成武的《忆长征》，《刘伯承用兵录》《敌后武工队》《昨天的战争》《战争奇观》等；其他类：如《封神演义》《施公案》《儿女英雄传》《红岩》《风满潇湘》《春风化雨》《歧路灯》《中国地方风物传说选》等等。另一部分，就是中国人民政治协商会议全国委员会文史资料研究委员会编纂出版的《文史资料选辑》，父亲从第一辑开始订阅购买，直到去世，一辑也没落下。

父亲很爱惜他的书，新书买回来后，总是细心地用牛皮纸将新书的封底、封面包起来，并在牛皮纸封面及背脊上端端正正地写上书名，在书的三方落上自己的名字，通常是上方为“吴”、中方为“英”、下方为“德”，合起来就是“吴英德”。2004年，我家遭了盗贼，父亲的书被偷走了大部分，我到派出所报了案，但没有追回来，这让我难过了很久。

父亲每天都坚持锻炼身体，只要他没外出办事或参加活动，他都要绕福利院内的堰塘走十几圈，大约4000米，风雨无阻，如遇下雨天，他就戴顶草帽走。平常没有事的时候，他就用左右手轮换着转玩两个大铁球，两个大铁球都被父亲转玩得溜溜光滑、闪闪发亮。父亲喜欢钓鱼，他说钓鱼不但锻炼身体，还能陶冶情操，让人恬静下来。

1986年，父亲患胆结石，在泸州医学院附属医院住了一个星期的院，医生没有给父亲动手术，采用保守治疗。1987年，父亲患上糖尿病，多年的高血压加上糖尿病，真是雪上加霜。父亲按照医嘱，少吃主食多食蔬菜，经常饿得清口水长流。父亲本来就有多年的肠胃病，饿不得，现在得了糖尿病，只能强行控制自己的饮食，强迫自己长期处于饥饿的状态中。

父亲得了糖尿病后，多次对母亲说：“哎，以前吃得的时候，没的来吃。现在有吃的了，又不敢吃了，看到东西都不敢吃了。”每当母亲听到父亲这样说，就心如刀绞心疼得想流泪。母亲说她当年一点也没有照顾糖尿病人的知识，面对饥肠辘辘的父亲，她显得无能为力。母亲怪自己是医盲，不懂得护理，没有照料糖尿病人的常识，让父亲遭了大罪，她一直自责自己，认为父亲最后的病灶是因为吃得太少，缺乏营养造成的。父亲患糖尿病后，母亲每天清晨用试纸为他测尿糖，并用专门的本子做好记录。我只要在家，就包下了为父亲测尿糖的事，如果试纸呈深蓝色，说明尿糖高；如果呈浅蓝色，则说明尿糖接近正常。每当试纸呈浅蓝色的时候，父亲就会很高兴，一整天都乐呵呵的。

1988年元月，母亲退休了。有了母亲的陪伴，父亲的离休生活便增添了许多快乐和色彩。这年10月上旬，单位安排我到安岳、乐至、资阳、简阳等兄弟县档案馆参观学习，其间在成都待了一天，为了给父亲买魔芋精片这种药，我跑了成都的十几家药店，最后终于买到了，我一下就买了10瓶。父亲便秘，吃麻仁丸效果不理想，听人说魔芋精片效果好，但隆昌没有卖的，母亲托多人代买也没买到，现在我终于买到了，感到万分庆幸。遗憾的是，我费尽周折买回的魔芋精片，父亲一片也没用上。参观学习结束后，我带着魔芋精片兴冲冲地往家赶，我已十几天没有见到父母了，我想尽快见到他们，尽快告诉他们魔芋精片买到了，让他们高兴高兴。

回家后，见到父亲的第一眼，我感到父亲瘦了，而且瘦了很多。我问父亲好不好，父亲告诉我不太好，拉肚子，不消化，特别是吃了花生后更不消化，还打馊饱嗝。我请求父亲到医院看病，父亲不愿意去。又过了一段时间，父亲拉肚子不见好转，不消化的情况更加严重，在母亲和我的强烈要求下，父亲终于同意去医院看病。

那天，我专门请了假，与母亲一起陪父亲去看病，可就在临出门的时候，父亲又改变了主意，说什么也不愿意去医院看病。母亲说服不了父亲，我也说服不了父亲，我和母亲都一筹莫展，只好随父亲去。父亲拉肚子越来越厉害，一天，母亲叫我到厕所看父亲拉的粪便，尽是些没有消化的食物残渣，父亲不愿到医院，我只好将父亲的粪便挑了些送到城关医院化验，化验结果是消化不良，医生开了些帮助消化的药。当时我们也一直认为父亲是消化不良。

父亲走了

1988年11月中旬，父亲住进了县人民医院，在人民医院住了四五天，也没查出什么病。父亲白天由母亲陪伴到医院病房输液打针接受治疗，晚上回家住，我负责送中午饭。一天，我做了红烧排骨红萝卜，送到医院后父亲吃得很香，还吃了几块排骨，我很高兴，认为父亲的病在开始好转。

11月19日那天晚上，父亲、母亲没有像往常那样回到家里。我不知道发生了什么事，但有一种不祥的预感强烈地揪着我的心，我一晚上都处在忐忑不安中，几乎一夜无眠。第二天清晨，上班途中，碰见余正华娘娘，她告诉我父亲被人民医院B超诊断为肝癌，老干局派车连夜把父亲、母亲送到了泸州医学院附属医院。听到这个消息，犹如五雷轰顶，我一下就瘫在了地上，余娘娘拉起我叫我赶快到泸州去。我强打起精神，到单位请了假，然后到弟弟车间找到弟弟，乘公共汽车赶往泸州。到泸州后，在妹妹家见到了父亲，见父亲精神还好，我的心放下了一些，苍天保佑，但愿是误诊吧。但事与愿违，父亲的病不断恶化。

父亲在泸州住院期间，每天都有很多人前来看望，他们中有县五大机构的领导，有县属机关、企业事业单位的负责同志，有离、退休老干部，有父亲的战友、同事、朋友、亲戚，有机关干部、学校师生、部队指战员，有工人，有农民，还有福利院的院民、街道居民。父亲对前来看望他的人总是报以感激的微笑，在他能说话的时候总忘不了向他们说声谢谢。看望父亲的同志们看见父亲被病魔折磨的样子都很难过、很心酸，每个人在走出病房时都在抹眼泪。这一切，让我感动，也让我感激，我由衷地谢谢他们对父亲的关心、对父亲的爱戴。当看望的同志离开后，父亲总是示意我们将他们送的水果等食物分发给同病房的病友吃。

父亲在泸医住院因病床紧张一直住在大病房，病房里住了十几位病人，加上家属、陪护，人来人往非常拥挤也很嘈杂，但父亲却很安详。他静静地躺在病床上，从来不向医护人员提任何要求，也从来不问他生的什么病，一个人默默地和病魔做殊死搏斗。父亲住院后，我们没听他喊过痛也没听见过他呻吟，他总在尽自己的努力配合医护人员的治疗。每次输液，护士都不能很快找到父亲的血管，往往要扎好几针才能找准血管，父亲从来不会责怪埋怨护士，总是面带宽容鼓励的笑意，连哼都不哼一声。在一口饭也吃不下的情况下，父亲还是按照医嘱顽强地吞药。医生护士都被父亲的精神感动了，他们说父亲是少见的硬汉子。父亲住院期间，只要他能够起床，能够走路，他就坚持自己到厕所解便。他总是怕耽误我们的工作，多次叫我们回单位上班，不用守在他身边。

1989年1月3日清晨6时45分，父亲永远闭上了眼睛，离开了我们，终年68岁。全家恸哭，母亲号啕着伏在父亲遗体上痛哭不止，我们好不容易劝住了母亲。在给父亲穿衣服时，看见父亲骨瘦如柴的身躯，我难过得捶胸跺足，母亲又伤心地哭起来。这天上午，招待所的彭文武所长、福利院的樊朝灿师傅从隆昌赶到泸医看望父亲，当他们看见父亲的遗体时失声痛哭，一个劲埋怨自己来晚了，没能见上老领导生前最后一面。

父亲逝世后，县委、县人大、县政府、县政协、县纪委给予了高度关注和重视，派专人专车将父亲灵柩接回了隆昌，在县人民政府大礼堂为父亲设置了灵堂。灵堂庄严肃穆，主席台上方正面横标：沉痛悼念吴英德同志逝世，横标正中下面悬挂父亲遗像，遗像下面是一个大大的“悼”字。两侧悬挂横幅、竖幅挽联各一，左侧横幅挽联为：“一代英豪”，竖幅挽联为：“人民好公仆，大节照青天”；右侧横幅挽联为：“功业长存”，竖幅挽联为：“革命老英雄，丰功垂史册”。主席台两侧各有长挽联一副，左侧为：“古宇青山迎忠骨；金鹅万众颂红军”；右侧为：“隆昌素兰花万朵，朵朵含悲痛；江油翠竹泪千行，行行寄哀思”。

父亲的遗体就安放在主席台中央，遗体上覆盖着红旗。父亲逝世的噩耗，让隆昌人民悲痛不已，每天，都有络绎不绝的人群前往灵堂吊唁父亲。令人感动的是，福利院许多风烛残年、白发苍苍的孤寡老人、残疾人，他们也相互搀扶着来到父亲灵堂吊唁父亲，表达他们对父亲的哀思；父亲的老战友赵洪滔伯伯不远千里从广西桂林赶到隆昌吊唁父亲。1月7日下午3点，县委、县人大、县政府、县政协、县纪委在县政府大礼堂为父亲召开了隆重的追悼会，追悼会由县人大常委会主任黄正才主持，县委书记胡文洪致悼词，赵洪滔伯伯代表老同志发言，我代表亲属发言。县委书记胡文洪在悼词中高度评价了父亲的一生和父亲对隆昌人民做出的贡献。

我最亲爱的父亲走了，永远地离开了我们，但他又没有走，他永远活在我们心中。他留给我们的红军精神是我们最珍贵的传家宝，我们将代代相传，做父亲满意喜欢的红军后代。

2018年11月16日 脱稿于西怡苑

缅怀篇 亲友回忆吴英德

革命传统育新人

——怀念老红军吴英德同志

余亚平

最近，获悉我的老领导吴英德同志病逝的噩耗，心情十分沉痛。37年前，我们曾有一段时间朝夕相处、无话不说。我调离隆昌之后再也没有会晤过，生离死别，使我无限悲伤。抚今思昔，他的音容笑貌、道德为人，历历呈现在眼前。为了纪念死者，激励生者，现将我与英德同志一起战斗、工作的片段追忆如下。

那是1949年年底在泸州接受任务后，他带领我们3位青年（另两位是朱纪林、夏乃本）押载着1万块银圆和2000万纸币（200元一张）的汽车，奔向刚解放的隆昌，去创建新型的社会主义商业。当时汽车要经过福集场附近的十八弯地段，那里经常有土匪出没，敌情较为严重。老吴要我们提高警惕，加强警戒，他自己拿起轻机枪，架在车头顶篷上，搜索着行进的前方。我们3个人各握一支“三八式”步枪，分别对左右和后方进行警戒。终于，在我们高度戒备下安全到达隆昌县城。当夜我们4个人就住在原县保安队的营房里，那里久未住人，又脏又臭。在老吴请示县委开办贸易公司的事宜中，在此度过了两天，才搬进原四川省银行的旧址，开始了建立隆昌县贸易公司的工作。这阶段，老吴多方组织人员，选择门市、仓库地点，日夜操劳，仍没有忘记对我们3个青年人的教育，甚至在吃饭、睡觉（为了安全，我们4个人住在一个房间）的时候，也在提醒我们要抓紧学习，事事要带头做留用、录用人员的榜样。他与我们大家住在一个房间里，吃一样的饭菜，拿同样的津贴，做的工作却比我们多得多，充分体现了一个共产党员、一个老红军应有的高贵品德。我们也庆幸遇到了这么好的领导，夜以继日奋力开拓新局面，努力完成分配给自己的任务。如今，我们国家的社会主义商业规模宏伟，发展迅速，想起当年创业的艰难，不禁热泪盈眶，怀念我们的老领导、我们的好领导——吴英德同志。

老吴出生在四川省彰明县（今江油县）的一个贫农家庭，像旧社会千千万万劳苦大众一样，过着饥寒交迫的日子，有一部血泪斑斑的家史。记得他偶尔提到他的过去，那是红四方面军长征经过他的家乡时，他听到红军的宣传，知道共产党干革命是为穷人打天下，要革命就参加红军，于是丢下镰刀，甩掉背篼，不割牛草了，参加红军长征北上干革命。他在党的哺育下，从一个十几岁的少年成长为一个爱憎分明、立场坚定的共产主义战士。他身上带着两处枪伤，转战在祖国的东西南北，行程千万里，始终保持着旺盛的革命激情。

在我们西南服务团进军湘西、黔东的那些日子里，我和老吴曾数次一起“打前站”。他是那么任劳任怨地对待自己，他又是那么亲切入微地关心别人。重活、危险活他争着干，饭菜不够他让着吃，给同志们挑脚上的水泡更是有求必应。他经常教育我们要模范遵守“三大纪律、八项注意”。有一次部队在贵州西北部一个小镇宿营，次日凌晨行军已走了六七里路，才想起夜间借老乡的一只破碗点灯没有归还。我在班上分工专管纪律检查，这才折返原住地办妥后，赶回大队。他就是这样言传身教，使我们这些踏上革命征途不久的年轻人，初步懂得革命的道理，继承着人民子弟兵的光荣传统。

嗣后，在20世纪50年代初，我被调去驻守、管理粮食仓库（位于隆昌洞坎的西南仓），放松了我兼管的百货仓——在贸易公司——的守护，因而造成一起事故。就是土匪于深夜从公司仓库的一处死角破墙而入，盗去棉纱、布匹、夏布等物资。当时，潜伏在县人民政府民政科的反革命分子（已镇压）诬告说经管人员串通盗卖，上级要将我拘留审查，是英德同志挺身而出，坚持实事求是的原则，同时，严厉批评我缺乏敌情观念、麻痹大意。写了两次书面检查，他还是认为不深刻，直到我写了第三次才没有再提了。这件事使我永远难忘。以后30多年，我一直从事财贸工作，再也没有出过纰漏，不能不说这是英德同志严格要求的结果。

悠悠岁月，壮丽山河，中华人民共和国成立初期的革命青年，现在都已是两鬓霜白、老态纷呈的老人。万想不到在这风和日丽的春光里，得知英德同志去世。追忆往事，怀念战友，当年一别，竟成永诀。我个人得有今天的幸福，是和英德同志的教导、保护分不开的，怎能不令我百感交集、无限悲伤。我作为一名已经离休的同志，我应当像英德同志那样，保持晚节，对我们的后辈，以身作则，言传身教，让革命的优良传统代代相传，发扬光大，永不褪色。

1989.3.18.内江

（原载于中国人民解放军西南服务团内江团史研究会暨老战士协会1989年3月编印的《进军大西南》一书）

回忆我与老红军吴英德在一起工作的日子

余存忠*口述　吴晓英　整理

1958年上半年，吴英德同志从泸州专署合作办事处主任任上调隆昌县担任副县长，分管农业，包括水利、林业、畜牧等项工作，兼任县防洪指挥部指挥长。那时我还是一个20岁刚出头的青年小伙子，在县农业局水利股工作，是专门负责水利工作的工作员。我和吴英德同志一起勘测水利工程，检查防洪工作，排除水利隐患，朝夕相处了很长一段时间。吴英德同志对人和气，平易近人，没有一点县长的架子，我很尊敬他，也很喜欢他。他谦虚谨慎、艰苦朴素的工作作风和脚踏实地、一心为公的工作态度给我留下深刻印象。

1958年，为了解决隆昌的水利问题，县上根据地区的安排部署，规划了洞坎水库（选址船形屋基）、渔箭黑水凼水库、五坡廻龙庙水库，这3个水库的初步勘察选址，都是我、吴英德、龚大鹏（时任县委副书记）我们3人一起完成的。每次到现场勘测，都是吴英德拿尺子，我司镜掌握仪器，龚大鹏指挥。吴英德工作起来非常认真，用尺子丈量距离力求精准，绝不马虎大意。

1958年7月，柏林寺水库工程上马，这是当时隆昌最大的一座水库，设计总库容量1020万立方米，灌溉面积5.91万亩。县委、县政府非常重视柏林寺水库的修建工程，成立了柏林寺水库工程建设指挥部，从各乡抽调

* 余存忠同志是隆昌县水电局退休干部，曾任隆昌县水电局局长。

了3000多民工上阵。吴英德同志担任副指挥长兼工地负责人，他把铺盖卷背到工地上，和民工们同吃同住同劳动，一两个月都不回一次家。工地上出现问题，他就及时解决，从不拖泥带水，魄力很大，敢负责任。跟着他干，大家心里都很踏实。他很关心民工们的生活，多次到工地食堂检查饭菜，要求食堂工作人员要尽心尽力为民工们做好后勤服务保障工作，保证民工们吃得饱、吃得暖，以便有强壮的体力参加水库工程建设。吴英德同志特别注重工程质量，注重安全，常常语重心长地对我们说："修建水库是一件利国利民的大好事，惠及子孙，来不得半点虚假，人民的生命安全重于一切，万万不可有一丝一毫的麻痹大意。"在他的教育下，我们工作都非常认真。年底，柏林寺水库建成，不仅满足了石碾、周兴、五坡、云峰、城郊等公社的农田用水，还解决了隆昌县城数万居民的生活用水。人民群众深受其惠，感慨共产党的伟大，感谢人民政府的功德。这当中也有吴英德老领导的一份功劳。

吴英德同志兼任县防洪指挥部指挥长期间，对防洪工作抓得很紧，很扎实，工作有布置、有检查，样样落到实处，全县未出现大水冲垮房屋、淹没农田事件，也没有发生大小洪灾。每年七、八、九3个月，我们都一起下乡检查防洪工作，除了县上有会议外，几乎天天都下乡。全县几十座水库（除柏林寺水库为中型水库外，其余都是小一型、小二型水库），数百里河道，我们都要跑遍。那时没有汽车，整个县委、县人委机关只有一辆吉普车。我们下乡都是骑自行车，或者步行。无论是跑龙市、界市，还是最边远的天华，我们都是一人骑一辆旧自行车，戴顶草帽。骑车时，吴英德同志总喜欢把裤脚挽到膝盖以上，我也学他的样把裤脚挽到膝盖以上，直到现在天热时我仍然喜欢把裤脚挽到膝盖以上。很多时候我们要去的地方自行车骑不拢，我们就把自行车放到乡上或农户家，步行到达目的地。到了现场后，或者是逐个排除解决水库隐患；或者是挨家挨户查看农户房屋漏不漏雨，下水沟堵没堵塞；或者是沿河道查看河床有无淤塞……吴英德同志总是谆谆告诫我："要把人民群众的安全放在第一位，防洪工作涉及千家万户，来不得半点虚假和闪失，不出事则罢，一出事就是大事，因此不能放过一丝一毫的隐患。”有时工作晚了，回不了城，我们就住在水库管理所或公社，或者农户家。记得一次到龙市镇廖家公社境内的严家滩水库检查防洪工作，天晚了回不了城，我们就住在严加滩水库管理所。当时条件很差，一位职工让出一个铺位，天气又非常闷热，我们在屋里根本睡不着，吴英德同志叫上我，拉了一床席子来到大坝上，我们并排睡在大坝上乘凉。他给我讲红军长征过雪山草地的故事，我听后深受教育，也很感动。他对我说：“小余呀，你晓不晓得，我的这根皮带比你的年龄还要长。”然后，他给我讲了他与他的皮带的故事，过草地时因为缺粮他不得已割下一截皮带煮了充饥，走出草地后，皮带短了一长截，但他舍不得扔掉，又找来一截接上后一直用到现在。我请求他把皮带送给我做纪念，他没有同意，告诉我战争年代留下的物品就只有这根皮带了，而且这根皮带曾经救过他的命，他舍不得送给我，既然这样，我也只好作罢。还有一次，大概是1961年生活困难时期，我们到柏林寺水库检查工作，水库中间有一个小岛，小岛上有堰塘，还有耕田，我们水利股的同志们就在堰塘里喂鱼，在耕田里种水稻，把它作为我们的增产田。我要浮水游到岛上看看庄稼的长势，吴英德同志也兴致勃勃地脱衣裤往水里跳，我拦都拦不住。我们一起游到岛上，看见庄稼长势良好，非常高兴。吴英德同志表扬我们做得对。他说在延安大生产运动时，就是靠自力更生，人人动手，才换来了军民的丰衣足食。他还告诉我，在延安大生产运动中，他到处开荒种地，见缝插针栽种蔬菜、粮食，收获很丰富，还得到过上级表扬。我们在小岛上转了一圈，在堰塘里打了一些鱼，拿回水库管理所煮白水鱼吃了一顿，大家都很高兴。

我与吴英德同志在一起工作的时间虽然不是很长，但他那种老红军的本色给我留下极深的印象。他的工作作风和优良品德一直激励着我努力工作。

2007年12月8日于古宇湖龙凤山庄

向孤寡残疾人送温暖的人

——怀念吴英德同志

刘正先*口述 程尊品 整理

我是1962年8月结识吴英德同志的。当时我任隆昌县福利院党支部书记，吴英德同志是分管民政工作的副县长。1965年，隆昌县福利院由隆昌、屏山、宜宾、江安、南溪、泸县、富顺等县合并改为宜宾地区福利院。一直到“文化大革命”，都是吴县长直接分管、领导我们。在这期间，他积极认真地为我们办了不少好事、实事，至今我和全院的干部职工以及院民都记忆犹新，感谢不尽。

吴英德同志最关心孤寡老人、孤儿和残疾人的生活，他带领我们发展生产，增加收入，改善生活。20世纪60年代初，三年自然灾害生活困难时期，国家财政也非常困难，当时每个院民国家每月只拨生活费5元5角，烈军属6元5角。单靠国家拨款，院民生活出现不少困难，没有钱，我们也束手无策，特别是1961年和1962年，院民中患肿病的不少，死亡率也高。吴县长见此情况十分着急，立即组织我们发展生产，增加收入，走自己动手、丰衣足食的道路。他多方协调，亲自批示划拨了一部分土地给我们福利院，并与我们共同商量发展生产的办法。在他的支持、关心、建议下，我们根据院民的身体状况、爱好、特长，分别将他们编到农业生产组和副业生产组。农业生产组种菜，种粮食；副业生产组绩麻、编夏布、纺棉纱、纺石棉、打草鞋、打草帘子、喂猪，等等。并根据院民干活轻重、

* 刘正先：内江市第一福利院退休干部，曾任内江市第一福利院党支部书记。

完成任务的多少、质量好坏，分别发给零花钱。这样做的结果，大大激发了全院职工和院民发展生产、多干活的积极性。自打自力更生发展农副业生产以来，我院每年至少收小麦2000多斤，杂粮三四千斤，每年圈存生猪25头，杀肥猪十几头，春节过年杀三四头，腊肉要吃几个月。从1964年起，全院吃饭再不定量，敞开吃饱，每个星期打3次牙祭（打牙祭即吃肉）。生产发展了，生活改善了，院民体质增强了，病也减少了。我们院多次被评为县、地区、省先进单位。

吴英德同志最关心我们院民和职工的疾苦。我院最初只有干部5人，工人6名，共计11人。几县合并后共有院民200来人，身体残疾和智力障碍者有多人，而且年老体弱，服务人员太少，远远不能适应工作的需要。为了更好地照顾、护理好老人、残疾人，解决护理人员少的矛盾，吴县长亲自主持研究，决定在院民中挑选一批比较年轻、健康的人来当服务员，如像曹之怀、杨义华、吴扬保等人就是当时挑选出来的，由他们专门护理病人。他还关心老人死后的安葬，找了4个木工，专门为逝去的老人做棺木，同时兼做修补木器的活路，解除老人的后顾之忧，因为当时还没有推行火葬。为了加强管理，为院民们办好伙食，吴县长将魏人洪同志从收容所调来我院专门管理院民伙食团。过去吃水完全靠人肩挑，既费力又不方便，吴县长了解到这个情况后，立即找民政局研究，增拨一笔安装自来水的经费，并找计委解决水管问题，在他的积极努力、多方求援下，我院终于用上了自来水。院民们吃着自来水，都从心底里感谢共产党，感谢共产党派来的好干部吴县长。吴县长不仅对院民关心，对我院的干部职工也很关心，对有困难的干部魏大洪，工人樊朝灿、曹之怀等同志，不仅从生活上关心他们，多次亲自主动批补助款解决他们生活上的困难，还帮助他们解决子女入学的困难，体现了党和组织对职工的关怀，激励了干部职工的工作积极性。

更令人难忘的一件事是在“文化大革命”期间，吴县长雪里送炭为我们解决了燃眉之急。1968年，刚成立的县革委搬到富顺，银行也搬到富顺去了。时间长了，院里没有钱，吃饭成了大问题。正当我们万分焦急的时候，吴县长回来看望我们了。他了解到我们的困难后，立即叫我去富顺找民政局的马志刚同志拿了3000元钱，并亲自安排张忠全用车送我回隆昌，以保证人、钱安全回院。这是吴县长在我院最困难的时候为我们雪里送炭，解决了我们全院的吃饭问题。当时，武斗严重，两派只顾打派仗去了，没人管我们。可是吴县长却惦记着我们，及时为我们解决了实际困难，这样的好领导我们永远都会记住他。

1993年12月

怀念我的老领导吴英德同志

吴宽友*

今年农历四月十六是吴英德同志诞辰74周年纪念日。敬爱的英德同志虽然离开我们已经5年了，但他那和蔼可亲的形象却永远留在我心中。我经常怀念他，有时在梦中与老领导相会，谈笑风生，商讨工作。忆起他生前全心全意为党工作、为人民服务的精神，我总是感慨不已。吴英德同志一生严于律己，宽于待人，廉洁奉公，清正廉明，事事深入实际，实事求是处理问题。他最关心群众、爱护群众、相信群众、重视群众的智慧，尊重群众的首创精神，因此他深受人民群众衷心的爱戴和尊敬。他的业绩，他的思想风范，感人至深，确实值得我们好好学习。他不愧为我们的楷模。

我与英德同志相识是在1951年。1951年我从泸州调到隆昌，分配在专区粮食公司工作。当时吴英德同志是专区粮食公司的经理。他是一位老红军战士，老资格了，但一点架子也没有，和我们打成一片。他非常关心我们青年人的成长，在他的言传身教下，我学到了不少东西。印象最深的一件事是1951年年底，我同吴经理一起到泸州川南行署开会，一早从隆昌出发，到泸州后才去吃早饭。当时街上卖小吃的很多，什么猪儿粑、泡粑、包子、饺子等到处都在叫着卖，可是吴经理只叫我去买了几个馒头，

* 吴宽友：隆昌县糖厂退休干部，退休前任隆昌县糖厂副厂长。

两碗不放糖的豆浆。当时我很纳闷，这么多好东西不买来吃，却只买几个馒头，但看见吴经理吃得很香的样子，我也只好跟到吃。晚上，我问吴经理，早饭为什么吃那么简单，一碗豆浆还不放糖？吴经理笑着对我说："小吴呀，有白面馒头吃就是很不错的了。现在刚解放两年，人民的生活水平虽说有了很大的提高，但还不是人人都能吃上白面馒头的哟！"接着吴经理给我讲了他在长征路上吃野菜树皮的故事。这件事对我是一个极大的教育，也可以说是吴经理在我的人生道路上给我上的第一课。此事直到现在我还记忆犹新。我常常想起吴经理的教诲，日子过好了更不能忘记广大人民群众。

吴经理还是一个坚持实事求是，注意调查研究的人。无论什么时候，面对来自各方面的压力和错综复杂的情况，始终在掌握、执行政策方面坚持实事求是的路线。

1952年年底，吴英德同志调泸州工作，1958年又调回隆昌。"文化大革命"中，吴英德同志分管工业，我和他在一起的时间就多了，我们大家都尊敬地称他为"吴老头"。当时，吴老头从实际出发，挺身而出，担当起发展全县工农业生产和全县几十万人民生活的重担。在武斗连天，派性严重，干扰这么大的情况下，他一边抓全县工农业生产，一边抓糖厂扩建纸厂的工作。为了早日建成纸厂，吴老头跑了不少路，吃了不少苦头。当时设备都是国家下达计划，为了争取设备，吴老头都亲自跑。那时搞"文化大革命"，秩序非常乱，火车很挤，有时连车也上不了，有好几次我们都是从窗口爬进火车的。吴老头又比较胖，爬窗子相当困难，每次爬窗子，我们就在下面使劲把他往上撑，他自己则使足全身力气往上攀，每次他爬进车厢时，总是累得满头大汗。有时我也劝他乘下一趟，但他总是说不行，要争取时间。那时火车经常晚点，车上的人总是挤得满满的，人多得下脚都下不了，更不用说有吃的和开水供应。有时我们乘半天车，连座位也找不到一个，脚站得发硬，但吴老头仍然谈笑风生，没有半点怨言。他经常奔波在去宜宾、重庆、成都的路上，找自己的老战友帮助解决设备上的困难和一些紧缺的建材物资。为了发展隆昌工业，他确实吃尽了苦头，常年在外出差，每天补助的几角钱根本不够开支，还要自己贴钱。吴老头从不计较这些，只要能为隆昌人民办点好事，叫他吃多大的亏他也满不在乎。

建设纸厂，从要设备跑材料，到安装投产，吴老头都费尽心血。1971年，设备运到了隆昌火车站，要转运到糖厂。在未转运之前，吴老头担心太平公路严家滩石桥负重能力有限，怕出问题，他亲自前往检查桥的负重情况，通过检测，这座桥果然不能负载如此重的设备。为了解决这一难题，吴老头又亲自到井下作业处借了一些钻杆，将钻杆并排搭在桥面上，使这批重型设备安全地通过了桥面，运到了糖厂。在运输这批超高超重设备的过程中，吴老头自始至终和大家在一起，亲自押车，他就坐在第一辆车上。设备运到糖厂后，他又亲自指挥吊车吊放，直到把设备安全吊放完后，他才松了一口气。

感人最深的一件事是吊运喷放锅。此物高十几米，重十几吨，宽近6米，运、吊都非常困难，必须用大汽车和大吊车才能安装吊运。为了把喷放锅安全调运到指定位置，吴老头亲自到火车站器材库请求支援，器材库领导鉴于吴老头亲自前往求援，派出他们最大的日本吊车及大拖汽车帮助吊运及安装。吊运安装喷放锅那天，正遇天下大雪，在安装过程中，由于喷放锅又高又重，吊车的吊杆已放到最长的限度了，每次都是喷放锅刚一吊起，车尾巴就翘起来了，吊了好几次都没有成功，大家都很紧张，手心里都捏着一把汗。吴老头一直站在雪地上，鼓励吊车司机，并安慰大家。那时他还是光头，只戴一顶单帽子。大家见他满头满身的白雪花，都劝他到办公室等候，可是他无论如何也不肯离开现场，生怕出事故。在吴老头的亲自指挥和鼓舞下，同志们群情激昂，干劲倍增，经过几小时的紧张战斗，终于安全圆满地将喷放锅吊放到了指定的位置上。吃饭时，吊车司机对吴老头说："吴老红军，要不是看见你一直站在雪地里，一步不离地同我们在一起，鼓舞着我的心，这次任务是很难完成的，中途我几次都不想吊了，确实太危险了。"

由于吴老头深入实际，联系群众，切实为建纸厂解决实际困难，使纸厂的修建和安装工作能够得以按期顺利完成。1971年7月，纸厂正式投产，投产以后年年为国家上缴利税。“文化大革命”中，纸厂没停过产，仍然利税照常上缴。据有关人员统计，糖（纸）厂从建厂到1988年，为国家上缴利税上千万元。这是吴英德同志分管工业期间为隆昌人民做出的贡献。糖厂的老同志一提起老红军吴老头都备感亲切和怀念。像他这样关心群众，深入实际的领导，群众怎能忘记他呢？吴英德同志分管工业期间，糖厂有困难，向他汇报后，每次他都亲自带领有关部局的人员深入下来，调查研究，解决问题。由于他解决问题及时，处理问题果断，使糖厂得以不断地发展壮大。

建糖厂的同时，吴英德同志又在筹划建氮肥厂。建氮肥厂是吴老头多年的心愿。隆昌是一个缺水缺肥料的县，“文化大革命”中，各派忙于武斗、内战，吴英德同志却一心要解决隆昌县几十万农民的温饱问题，要设法在隆昌建氮肥厂，解决农业生产所急需的肥料。1971年，当他得知宜宾地区分了一套氮肥设备的消息后，就不辞辛劳地投入到争取这套氮肥设备的行列之中。当时力争这套设备，想建氮肥厂的有5个县，它们是隆昌、合江、宜宾、珙县等。设备具体分给哪个县，由宜宾地区定。5县的领导都到了宜宾，其他4个县的军代表都到了场，同时住在招待所。为了争取这个项目，吴老头殚精竭虑，势在必行，觉都睡不着。他带着我们几个多次去宜宾地区向有关领导汇报，如计委刘主任、工交部李部长、军代表郭科长等，凡是该找的同志都找了。吴老头不厌其烦地向他们汇报隆昌的地形地貌、自然条件，以及农业生产、农民生活的状况，要求地区将这套氮肥设备分给隆昌。宜宾地区领导听取了各县汇报后，决定派工作组对5县进行考察。工作组乘火车到隆昌时，吴英德同志和肖培田部长（当时军代表）在招待所等候，派我到火车站迎接前来的同志。当时县里只有唯一的一部老牌美式吉普车，分两次把工作组成员和陪同人员送到高洞桥现场，查看建厂的主客观条件，“三通一平”的情况。吴英德同志一直陪同着工作组的同志，向他们介绍建厂的优越条件，“三通一平”的进展情况。工作组返回后两三天，我和谭宏文同志又陪同吴老头到宜宾等候消息。我们到宜宾地革委时，他们正关着门开会研究，其他几个县的同志都回招待所等候消息去了，吴老头说我们就在会议室外面等。过道上又没有凳子坐，我们3人只好坐在楼梯上等，一等就是几个钟头。快12点钟时，会议室的门终于打开了，吴老头立即从楼梯上站起来，对我们说："快！他们散会了。"我们赶紧找到计委的同志了解情况，刘主任对我们说："有一点希望。"原来5个县淘汰了两个，剩下3个县，隆昌在保留的其中。这真是一条既可喜又可忧的消息，可喜的是隆昌未被淘汰，可忧的是两个对手县合江、宜宾都是农业大县，怕竞争不赢。吴老头见状鼓励我们说："总是我们的工作又向前迈了一大步，还是应该庆贺庆贺。"他顺手从身上摸出20元钱交给我，叫我去找地区酒类公司江昌忠同志批一瓶好酒（当时酒不好买，都凭计划供应），剩余的钱作为中餐的伙食费。我和老谭都说伙食费应平均分摊，吴老头却说他的工资高点，应该由他来办招待。为国家办事，吃自己的，这就是一个老红军的高尚情操。老头拿钱办招待，也是为了安慰大家、鼓励大家，稳定情绪，为隆昌几十万农民的温饱而继续努力。此举感人之深，至今仍然铭记在我脑海里。吴老头善于团结同志、关心同志。任何时候他都不是摆着一副老资格、老县长的样子，而是和蔼可亲，平易近人，与群众打成一片。他的这种精神，真是值得我们崇敬。

为了争取氮肥设备，我们陪同吴老头跑宜宾的次数可以说是难以记清。吴老头常对我说："等把氮肥厂建起来了，化肥能满足农业生产的需要了，农民的生活就会逐步好起来，脱贫致富就大有希望了。只要能早日建成氮肥厂，我就是掉几斤肉也值得！"吴老头的这种精神，感动了宜宾地区计委、工交部的好些同志，也感动了军代表。在几个县跑这套氮肥设备的领导中，要数吴老头资格最老、跑得最勤、汇报得最多，也最能吃苦。为了争取这套设备，吴老头坐了不少冷板凳，遭了不少冷遇，但他从不计较这些，从不气馁，而是勇敢地争取、执着地追求。

1971年年底，氮肥设备分给哪个县要最后定案了，我陪同吴老头坐邱家全驾驶员的车，到宜宾等候消息。当时吴老头急得饭都吃不下去。好在有两个部门的热心同志向我们透露了比较可靠的消息，说："这套氮肥设备基本上决定了分给你们隆昌县。”那天晚上，我们住在二招待所，已经晚上12点了，吴老头还是不肯休息，等到12点过了，地区计委的同志把分配氮肥设备的文件给我们送来了。这位同志在接触吴老头的过程中，被老头的言行所感动，因此特别敬重老头。吴老头看是红头字文件，高兴得不得了，拿着文件翻来覆去看了好几遍，激动地说：“我终于给隆昌人民争取到了这套氮肥设备，一定要尽快动工，力争早日投产，决不能辜负地区对隆昌的关怀。”当时的基建工程，只要批了设备，国家就随着解决投资，当然大家都感到非常高兴。半夜两点多钟，吴老头就把邱师傅叫醒，动员他提前开车回隆昌，以便早点会同其他县领导研究，好尽早行动。车子开到隆昌天才亮。吴老头顾不得一夜未睡和旅途疲劳，立即召集县里有关同志开会研究，成立了建设氮肥厂指挥领导组，由吴英德同志兼任指挥长，并动员抽调了一批部、局级干部出来建设氮肥厂。1973年，氮肥厂建成投产，化肥不但满足了隆昌的需要，还支援了安岳、乐至等边远山区缺肥县，年年盈利，为国家积累了建设资金，为县财政分了忧，并为县里培养输送了一批县、局级领导干部。在隆昌县氮肥厂的建设发展历程中，吴英德同志的业绩是永远不会被磨灭的。我总是在想：氮肥厂来之不易，氮肥厂能有今天，与吴英德同志的努力和奋斗分不开，这当中凝结了他多年的心血。

“文化大革命”中，吴英德同志顶着来自各方面的干扰和压力，尽力克服一切困难，忘我地工作，为隆昌人民建起了氮肥厂、纸厂，发展了糖厂及其他工业，直至他离休后还在为自己未能建起丝厂而感到遗憾。的确，他为了发展隆昌县地方工业呕心沥血，贡献了自己最大的力量。吴英德同志为隆昌人民做的一切，将永远留在隆昌人民心中。

1994年1月28日

艰苦奋斗，脚踏实地

——老红军吴英德同志在氮肥厂的二三事

李佐柏*

1993年的金秋季节，隆昌县氮肥厂举行建厂20周年的隆重厂庆，在这欢庆之时，全厂上下无不深切怀念为建设氮肥厂做出极大贡献的老红军战士——吴英德同志。吴英德同志从氮肥厂的筹建、选址、奠基到安装、试车、点火投产，自始至终身体力行，全力以赴，并指导企业走过10年艰苦历程，使之兴旺发达并成为全县的支柱企业。

为了农民兄弟　顶风险上

1970年下半年，县上传来了争取筹建氮肥厂的消息，我们的革命老前辈吴英德同志立即投入到争取立项和筹建氮肥厂的行列中。他第一个走上了该厂筹建岗位，毅然来到远离县城30多公里的高洞桥筹建指挥部。他带领筹建组的同志们在荒无人烟的顺河乡庙子坡搭起了临时工棚，开始了繁忙的建厂筹备工作。1971年，正当筹备工作进入紧张阶段时，宜宾地革委要将吴英德同志调走，在调令下达之前通知他等待分配，他本可以相安无事，可以要起不工作，可是高度的革命责任感驱使他继续挑起了筹建氮肥厂的重担，而且勇往直前。

* 李佐柏：曾任隆昌县氮肥厂党委书记，退休前担任隆昌县财政局局长。

面临隆昌县第一个投资大、技术复杂的企业，需要组织一批建厂骨干，吴英德同志在“靠边站”的区、科级干部中走户串门，做耐心细致的思想工作，动员他们出来为建氮肥厂做贡献。他一个一个地走访，一个一个地动员，他对这些干部说：“长期耍起对不起全县父老乡亲，农民需要化肥，为了农民兄弟，下去给他们办点实事吧！”很快，11名县上的中层领导干部先后走上了建厂岗位，分头负责有关筹建工作。这批中层干部的“重新出山”，为氮肥厂的筹建工作提供了组织保证，使建厂任务能够得以超常规完成，该厂的建设速度在全省批准的同一批项目中排在首位。

正当建厂速度加快时，一些人在“抓生产就要变修”的谬论影响下擅离岗位，大搞无政府主义。吴英德同志不信邪，他身先士卒，顶着歪风上，坚守岗位不动摇，带头吃住在厂里。为了稳定外单位派来的技术队伍，加快安装进程，他在“大锅饭”盛行的年代，大胆地批准1万多元，作为技术人员和工人的加班补贴以及办好食堂的经费，体现了按劳分配的原则，从而大大地调动了技术人员和工人的积极性。投产以后，他又批准该厂在全县率先恢复奖金制度。对无故旷工而理直气壮的停发工资，并严肃处理。加之各项制度的配合，氮肥厂从投产以来没有因为“文化大革命”而停产一天，厂内热烈的生产气氛与社会上不少企业生产停滞的现象形成鲜明的对照。氮肥厂一年安装调试结束，一次点火成功，投产后一直生产正常，年年有利润，这一切都凝聚了吴英德同志的心血。

脚踏实地　艰苦奋斗

吴英德同志办事脚踏实地，一步一个脚印和艰苦朴素的工作作风，深得氮肥厂广大干部职工的敬佩和赞扬。建厂头6年，在特殊的年代，说话无人听，给工作带来的难度特别大。英德同志以他深入实际、艰苦奋斗的精神和身先士卒的优良作风，影响和感动了广大职工，从而带领企业闯过了一道道艰难险阻。当时立项的竞争十分激烈，他不顾车船拥挤、旅途劳累，数十次亲自到省、市争取项目。省化工厅的同志终于说出了他们的心里话："你们隆昌有吴老头这种精神，我们相信这个厂能成。"最后终于批准了立项报告。为了解决设备加工与安装这个技术难题，他三番五次到驻隆昌的中央、省属、市属十几个部门、企业请求支援，不厌其烦地做工作，在他的实干精神感动下，一批中央、省、市属厂矿派出了40多名技术骨干进厂支援氮肥厂建设，帮助安装设备以及在厂外组织设备加工，顺利地解决了这一技术大难题。

英德同志大事把关，小事也不放过。当时指挥部派出了5个组赴外地组织材料、设备，他每月都深入到重庆、成都、宜宾等地检查工作，解决实际问题，许多紧俏的设备材料他都亲自跑。为了节约建厂资金，他与供销人员一起过穷日子，住最便宜的旅馆，吃最经济的便餐。指挥部派出的十几个外勤人员一律坚持按制度报销，没有分文的额外补助。在英德同志的模范带头作用影响下，一些同志个人垫款负债也没有怨言，仍然努力工作，一个心眼为早日建成氮肥厂做贡献，出色地完成了材料、设备的组织任务，保障了后勤供应。吴英德同志这种宝贵的奉献精神真令人敬佩不已。

建厂初期条件很差，英德同志发扬艰苦奋斗的优良革命传统，在外办事搭货车或坐公共汽车。当时交通受阻，晚点的事经常发生，但为了工作，他不少次数步行十里八里也心甘情愿，毫无怨言。

新工人进厂，英德同志就给他们讲革命传统，回忆红军过雪山草地，艰苦奋斗的动人事迹，鼓励新工人努力工作，为建设氮肥厂、发展氮肥厂做贡献。又如厂里大型设备的吊装就位，他总是与工人在一起，有时熬到深夜12点才休息。

态度和蔼可亲　密切联系群众

革命老前辈吴英德同志身为多年的领导干部、老红军，但他却从来不摆架子，他那平易近人的作风给我们留下了深刻的印象。一个年近花甲的老同志，经常到车间与工人一起上班，有时还做些手脚活路，与群众拉家常，听取不同意见，了解工人的思想变化，解决工人的实际困难。1972年，有一位工人因工负伤，他不仅在现场始终观察急救处理，还到医院看望，这个工人出院后工作比以前更加努力。该厂曾发生过一次特大事故，英德同志亲自组织抢救与送治伤员、安抚家属，一连两个整天没有合眼。设备安装期间，他深入工地，听取意见，进行总体规划，分段安排，定期检查评比。他发现与处理问题很及时，推动了安装进程。有一个时期，几千吨物资要运进厂，而运力又十分短缺，英德同志就动员司机加班，自己也熬到深夜，在他的带领和鼓励下，司机和工人们情绪饱满，干劲倍增，圆满完成了运输任务。

工作之余，英德同志也与群众亲密无间，打成一片，与职工群众一起参加娱乐活动。厂里组织业余体育竞赛，他在一旁助威，还参加一些力所能及的项目。县里组织比赛，他总是积极支持，观战到结束。正因为如此，全厂上下都不喊他的官职，而是亲切地称呼他为“我们的吴老头”。

英德同志发扬优良的革命传统，更多地赢得了群众的信任和爱戴。他从直接指挥建厂到回县分管工业的10多年时间里，为了氮肥厂的工作需要，多次自己掏钱请客，从没向公家报销一文钱。在驻厂的5年多时间里，没有领过企业的一厘钱奖金、一件劳保用品。在厂里吃工作餐，从未享受过特殊待遇。投产以后，厂里有了小车，英德同志没有为私事用过一次车，只要顺路，坐货车也不用小车。出差外地，碗头开花，一律吃自助餐。工作需要接待客人，就三四个菜，从不大吃大喝、铺张浪费，没有在厂报销过超规定的招待费。

英德同志用自己的行动影响着群众。他也严格要求下级，要求厂里的干部要廉洁奉公，积极主动为群众办好事、办实事。建设氮肥厂，花去300多万元的投资，没有出现经济问题。建厂头5年，十几位外勤人员尽管个人负债也极少欠公款，并且基本堵住借支公款的歪风。厂里的厂级和中层干部，没有一个拖欠、借挪过公款。

在英德同志的领导下，全厂从基建到正式生产，始终坚持以管理为中心，从严治厂。在“文化大革命”时期，年年正常生产，年年实现利润。投产20年来，一直是全省同行业的税利大户。

我们的革命老前辈、老红军战士吴英德同志已经离开了我们，但他在领导氮肥厂的工作期间，却给我们留下了这么多宝贵的精神财富。历史已进入了建设有中国特色的社会主义新时期。在建设社会主义市场经济的过程中，我们仍然需要继承和发扬革命的优良传统。英德同志的高贵品德将永远激励着我们前进。

1994年3月

忆老红军吴英德的氮肥情怀

林扬成*

老红军吴英德，1935年参加红军，经历过爬雪山，过草地，抗日寇，解放全中国诸多战役。1949年中华人民共和国成立，老红军吴英德听从党的召唤，从东北挺进西南，到隆昌组建贸易公司，投身中华人民共和国的社会主义建设。1958年从泸州调隆昌担任隆昌县副县长，1965年起分管工业。

抓氮肥办全新工业

20世纪70年代，农业在国民经济中占着重要地位。但农业耕作相对落后，农业发展也很缓慢，尤其隆昌的农业。当时，发展农业，国家提升了“水、肥、土、种、密、保、工、管”的农业生产措施，其中肥是制约农业的重要因素。肥源缺乏，肥从哪里来？出路在哪里？老红军吴英德从实践中认识到，只有自己动手发展自己的工业，建设自己的化肥厂，改变隆昌工业落后的生产模式，才能从根本上解决肥源缺乏的问题。作为分管工业的副县长，他深知发展化肥工业对农业的重要性，当务之急是探寻发展化肥工业的路子，筹建隆昌县氮肥厂，自此走上全新的现代工业建设的

*林扬成：曾长期但任氮肥厂办公室主任，退休前任隆桥化工集团有限公司董事、办公室主任。

艰辛历程。

争项目不遗余力

20世纪70年代是计划经济年代，一切都要经过计划，所有建设项目都要经过审批立项，只有立上了项，才能得到国家的承认和投资。隆昌，作为一个农业小县，要想建设具有现代装置的化肥工业，在当时是一件难度相当大的事情。20世纪70年代的小氮肥被称为“小洋鬼子”，四川很多市、县都竭尽全力争夺这个“小洋鬼子”的建造权利，并使尽了各种招数。隆昌氮肥厂在项目争夺中，老红军吴英德横刀跃马挂帅出征，夜以继日奔走省、市领导机关，带着建厂软、硬件资料穿梭在立项审批部门，反映、汇报全县人民建厂的强烈要求和发展农业的紧迫需要。在立项审批过程中，老红军吴英德不辞辛劳，不怕挫折，一方面带领筹建小组冒着酷暑精选厂址，搞“三通一平”（即路通、电通、水通、地基平）；一方面忘我地奔走在宜宾（当时隆昌县属宜宾地区）、成都、重庆等地，找相关领导，找化学工业部门的专家，不遗余力地争取立项隆昌氮肥厂。功夫不负有心人，终于在1971年8月，隆昌氮肥厂建设立项获得宜宾地革委批准。自此，隆昌氮肥厂的建设正式列入国家计划建设项目。老红军吴英德马不停蹄，调集人马，筹集资金，聚集物资，率领建设大军打响了一个又一个建设氮肥厂的攻坚战役。

跑指标百折不回

隆昌氮肥厂建设项目获批后，接下来至关重要的工作是解决氮肥生产的主要原料天然气和建设用钢材。20世纪70年代天然气还是稀缺资源，氮肥生产所需天然气数量又很大，没有足够的天然气，氮肥生产是不可能进行的。当时，隆昌的天然气来自川西南矿区。申报天然气指标的小氮肥有众多厂家，诸如：隆昌、简阳、资阳、内江、威远、资中、安岳、乐至以及川东的、川西的、川北的众多氮肥厂（当时重庆还没直辖，隆昌属川南），可想而知，要得到天然气指标难之又难。就钢材而言，小氮肥是钢材使用大户，小氮肥装置，包括各种大型设备、管道、主件、附件，没有哪一样不用钢材制作。天然气、钢材十分重要，十分关键，而又十分难得。老红军吴英德立马出战，亲赴矿区和钢材部门，日复一日奔走在能源部门和建材部门，陈述要求，反映民声，展示优势，以诚恳的态度和百折不回的毅力争得了天然气和钢材指标的落实，打好了第二个战役，促进了氮肥生产建设的顺利进行。

建工厂日夜操劳

工厂开建，老红军吴英德率领建设大军开赴建设战场，开始了氮肥厂建设的第三个战役。工厂开建，千头万绪的事一个又一个，征地、拆迁、安置等要一个一个去解决；厂乡、厂社、厂民关系等要一个一个去处理。这时，老红军吴英德住在厂里，吃在厂里，一步不离与建设工厂的干部、工人、技术人员一起忙碌在工地上。上班了，老红军走上工地，查看建设情况，检查建设进度，关注建设安全，注重建设质量，发现问题及时与建设人员交流并商讨解决办法，一丝不苟地忘我工作，无时无刻不在关心关注着工厂建设。小氮肥这个“小洋鬼子”操作都是自动化，靠电子、仪表控制，是易燃、易爆、易中毒的行业，稍不注意就会出大问题。老红军吴英德高度重视，严格要求管理人员、技术人员、操作人员增强责任心，不能出现半点马虎、半点疏忽。他经常告诫干部职工，不论何时何地必须绷紧安全生产这根玄，因为这是人命关天的大事。对大件生产设备的运输、起吊、安装，老红军更是重视，亲临现场指挥，直至设备安全就位。老红军吴英德对建设氮肥厂呕心沥血，一往情深。隆昌氮肥厂经过3年多的艰苦建设终于建成了，老人多年的心愿实现了。1973年9月16日，这是一个大喜的日子，氮肥厂迎来了开工盛典。这一天，老红军吴英德举起火把，为造气炉点火升温，一次开车成功，年产3000吨合成氨的隆昌县氮肥厂正式投入了生产，产出了雪白的化学肥料——碳酸氢铵，供应市场。隆昌县第一个全新的、具有现代生产设备、生产方式和现代化管理的现代工厂诞生了。

简朴生活难忘记

老红军吴英德，一个年过半百的老同志、老资格、老红军，在氮肥厂工作期间，生活十分简朴，给我留下深刻印象。20世纪70年代初各种供给匮乏，什么都要票证，人民生活困苦，老人与民同苦，在驻厂几年的时间里，从未提过任何要求，一切都与工厂干部、工人同吃同住同行，生活没开小灶，身边也没专人照料。老人在工厂睡的是木板床，吃的是粗茶饭，喝的是老白干，餐桌上很难见到鸡鱼肉蛋，就是老白干也是老人用自己的军用水壶自己买来，下酒的菜多数是干胡豆炒熟，用酸盐水浸泡，放点白糖，加点油辣子的“麻浸胡豆”，有时甚至抓几个泡椒拌饭对付一餐。老红军吴英德心中时刻牢记并始终践行着“三大纪律、八项注意”以及“自力更生，艰苦奋斗，勤俭节约，实事求是，联系群众，不怕困难，不怕牺牲”等党的优良传统和作风，并将这些优良传统和作风传承给了一代一代的氮肥人。老红军吴英德在氮肥厂的日日月月，心中装着的只有工厂，唯独没有自己。他言传身教，带领我们闯过一道又一道难关，取得一个又一个胜利。老人艰苦朴素的作风，和蔼可亲的态度，极其简单、极其简朴的生活，给我留下深刻印象，使人难以忘记。

不能忘却的记忆是永远的记忆。隆昌氮肥厂从初建、改建、扩建，由新始资产300余万元发展到今天资产达1亿元的隆桥化工集团有限公司。几代人的打拼，生命不息，奋斗不止。46年走过来了，隆桥化工集团有限公司越做越强，越做越大，在川内众多小氮肥倒闭的情况下仍巍然屹立在天府大地，为建设隆昌、发展隆昌、奉献国家、奉献社会做出巨大贡献。可以说，没有老红军吴英德的创业、坚持和努力，没有老红军吴英德的氮肥情怀、情结和情愫，就没有当今的隆桥化工集团有限公司的存在与发展。老红军吴英德走了，但他把革命的优良传统和作风留下了，一代一代的氮肥人，在红军精神的鼓舞下，迈过了一个又一个险滩，战胜了一个又一个困难，取得了一个又一个骄人的成绩。

老红军吴英德为隆昌县、隆昌人民、隆昌工农业生产做出了永恒贡献，功不可没。再过几年，也就是2021年，是老红军吴英德诞辰100周年，为了纪念他，特写此文，抒发自己心中对他的怀念。

2015年10月

深切缅怀尊敬的老红军吴英德

程奄俊*

2021年农历四月十六，是我最尊敬的老红军吴英德同志诞辰100周年纪念日，距今还有5年多。我今年已步入82岁高龄，耄耋之年有一个心愿，5年后能和大家相聚一起，纪念吴老诞辰100周年，缅怀和追思吴老的光辉人生和崇高品德，以及他为发展隆昌工业、交通事业做出的重大贡献。

老红军吴英德同志在隆昌工作的时间比较长，我很早便认识了他。1965年至1981年吴老到县人大担任人大常委会副主任以前的10多年时间里，吴英德同志一直主管我县工业、交通工作。当时，我在国营隆昌糖厂担任党委书记，因工作关系与吴老来往非常密切，接触也比较多。

我从吴英德同志身上看到了老红军的本色，看到了党的优良传统和优良作风，我从他身上学到很多东西。吴老始终如一，对党无限忠诚；对工作兢兢业业，认真负责；廉洁奉公，两袖清风；生活艰苦朴素；待人和蔼可亲。他作为主管工业的领导，很有眼光，很有魄力，很有担当，跟着他干，我们很有底气。每次项目决策，吴老都很谨慎，要通过反复的调查研究、论证，一旦决策，他就带领我们千方百计地组织实施，遇到再大的困难，他都不会泄气，也绝不会退缩，总是给我们打气，在我们最需要鼓

---

*程奄俊：曾于1973年至1988年担任隆昌县糖厂党委书记，退休前任隆昌县计委外经办副主任。

励、帮助的时候给予我们及时的鼓励和帮助。在干部问题上，吴老很慎重，他非常爱护干部，下属一旦有困难求助他老人家，每次他都亲自出面协调，积极帮助解决。下属要是工作上出了问题，有了缺点错误，他总是耐心细致地做思想工作，帮助分析查找原因，找出问题的症结和存在的差距，鼓励他们勇于正视问题，改正缺点，继续探索，继续前进，同时为他们承担责任，从不因为干部的某个缺点而一叶障目将其全盘否定，总是全面地分析看待干部，充分发挥他们的长处，为他们创造良好的工作环境。与吴老相处，很轻松，很愉快，他是一个很坦诚的人，没有半点花花肠子和整人之心，从不因为下属的缺点而将他看死，而是充分发挥其长处，帮助其克服短处。吴老还很尊重知识、尊重人才，对厂里的技术人才、对分到厂里的大学生、对职工的文化知识教育，他都很关心、很重视，特别将那些大学生、科技人才当成了宝贝。

老红军吴英德同志已经离开我们20多年了，我经常在心里缅怀他，尤有一些事在我脑海里记忆犹新。

——他平易近人，关心同志，友爱同志，尊敬领导，爱护下级，深受同志们喜欢爱戴。1977年，我和吴老到北京参加轻工业部全国会议，原曾在隆昌工作过的老领导、老同志们得知吴英德同志到了北京，都十分高兴，十分热情。原中共隆昌县委第二任书记、泸州地区行署专员、中国第五机械工业部机械司司长罗枫奇及夫人余盛清，原隆昌县人民政府第二任县长、中央军事学院教育长左良中将及夫人兰焕君，原中共隆昌县委第四任书记、广西桂林行署专员、广西壮族自治区体委主任赵洪滔，原隆昌县第二任公安局局长、广西桂林市委纪委书记、赵洪滔夫人蒋奎，原隆昌县第一任妇联主任、北京中国机械进出口总公司行政处处长周德英及丈夫徐本松（中国机械进出口总公司高级工程师）等老领导老同志们，邀约在一起，聚集在北京罗枫奇家中欢迎接待老红军吴英德一行人。看见他们老战友、老朋友久别重逢的那种发自肺腑的亲热劲、高兴劲，我深受感动。这说明吴老待人诚恳，战友情深，朋友多，分别20多年了，还能得到大家这么热情的欢迎和接待。

——他十分注重和保持与驻隆部队以及中央、省、市驻隆企事业单位的沟通和联系，争取他们对发展隆昌工业交通事业的支持和帮助，并尽自己的努力为他们排忧解难。原隆昌糖厂制糖和造纸生产原料运输量较大，吴老亲自到驻隆部队和内江驻地部队找到部队首长求助，得到了部队的大力支持，连续10多年，部队每年都派出10多辆车帮助糖厂运输甘蔗和造纸原料。另外，糖厂和氮肥厂生产用天然气十分紧张，吴老便亲自到自贡市川西南矿区求助，我陪吴老去的，去后受到川西南矿区的热情接待，接待我们的都是矿区的书记、矿长、办公室主任等重要人物，圆满地解决了两个厂的生产用气问题。当时的氮肥厂、糖厂发展那么快、那么好，跟吴老的重视和支持是分不开的。吴老与山川机械厂的曹书记、二号信箱的熊书记、八公司的李经理、井下作业处的老红军陈世朴书记、川西南矿区的陈世英书记等都是老战友、好朋友，关系非常密切，友谊非常深厚，每次他们到隆昌办事，都要先来看望吴老，再去办事。而每次吴老带我们去请求支援帮助时，他们都是一二把手，办公室主任出面接待，总是尽量帮助我们解决困难。八公司迁走时，吴老带我和李佐柏等同志找八公司李经理等领导协商，八公司把东门口临街面的3幢楼房无偿给了县革委，县革委将这3幢楼房分了1幢给县委招待所，分了一幢给县国营车队，留下一幢作职工宿舍。让我难忘的一件事至今想起还很感动，那是1977年，我和吴老到北京开会，从成都乘飞机到北京，临行前道钉厂给铁道部行政处马处长打电话，告诉了我们的行程，马处长即安排了车亲自到机场接我们。没想到飞机晚点4个多小时，马处长就一直在机场等候，一直等到深夜两点多钟我们一行人才到达。我看见马处长这么晚了还在等我们，非常感动，便对马处长说："马处长，你等我们这么久，真是太感谢了，太辛苦了，您安排个工作人员等就行了，您应该回去休息。"马处长说："那怎么行，接吴县长，我必须亲自来。"在车上，马处长给我讲了他与吴老的友谊。当初建道钉厂时，铁道部行政处派马处长到隆昌担任建厂总指挥，建厂中遇到许多实际困难和问题，每次找到吴老，吴老就像办自家的事一样总是给予大力支持，帮助马处长他们解决了不少实际困难和问题，在工作交往中，马处长与吴老结下了深厚友谊。马处长对我说：“吴英德这个人很实在，很真诚，为道钉厂的建设办了很多实事、好事。”

——他深入企业，身先士卒，为企业排忧解难。吴英德同志历来的工作态度和工作作风是认真负责，雷厉风行，再加上不怕吃苦不怕受累。对重大问题，他都是亲自过问、亲自上阵，并亲临现场督战。使我深受感动的一件事是，隆昌糖厂大型喷放罐从成都经铁路运输到隆昌火车站，吴老在酷暑难耐的三伏盛夏天，从早上8点至晚上的12点，整整16个小时，都一直在现场指挥设备吊装、运输、安装等全过程工作。有几次我都想叫吴老去办公室休息一下，但又忍住了，因为吊装这么庞大的设备难度太大了，只要有吴老在场，大家的情绪就会高涨些，干劲就会更大，战胜困难的把握就更大。当吊装工作胜利结束后，石油部门资运二大队的李队长对我说：“你们这个吴县长太了不起了，太有实干精神了！十几个小时一直督战，一刻也没离开我们，我们太感动了，对我们的鼓舞太大了，我们就是遇到再大的困难，也要千方百计完成吊装任务。”再就是糖厂技术改造，产品升级换代，生产出口拷贝纸，其机器设备从贵阳提运，需要5台大货车运输，为了设备起吊运输安全，吴英德同志亲自带队督战，花了7天时间将设备安全运达，使之快速投入了生产，为我厂出口创汇赢得了时间。

——他廉洁自律，艰苦朴素，勤俭节约，永葆革命传统和优良作风。我曾经同吴老到大庆油田考察学习企业管理经验15天和在北京开会7天，以及到宜宾、成都、贵阳等地出差多次，每次他都要求经办人在旅途中或结束后，及时把旅差费算清楚，按人头各自承担，他首先带头交付费用，同时再三要求以简朴为主，不要浪费。我清楚地记得吴老率我们一行7人到贵阳出差的一件小事，它让我感慨至今。那是一餐中午饭发生的事，当大家都吃完饭放下筷子后，吴老看见桌上还剩了些菜，便对我们说：“不要浪费，勤俭节约是传统，是美德，一人一点把剩下的菜吃了吧，浪费了多可惜。”于是，我们又重新拿起筷子，把剩下的菜吃得干干净净。吴老在分管工业期间，为我们企业办了很多好事实事，为了争取项目、落实资金、搞到紧俏物资、帮助企业解决困难，他常年舟车劳顿出差外地，风里来雨里去非常辛苦，但他却从来没在企业报销过一分钱，没要过企业半毛钱的补助，这让我非常感动。

还有一件事，我印象深刻。那是1980年春，吴英德同志生日前，我和李佐柏、李和连等人以为是吴老60寿辰（实际还差一年），就共同向吴老建议是否庆祝一下，他考虑再三后勉强答应小范围内聚一下，并要求范围要小，人员要少，不大操大办，不收礼品礼金，所花费用全部由他自己承担。于是就在隆昌糖厂的双凤驿车间职工食堂内自办4桌（包括吴老的全家人），包括食材费、酒水费、燃料费等各项费用共花费260元。餐后结算时，我陪吴老的爱人程尊品同志一起去的，程尊品同志当即将260元现金付给了食堂管理员、会计李立朝同志。这件事本来无可非议，吴老花自己的钱，请小范围内的人吃饭，又没收一分钱礼金，应该不算违反党的纪律。可是，县委某副书记却抓住这件事大做文章，到地区反映吴老用公款做生，大操大办。其实这位副书记也来吃了饭的，本来没有请他，吃饭时他不请自到，饭前还发表了祝贺讲话，饭后却跑去地区告状。内江市纪委派工作组到隆昌调查吴老"公款"做生的事，找了我、李佐柏等人了解情况，我们都实事求是地向调查人员讲清楚了事情的来龙去脉，证明吴老确是自己出的钱，没花公家一分钱。调查组的人找到会计李立朝同志，要他揭发吴老是用公款请的客，李立朝回答不是公款，是吴老自己出的钱。调查的人火了，拍桌子威胁李立朝"检举"吴老是用的公款，李立朝也冒火了，狠劲拍了两下桌子，大声说道："吴老头就是用的自己的钱！信不信由你们！"调查的人无功而返。这件事最后不了了之，给吴英德同志的心灵造成了很大的伤害。

吴英德同志不幸逝世后，泸州、宜宾等地以及远在广西桂林工作的赵洪滔等几十位老同志老领导专程到隆昌来吊唁，参加追悼会，以表哀思。隆昌厂矿企业、区乡、机关的许多同志都自发地到县政府大礼堂吊唁吴老，为他守灵。

为了纪念老红军吴英德同志，我仅以这种方式记忆吴老的点滴，并以此为纪念。吴老的一生对党赤胆忠心、鞠躬尽瘁、死而后已，对工作勤勤恳恳，一丝不苟、生活中廉洁自律、艰苦朴素，待人诚恳友善，是民众所爱戴的好领导，是我们敬重和学习的楷模。

2015年8月于隆昌

我眼里的“吴老头”

——怀念老红军吴英德同志

宋代华*口述　吴晓英　整理

吴英德同志是我县德高望重的老红军、老革命、老领导，但他从不摆架子、讲资格，总是那样和蔼可亲，平易近人，我们都很尊敬他、喜欢他，和他在一起觉得很随和，不感到拘束。我们从不喊他“县长”，都喊他“吴老头儿”或“老头儿”。在“老头儿”手下工作，不允许摆花架子，安排你干的事必须实实在在、一步一个脚印地做好，如果搞了虚假的，“老头儿”就要发火、就要骂人。

“老头儿”体贴下属，关照弱势群体，特别对身边工作人员给予了无微不至地关怀照顾。我爱人在农村，每次进城，都受到“老头儿”关照，如果有机会在招待所吃饭，“老头儿”总要嘱咐我带上我的爱人，并在餐桌上叫我爱人多吃肉、多吃菜。“老头儿”对我说：“你爱人在农村不容易，让她多吃些。”我爱人很受感动，她多次对我说：“吴县长这个人真是太好了，那么大的官，却没有一点官架子，对我们这些乡坝头的人都那么好。”每次我带爱人在招待所就餐后，我爱人的餐费都是“老头儿”付，我要付，“老头儿”说什么也不让我付。和“老头儿”打交道，没有我们吃亏的，总是“老头儿”吃亏，在外面吃饭，都是他出钱，如果我们要争到付钱，他就会生气。他会说：“你们有几个钱，我的工资总比你们的高点嘛。”“老头儿”喜欢喝酒，但喝的酒都是他自己背的，他自己出钱，他

* 宋代华：曾任县知青办主任，抽调参加了县氮肥厂筹建工作，退休前在县粮食局任职。

绝不会占公家一分一厘的便宜。他和我们工作人员打成一片，工作之余，有的时候我们会在一起打打牌，打输了的就罚站。“老头儿”输了就一定要站，不会耍赖，有时我们怕他站久了，就故意输给他，让他坐下来。

“老头儿”在隆昌很有威望。“文化大革命”中，除极少数造反派外，没有哪个愿意斗他、轰他。我记得有一次在川剧团斗争他，斗争他的造反派还搬根板凳给他坐，也没有什么人上台斗争他，因为大家都很敬重他。

“老头儿”人很忠厚老实，作风过硬，公正，无私心。平时安排工作，简明扼要，就那么几句话，不啰唆重复。他是县招工领导组的成员，看问题全面，处理问题公正，敢于负责任，使一些家庭出身不好、父母亲属有政治历史问题的优秀青年得以招工。记得有一个青年在招工时被其父亲曾经是“自新”人员卡住了，这位青年的父亲解放初期被骗当了土匪，属“自新”人员，后来参加了中国人民解放军。“老头儿”了解情况后说：“他父亲虽然是‘自新’人员，但后来参军都通过了政审，何况这位青年，更不应受影响。”于是这位青年顺利进入了工人阶级的行列。还有一名青年，家庭经济十分困难，招工时因身高、体重都未达标而被卡住，“老头儿”对招工单位的同志说：“别看这位青年现在个子矮些、体重轻些，招工出去后，生活条件一改善，要不了多久他就冲起去了。他的家庭困难，招工对于他全家来说就是一个脱离贫困的途径，因此请招工单位无论如何要照顾这名青年。”“老头儿”与这位青年非亲非故，也不认识他，但却能设身处地为他着想，为他的家庭着想，这让招工单位的同志很受感动，采纳了“老头儿”的意见，招收了这位青年。这位青年到了新的工作单位后，表现很好，正如“老头儿”所说，没过好久，个子就增高了十几厘米。

1971年年底，“吴老头儿”把我从知青办抽走参加筹建氮肥厂工作，安排我与李振家长住成都为氮肥厂采购材料设备。他对我们要求很严，安排的工作任务限时完成。他自己也身先士卒，常常为了采购紧俏物资而四处奔走，找他的老战友，找他的老领导，找一切可以利用的关系，总之，不达目的“老头儿”是不会罢休的。在他的带领影响下，我们每个采购都以他为榜样，千方百计完成采购任务，决不因短缺某种物资设备而减慢建厂速度拖建厂的后腿。当时处于计划经济时代，什么都要凭计划凭票，不像现在有钱就可以买到你想要的东西，因此，采购物资设备是一项很艰难、很艰难的工作。一次，“老头儿”将采购铜液塔的任务交给我们，并叮嘱无论如何要把设备搞到手。铜液塔是氮肥生产的必需设备，其生产厂家在自贡。接受任务后我赶紧到自贡找到自贡市物资局管钢材的郭仕途同志，郭仕途与我是老乡，我们关系不错。当我说明来意后，他很为难，告诉我按照分配计划隆昌氮肥厂排在第八名，其他县氮肥厂都盯着，不好办。我一听傻了眼，排在第八名，起码要等几个月才能拿到设备，岂不是要耽误大事吗？我想起“老头儿”说的话：“氮肥厂建设不能等，建厂速度等不起，决不能因为采购不到所需的物资设备而耽误氮肥厂建设，延误工期。采购人员必须做到腿勤、手勤、嘴勤、脑子勤，要开动脑筋千方百计使出浑身解数完成自己的采购任务，为早日建成氮肥厂做贡献。”于是我下定决心，与郭仕途软磨硬泡，郭仕途经不住我缠只好带我直接到制造铜液塔的厂家，找到向厂长，向厂长也很为难，票都开给广汉县氮肥厂了。我们县氮肥厂等着要用这台设备，怎么办？我只能靠嘴勤以情动人了，我向向厂长介绍了我县氮肥厂的建设情况以及老红军“吴老头儿”对我们的要求，经不住我的苦苦请求，最后郭仕途与向厂长商量来了个折中办法，几个需要铜液塔设备的氮肥厂都开票，哪个走在前面就把设备给哪个县。开了票后，我立即回到县里向“吴老头儿”作了汇报，“吴老头儿”马上找到车队的王德修派了一辆大车，我们3人连夜赶到自贡，清晨5点就到车间大门排队，我们县第一个到，排在了第一，铜液塔就分给我们县了。“吴老头儿”很高兴，表扬了我，还请大家吃饭以示庆祝。为了筹建氮肥厂，“吴老头儿”真是把什么都豁出去了。

2008年5月26日 于县发改委办公室

怀念革命前辈老红军吴英德

康凤贵*

吴英德老前辈是隆昌人民尊敬和爱戴的老革命、老红军、老领导，他离开我们快30年了，但我们仍然深切地怀念他。

我是1972年2月经招工进入隆昌县氮肥厂工作的，当时吴县长是筹建氮肥厂的指挥长。我进厂后即到简阳氮肥厂培训，回厂后，参加设备安装、设备保温、工程试车、投产、三改五、五改一万等多项工作，10多年的日日夜夜，有幸在吴县长手下工作，领略了他身上那种老红军的优良传统和作风，深受感动和教育。现将我亲自经历的一些往事，回忆写出，以此纪念老红军吴英德。

就在我刚进厂那年的春节，也就是1972年2月14日，我父亲康兆林在全家人团年饭上，为我们讲述了一件吴县长吃饭付钱的事，教育我们不管在什么环境里工作，都要向吴县长那样，清清白白做事，堂堂正正做人。我的父亲康兆林，1951年参加革命工作，长期担任公社领导，在与吴县长的工作交往中，他们成为朋友。我父亲很敬佩吴县长的为人、品德和胆识。他说吴县长平易近人、和蔼可亲，没有一点老资格老革命的官架子，下乡都是骑辆旧自行车，戴顶旧草帽，工作认真负责，关心老百姓疾苦，交了很多农民朋友，为基层、为老百姓办了很多好事实事。吴县长到双凤公社检查指导工作，工作完后到公社食堂吃饭，每次都按规定付2角

* 康凤贵：隆昌县氮肥厂退休工人，曾担任隆昌县氮肥厂造气车间党支部书记。

钱饭费。有一次，我父亲争着要为吴县长付2角钱饭费，吴县长坚决不同意，说："吃饭付钱，天经地义。我的工资比你高，怎么可能要你为我付饭钱。"讲完这件事后，父亲要我学习吴县长这种廉洁自律、丁是丁、卯是卯的为人做事的优良品德，不要辜负党和人民的希望，进厂不忘本，保持劳动人民本色，刻苦学习技术，认真努力工作，继承老红军光荣传统，当一个合格的化肥工人。听了父亲的话，我深受教育，铭记至今，在厂工作和退休后的几十年里，我以吴县长为榜样，干好工作，不贪不占，清白做事，堂堂正正为人。

1972年下半年，培训回厂后我负责造气工段气柜材料领用。八化建钳工班长梁师傅下料时，发现图纸与600立方米气柜尺寸有误，立即报告指挥部，指挥长吴英德在火辣辣的大太阳下召开有驻厂八设计院、八化建工程师、厂技术人员参加的会议，听取梁班长介绍数据不符的地方，吴县长征求三方工程技术人员意见后，果断决定：由八设计院修改图纸，签字后交八化建钳工班下料制作安装。由于吴县长的果断决定，尊重科学，实事求是，杜绝了一次材料、资金、时间浪费的重大事故发生，挽回了20万元的损失。要知道，20万元在当年（1972年）可是一笔巨资了。如果不是吴县长亲力亲为，实事求是，气柜将推迟40天建成，还造成人力、物力、资金浪费。

1972年8月30日下午，狂风暴雨扑向大地，在焊气柜底子的女焊工王师傅焊完最后一根11米长的焊缝时，上到地面衣服湿透。吴县长亲自将新工作服送到王师傅手中，叮嘱她换上，不要感冒。这件事在支援建厂的各安装组震动很大。由于吴县长无微不至地关怀工人疾苦，各组纷纷表示一定要加快安装进度，保质保量完成安装任务来感谢吴县长的关怀。由于有吴县长的关怀，安装工期提前3个月完成。

在建厂安装中，支援师傅每天工作加班到深夜12点下班，吴县长总是陪伴在他们身边，为他们排忧解难。总指挥长吴县长与工人师傅们同吃十分节俭的大锅饭，住在条件十分差的屋子里。每天早晨安装师傅到工地时，吴县长已在工地上巡视检查了一遍，工人晚上12点下班出大门时，他总是最后一个出大门的。当工人进入梦乡时，吴县长还在召开会议，听取安装进度汇报，协调工作，研究进度，掌握物资采购，资金进出……由于有吴县长强有力的指挥，建厂速度加快，投产时间提前了3个多月。

1973年9月16日下午4点，造气车间1号转化炉坝子里，站满了工人、干部、技术人员，吴县长亲自将点火棒伸入点火孔，调节好空气与天然气比例，一次点火成功。顿时，坝子里沸腾起来，欢呼声、祝贺声、笑声、掌声充满了整个车间。待大家安静下来，吴县长深情地对大家说："同志们，你们辛苦了！经过大家几年来艰苦卓绝的奋斗，全县人民盼望已久的现代化的氮肥厂今天一次点火成功投产了。一次点火成功投产，这是对我们过去工作的肯定，也对我们今后工作提出了更高的要求。全厂工人、干部、技术人员，切不可有一丝一毫的松懈，要牢固树立主人翁思想，强化领导，精心操作，管理好全厂设备和生产，为全县人民生产出优质化肥支援农业，使全县人民吃上饱饭，过上好日子……"吴县长的讲话，被一次又一次的掌声打断。这个场面，让我记忆至今。

隆昌县氮肥厂是在"文化大革命"这一特殊时期建成的，作为氮肥厂建设的指挥长，吴县长是顶着各方面的压力，顶着各种流言蜚语，坚定不移地开展工作的。投产后不久，受到当时派性大干扰，有个别不怀好意的人四处煽风点火制造混乱，在厂里贴出大字报，矛头指向吴县长，并煽动工人擅离职守大搞无政府主义。面对各种突发情况，吴县长一身正气，冷静处置，带领我们坚守岗位，一门心思搞建设，搞生产，搞发展。正是因为有了吴县长强有力的领导，氮肥厂才得以从无到有、从小到大、从弱到强。

吴县长是经过二万五千里长征，经过枪林弹雨洗礼的老红军，他那种刚毅果敢、说一不二、雷厉风行的军人作风给我留下了深刻印象。1977年，我担任了造气车间领导工作，厂干部会上，无数次聆听吴县长讲形势，讲化肥生产任务，讲三千改五千、五千改一万的机遇和带来的好处，讲全县人民用上化肥增产的喜人形势……吴县长开会，历来雷厉风行，从不拖泥带水，布置工作，有一说一，有二说二，没有套话废话，布置完付诸实施，检查落实。完不成任务，是要背书的，如果你真的遇到自己解决不了的困难，他会全力以赴帮助你解决困难，如果你拉稀摆带，他会骂人的。

为了建设氮肥厂，吴县长在厂里住了几年，氮肥厂建成投产后他回到了县里。作为县上分管工业交通的主管领导，他的工作非常繁忙，但只要氮肥厂一遇到困难，他就会全力以赴帮助解决。当厂里满负荷生产，电力严重不足时，吴县长跑省、市、县供电部门，制订出从太平变电站安一条专线到厂里方案，他身体力行，从原材料采购、路线勘测，到高压电线架设安装，都亲自过问安排部署。在夏季大太阳下与工人技术人员一起，辛劳奔波。经过3个月努力，完成了专线架设，满足了厂里的电力供应。有了专线供电，厂里从原来一天停四五次电到天天满负荷生产，为生产优质化肥、超额完成上级下达的八大指标任务，做出了重大贡献。

氮肥厂自投产后，先后开展了三千改五千、五千改一万等技改工程，将氮肥产量从3000吨提高到5000吨，5000吨提高到1万吨……每次技改，吴县长都非常关心，亲临现场，听取汇报，指导工作，为企业排忧解难。1万吨合成氨设备安装完成后，差转化工段电了流量计2台，压缩机320千克/平方厘米氨用压力表3只。如果没有这些仪器设备，技改工程就不能按时开工。当时物资匮乏，这些仪器都是紧俏货，吴县长派出了全县各企业20多名采购员奔赴全国各仪表制造厂以及各省、市大、中、小化工厂帮忙购买，但均无着落。吴县长非常着急，他与厂党委书记李佐柏商量后，决定派我到成都军区氮肥厂送锦旗请求支援。因我之前受厂里委派带了7个工人到成都军区氮肥厂学习了半年时间的中低变甲烷化操作，对成都军区氮肥厂比较熟悉。临行前，吴县长、李书记再三嘱托我要想方设法完成购买所需仪器的任务。吴县长语重心长地对我说：“小康，你是代表县委，代表氮肥厂去送感谢锦旗的，一定要注意自己的言谈举止，要谦虚真诚，要向他们表达我们的感谢之情，向他们讲清楚我们遇到的困难，请求他们的支援，希望你能圆满完成任务，带着所需的仪器设备凯旋回厂，我们等着你的好消息。”我接受任务后，即带着锦旗来到成都军区氮肥厂，完成了送锦旗的任务，向军区氮肥厂的领导谈了我们的困难，得到他们的支持。我到军区氮肥厂仪表车间找到负责人，落实了2台电子流量计，但他们没有320千克/平方厘米氨用压力表。任务只完成了一半，还有一半无着落，我心里很着急，想起吴县长的嘱托，暗下决心，无论如何想方设法也要找到卖氨用压力表的地方。回到成都后，住在氮肥厂采购驻地曙光旅馆，跑了很多地方也没找到卖氨用压力表的地方。一天，我无意间发现在曙光旅馆斜对面不远处有一个不起眼的小门面，挂有西南产管供应处招牌，我进去打听有没有320千克/平方米氨用压力表，结果他们有这种仪器，我当时喜出望外，这真是踏破铁鞋无觅处、得来全不费工夫。我立即将此信息告诉了氮肥厂长驻成都采购王初门同志，起初他还不相信，我带他到了西南产管供应处，由王初门拍板，将该处库存的所有12只320千克/平方厘米氨用压力表全部购买了。我立即将好消息电话告诉了吴县长。当我和王初门同志把两样物资运回厂时，吴县长亲自在厂大门等候迎接，他握住我的手久久不放，高兴地说："小康，你为全县人民做了一件大好事。"当时我也很激动，不断地说："谢谢吴县长关怀！谢谢吴县长关怀！"

吴县长非常重视职工的文化技能学习和培训，我们刚进厂就把我们送到简阳、富顺氮肥厂培训，我们回来后，成为工厂的主力军。投产不久，吴县长与厂领导研究，决定在厂里举办文化提高班，小学生学习初中课程，初中生学习高中课程。当时我分配到小学班当语文教员。开学典礼上，吴县长亲自到教室为学员们讲课，讲国家大好形势，讲工厂发展前景，讲学好文化知识的重要性，鼓励学员们克服困难，处理好工学矛盾，认真努力学习，提高文化知识水平，为厂里的生产发展做出新贡献。吴县长的讲话获得学员阵阵掌声。通过一年业余时间学习，我所教小学班的20名学员全部通过考试顺利达到初中文化水平。由于提高了文化知识水平，他们在各自岗位上干好了自己的工作，均安全退休。

1982年12月1日，厂里发生一起生活区天然气管道破裂引起爆炸的重大事故，住房倒塌一幢，死亡14人，重伤14人，轻伤14人。死亡的14人中，我们造气车间住的宿舍中就有8人死亡。吴县长得知消息后，第一时间赶到厂里，指挥抢险，他在厂里三天三夜未上床休息、未合眼，与县、厂、车间人员一起处理善后，抢救伤员，安慰死者家属，一个一个地做工作，苦口婆心地讲党的政策，使一些想不通的家属慢慢冷静下来……看着吴县长熬红的双眼、干裂的嘴唇、疲惫的体态，我百感交集，一个60多岁的老人，工作起来仍这样地拼命。他的这种全心全意为人民服务的精神真让我感动！他那和蔼可亲平易近人的形象让我难以忘怀。我经常在想，氮肥厂如果不是有了老红军吴英德的强有力的领导，有了他的坚韧、他的果敢、他的实事求是，他的无私奉献，恐怕是很难建成的。

老红军吴英德不忘初心，坚持信仰，忠于革命忠于党，一生堂堂正正做人，清清白白做事，高风亮节，实事求是，尊重科学，尊重人才，不畏强暴，敢于担当，敢作敢为，一切以人民利益为重。他是我们学习的榜样。他为我们留下的光荣传统和优良品德，鼓舞着一代又一代隆昌人前行。

2017年10月28日（农历九月初九），四川隆桥化工集团有限公司（原氮肥厂）举办“传承红色基因，建设美丽隆桥”九九重阳节活动，邀请历年中层以上领导（包括退休、调出的）回厂参加活动，我也回去了。大家济济一堂，畅谈创业时的艰辛，畅谈在老红军吴英德带领下形成的“自力更生、艰苦奋斗”的厂魂，畅谈在红军精神鼓舞下闯过的一道又一道难关，展望未来，大家充满信心。“传承红色基因，建设美丽隆桥”，这是每一个隆桥人的心愿，也是我们曾经为氮肥厂做过贡献的、已经退休的氮肥人的心愿。我坚信，四川隆桥化工集团有限公司在红军精神鼓舞下，红色基因定能代代相传，企业定能越来越强大，越来越美丽。

2018年5月28日

回忆我与老红军吴英德在一起修建老干部活动馆点滴

汤国林*

1985年，县里决定为离休干部修建老干部活动馆，为此，成立了老干部活动馆修建领导小组，除在职领导干部外，离休老干部吴英德、黎有章、马万民等也是修建领导小组成员。我当时是老干局工作人员，负责修建工作的具体事务。在修建老干部活动馆的一年多时间里，我与老红军吴英德接触较多，深切感受到他是一位工作积极热情、不怕吃苦、敢于承担的老革命、老领导。从选址到筹资、到建材采购，为节约资金、保证工程质量，他不顾年事已高，事必躬亲，为修建老干部活动馆付出了许多辛劳，功不可没。

选址

老干部活动馆经历了3次选址，每次吴老头（老革命虽然工作中一丝不苟、要求严格，但生活中待人亲切随和，没有架子，所以当时他的老同事以及在他身边工作的人员都亲切地称呼他"吴老头"）都参加。第一次选在新拱桥附近的农贸市场边，老头去看了后，认为靠近农贸市场嘈杂，

---

* 汤国林：隆昌县老干局退休干部，曾任隆昌县老干局副局长。

空气不好，不利于老干部活动，大家一致同意这个意见，遂放弃了这个选址；第二次选在香牌坊那个位置，但县上当时考虑将来可能要在那个位置与河对面架一座悬索桥，只能另外择址；第三次选在现在的这个地方，滨临隆昌河，与县文化馆隔河相望，环境优美，是建老干部活动馆的理想选址。但这块地当时属于省农牧厅，由县农场使用。县农场与林业局合办了一个林工商公司，这块地由该公司经营的木材市场临时占用，现在要拿出来，公司有些不情愿。事情一下子僵住了。

老头这个人，行事果敢，有魄力，认准的事，哪怕困难重重，也会下定决心去干、干好。为了协调下这块地，县上组织相关各方召开了3次现场会，在开第三次现场会时，老头终于发火了，说要修就修，不修就算了，老是这样研究过去研究过来，议而不决，什么时候是个头！会场一时鸦雀无声。最后，时任县长罗毅同志对老头说："老红军，不要生气，修是肯定要修的，我们也希望能在平衡好各方的基础上，大家一起来支持活动馆的修建。"那之后不久，在老头的力促下，通过县委、县政府的争取，最后经省政府批复，将这块1.4亩的地无偿划拨给老干局修建老干部活动馆。

1985年11月，活动馆终于破土动工了，是老头挖的第一锹土。

建设

老干部活动馆的建设从1985年11月破土动工，到1987年上半年竣工，历时一年多。这期间，老头给予了极大的关心和支持，他经常到工地上来了解工程进展，帮我们出主意想办法，解决一些棘手的问题和实际困难。

首先面临的是资金问题。修建老干部活动馆，当时县上只批了8万元，资金缺口很大，为了解决这个问题，一是开源，想办法筹资；二是节流，想办法省钱，降低建材采购价格。可是到哪里去筹资呢？再者，价格便宜了，建材的质量有没有保障？大家一筹莫展。吴老头笑着说，那只有豁出我这张老脸喽。于是，他开始带着我到全县各厂矿跑建材、要支援。所到之处，都受到热情的欢迎和接待，总是满载而归，由此可见吴老头在工业战线的影响和魄力。他是一位深受工业战线广大干部职工尊敬、爱戴的老红军、老领导。

第一站，我们到了县糖厂，找到党委书记程奄俊卖酒瓶。怎么会去卖酒瓶呢，说来话长。

酒瓶是隆师玻璃厂为感谢吴老头等一批离退休老干部为筹建玻璃厂付出的辛劳而无偿支援给老干局的。当时中央有政策，鼓励机关干部及离退休干部经商办企业。1985年上半年，由吴老头挂帅，由李钲、黎有章、黄昌梨、马万明等一批离退休老干部，以老干局的名义开始筹办“余辉玻璃厂”。办厂的目的一是发展隆昌地方工业、增加财政收入；二是增加老干部活动经费，丰富老干部文体生活。余辉玻璃厂的筹建工作在老干部们的努力下进展非常顺利，厂址就选在山川厂附近，离白水滩煤矿不远的12公里处，是星火化工厂原址。星火化工厂是金鹅镇的镇办企业，当时已经办垮了，老头和金鹅镇协商后落实了该厂址，由建成后的余辉玻璃厂每年向金鹅镇缴纳一定费用。另外，引进资金，引进技术，引进设备等筹建工作也一项项得到了落实，吴老头为筹建这个玻璃厂付出了很多的努力和心血。就在万事俱备，只等开工的情况下，中央来了文件，不允许机关干部和离退休干部经商办企业了。吴老头果断决定，将余辉玻璃厂无偿转让给隆师校，作为校办工厂继续办。隆师校接手后做到了当年建厂当年见效益，为了感谢吴老头等老干部，于是无偿给了老干局5万个酒瓶，这才有了老头带着我去卖酒瓶这一幕。

当时县糖厂办了个南方酒厂，效益还不错，但一下子要买这么多酒瓶，还是有难度。但在老头说明原委后，糖厂领导二话不说，将5万个酒瓶全部买下，其中大酒瓶3万个，每个0.5元，小酒瓶2万个，每个0.3元，一共卖了2.1万元，全部用于老干部活动馆建设和老干部活动经费。

为了节约修建资金，老头又带我跑了好多厂矿买建材，比质量、比价格。这些厂矿也大都以最优惠的价格卖给我们，有的直接按成本价卖，有的甚至无偿支援活动馆的修建。

我们到白水滩煤矿的砖厂买了15万匹砖，当时白水滩煤矿的砖对外卖8分钱一匹，为了支援老干部活动馆的建设，刘矿长、段书记商量后按每匹砖3分钱的价格卖给我们，仅材料费就节省资金7500元，还包运输；到圣灯镇的镇办企业砖厂买了5万匹灰砂砖，当时灰砂砖对外卖0.12元一匹，卖给我们优惠到0.05元一匹，节省资金3500元；到县水泥厂买了60吨水泥，当时水泥对外卖是每吨120元，水泥厂为支援活动馆建设，只收了5000元，节省资金2200元；去氮肥厂买石灰，老头拉上原氮肥厂厂长、时任组织部部长陈远思一道，40吨石灰氮肥厂只象征性地收了1000元。

另外，永达煤矿赞助了两根角钢和一根七八米长的钢轨，用于活动馆大门框架的修建。本来永达煤矿的郑矿长还要送几方木料给活动馆，但老头说他们是亏损单位，两根角钢和一根钢轨已经是很大的支持了，不能再给他们增加负担。

活动馆大门的滑动铁门是氮肥厂支援的。当时，老头带我到氮肥厂，邱书记和林厂长爽快地把铁门的设计和制造工作接了下来。没过多久，就派工人带着材料来把铁栏杆门安装好了，同时还支援了活动馆的自来水管并负责了水管的安装工程。这些氮肥厂派来支援的同志，干活都很卖力、很辛苦，还自带伙食，我们只是每天给他们倒点开水，实在让人于心不忍。完工后，按照老头的安排，在县委招待所定了两桌工作餐，请工人师傅们吃了一顿，以表达我们的谢意。

但即使如此地精打细算，还接受了一些支援，最初批的8万元还是远远不够。为此，老头又找到县里协调，超支的部分县上根据工程实际建设情况，都予以了解决。

历经种种困难，老干部活动馆终于修建完成了，总投资15万元，其中主体工程632平方米，费用9万元；附属工程包括2个车库、2个驾驶员住房、坝子、围墙500多平方米，费用6万元。

怀念

老干部活动馆竣工后一年多，老头就病逝了。对于老头的逝世，我感到非常悲痛。回忆起和他一起修建老干部活动馆的点点滴滴，我感慨万千。一位已经离休的老红军、老干部，仍然在工作需要时，积极主动、耗费心力地扑下身子去干，并且带动和感染身边的人和他一起努力！因为他的德高望重，因为他的多方奔走，在有那么多困难的情况下，努力地筹措资金、筹备建材，活动馆的修建才得以顺利进行和完成。他的工作态度、实干精神，给我留下深刻的印象，也在心中对他充满了敬意。

现在，全县离退休老干部们每天来到活动馆，轻松、愉快地开展各项活动时，还经常念叨着吴老红军的好。

2015年11月3日

农民的知心朋友

——忆老红军吴英德点滴

周诗容*口述　吴晓英　整理

20世纪70年代中期，我在黄家区复兴公社白龙大队担任党支部书记。那时我们大队很穷，因严重缺肥粮食产量上不去，社员们都吃不饱肚子，生活很苦。当时，氮肥厂已建成投产，但我们大队没有钱购买化肥，只能望肥兴叹。作为党支部书记，我心里非常着急，急于想出一条带领社员脱贫致富的路子，但一时却不知道从何做起。

那时我爱人在糖厂劳资科任科长，我与糖厂党委书记程龟俊很熟，程书记知道了我们大队的情况后，介绍我认识了吴县长，后来，我与吴县长成为朋友。

第一次见到吴县长，便给我留下了深刻、良好的印象。起初我还有点紧张，害怕遭冷遇。吴县长是老红军、老革命、老资格了，又是全县的父母官，我只不过是个农民，是个大队党支部书记，他会搭理我吗？随着见面后的交谈，我的身心完全放松了，一点也不拘束了。我感到吴县长是一个很随和的、很平易近人的长者。他就是我们农民的知心人，和我们农民心连着心，很好交往，一点架子也没有，和我摆龙门阵就像拉家常一样。当我向他汇报我们大队的情况和困难时，他听得很认真、很仔细，还不时向我询问一些具体实例和数据，我从他的谈话中感到他对农业农村工作很熟悉、很内行，对农民很有感情，很了解他们的疾苦。听了我的汇报后，

* 周诗容：隆昌县黄家镇政府退休干部，曾担任黄家镇政府计生办主任。

吴县长决定采取“杀猪交账”的办法扶持我们大队。所谓“杀猪交账”就是先用肥料后付钱，形象地说就是等猪喂肥了、杀了猪卖了钱再结账付钱。也就是我们先凭吴县长签字的条子到氮肥厂拿化肥，年终结算后再向氮肥厂付化肥钱。这次谈话，吴县长还语重心长地对我说：“作为农村基层党支部书记，是农民脱贫致富的带头人，一定要将带领农民群众脱贫致富作为头等大事来抓，要千方百计、克服重重困难、全心全意带领农民群众往好日子奔。”听了吴县长的话，我使劲点头，很受感动，觉得心里热乎乎的。

此后，从1976年到1978年，连续3年，每年我都要找吴县长签字批先拿化肥的条子。吴县长在条子上签的“吴英德”3个字很大，还有点歪扭，但很管用，拿到这张签了吴县长名字的条子，就能到氮肥厂拿到肥料。

通过3年的扶持，我们大队的粮食产量翻了番，从三类大队前进到了一类大队，社员们的生活也发生了明显改变，能吃饱肚子了。我经常在社员大会上对社员们说；“要不是吴县长，我们大队翻得了身吗？粮食产量翻得了番吗？”此间，吴县长还几次到我们大队查看化肥使用情况、庄稼长势情况，了解农民的诉求和生活状况，与农民群众打成一片，还在我家吃过一顿饭呢。

在与吴县长的交往中，我很尊敬他，也很佩服他，他是一个很坦率、很实在、讲实话、干实事的人，是一个心系农民，全心全意为老百姓办实事的好领导，是农民的知心朋友。他为隆昌人民办了那么多好事实事。特别是他历尽艰辛领导建起了氮肥厂，为发展全县农业生产做出了重大贡献。我打心眼里感谢他，并深切地怀念他！

2018年11月22日 于莲峰公园

沱灌工程的功臣

——忆老红军吴英德点滴

王光友*口述　吴晓英　整理

我与老红军吴英德的友谊要追溯到20世纪70年代初期，那时我在水口公社南充大队担任党支部书记。我们关系很好。他这个人很坦率，对人很真诚，也很随和、和气，没有一点老革命、老资格的架子。他对工作认真负责，很有魄力，开会讲话简明扼要，布置工作一就是一，二就是二，毫不含糊，奖惩分明。他给我讲他14岁就参加红军的经历，讲二万五千里长征，讲他在战争年代的战斗故事，我听后非常感动，觉得他是革命的功臣，是一位受人尊敬的老红军。

我从1971年开始，就担任中共隆昌县委委员，当了10年，每年都要到县里参加县委召开的全委会议。在参加县委召开的全委会时，我曾好多次听到当时的县领导们交谈，说隆昌修沱灌多亏老红军吴英德到省上要项目、要钱、要物资，要不是吴县长，钱很难要到。那个时候搞“文化大革命”，局面不稳定，机关工作秩序不健全，工作作风也不是很好，县上其他人到省里批项目、要钱，根本没人理你。吴县长知道后非常着急，亲自带队到省上批项目、要钱，他到了省上后，省里的好多领导都喊他“小吴”，他们都是吴县长的老战友、老领导，资格比吴县长还老。通过吴县长一行锲而不舍地努力，沱灌工程项目终于得以批复，国家投资也先后相继到位。听了县领导们的摆谈，我心中更加敬佩吴县长。当时，我是最拥

---

* 王光友：隆昌县山川镇政府退休干部，曾担任山川镇人大主席团主席。

护修沱灌的，而且积极付诸行动，因为我们那个大队最缺水，由于缺水阻碍了农业生产的发展。吴县长到省上为沱灌工程争取到省上投资、要到了钱，就是为沱灌工程立下了汗马功劳，他就是沱灌工程的功臣。所以，我经常对人说："隆昌修沱灌，还有一个人的功劳不能忘，那就是老红军吴英德。如果不是他到省上要钱，沱灌工程哪能如此顺利完成？"有时我碰到吴县长，我总爱对他说："吴县长，谢谢你哟！"他会笑眯眯地反问我："谢我啥子吗？""谢谢你到省上要钱才修起了沱灌，不然，农业生产咋个发展？"

老红军吴英德已经离开我们30年了。让隆昌人民引以为荣的沱灌工程以它雄伟婀娜的英姿正在日复一日、年复一年地造福隆昌人民，泽被子孙后代。我们不会忘记老红军吴英德为隆昌人民做出的贡献，我们永远怀念他！

2018年11月23日

小事能看出吴英德同志的品德高尚

石宗棋*

老红军吴英德同志离开我们已经很多年了，可他的音容还留在人们的记忆中。他为党为人民贡献一生的光辉业绩人民皆知，这里我不必再叙，我不会忘记，隆昌人民也不会忘记。我仅将我记得的一件小事记叙出来，以此寄托我对他的怀念。事情虽小，值得称赞。

吴英德同志离休后，仍然十分关心隆昌的建设和发展，关心青少年成长，多次到学校做革命传统报告。修建老干部活动馆，他亲力亲为，当成自己分内的事来干，是立了大功的。他积极支持开展离退休老干部活动，钓鱼就是其中的活动之一。他喜欢钓鱼，我常与他一起参加钓鱼活动。每次钓鱼后，他都敦促我们：必须把鱼钱和伙食钱给养鱼户付清，因为这关系着群众印象和影响问题，必须做好。

吴老同时十分关心下属。记得有次在普润钓鱼，天色晚了，我们一起六七个同志，当时没有车，只有他的一辆小车，可吴老自己留下不走，叫其他人先走。因车坐不下，我和另一个同志也与吴老一道留下。当时已是傍晚，蚊子特别多，“嗡嗡嗡”在我们头顶上乱飞，叮咬得我们难受。我问吴老：“老头（我们都叫吴英德同志‘老头’），你为什么不先走？你先走了也不会受这个罪了。”吴老说：“如果我先走了，司机不来了，留下的人咋办？所以我必须留下来。”听了吴老的话，我心里热乎乎的，禁不住

---

* 石宗棋：中共隆昌县委宣传部退休干部，曾担任中共隆昌县委宣传部副部长。

眼眶都湿润了。这件事已经过去几十年，我已步入90岁耄耋老翁的行列，但仍记得十分深刻。吴老心中总是装着群众，装着同志，他的这种为人处事，值得我们永远学习。事情虽小，可见吴英德同志的品德高尚。

2018年春节

挥泪祭忠魂

——怀念我的丈夫吴英德

程尊品

1989年1月3日清晨6时45分，与病魔抗争了49天的英德，心脏停止了跳动。这仿佛是一场噩梦，我怎么也难以接受眼前的事实，我伏在亲人身上千声万声地呼唤，可是他却再也不能醒来。我呆呆地望着老吴那消瘦、安详、沉睡的面容，心碎了。晴空霹雳从天而降，一个无情的现实摆在我面前，与我患难与共，朝夕相处了38个春秋的最亲的亲人永远离开了我，离开了他亲爱的孩子们。

老吴一生坎坷，历尽艰辛，我和孩子们一心想让他享享晚年的清福，以此来弥补他一辈子的辛劳，可是他却过早地离我而去。他的逝世，令我肝肠寸断，我怨苍天太不公平，恨自己无回天之术，不能挽回亲人的生命。英德走了，可他的灵魂却日夜陪伴着我，他的音容笑貌无时无刻不萦绕在我的脑际。这种刻骨铭心的思念，是无法用语言来表述的。

我和英德是1950年7月经我的部长（隆昌县委宣传部）郭成圩同志牵线介绍认识的。他苦难的童年和从小参加革命，爬雪山、过草地，在战火中九死一生的经历，以及他为人善良忠厚的品德深深感动了我。经组织批准，我俩于1951年元旦在隆昌粮司结婚。婚后38年，我俩相依为命，相濡以沫，互敬互爱，有难同当，有福同享，相搀着走过一道道坡坡坎坎、暗礁险滩。在老吴的关怀、爱护、帮助下，我走过了人生中最艰难的一段历程。

1921年农历四月十六，英德出生在四川省江油县治城乡的一个贫苦农家，自幼饱经生活风霜，12岁就抵债到地主家当小长工，干的是牛马活，吃的是猪狗食，受尽欺压凌辱。1935年5月，红军长征路过英德的家乡，他高兴地参加了红军，走上了革命道路。英德跟随红军多次翻越大雪山，3次蹚过大草地。长征途中，负过伤，患过重病，吃过树皮草根，赤脚步行过上千里。他与严寒斗、与饥饿斗、与伤病斗，靠着顽强的意志，终于到达了延安。延安10年，英德担任过招待所的招待员、联络站的通讯员、边区政府的警卫员、中央党校的公务员，他干一行爱一行，无论是干哪项工作都勤勤恳恳、兢兢业业、尽职尽责。抗战胜利后，英德随干部大队步行7000余里，餐风露宿，日夜兼程地赶到东北组建骑兵连。3年多的骑兵生活，大小战斗数百次，铁蹄所至，敌人闻风丧胆。东北解放后，英德放弃了安定舒适的和平生活，毅然参加了西南服务团。从东北到西南，体现了英德的一片赤子之心。隆昌解放后，英德奉命来隆组建国营贸易公司，在财力、物力十分困难的情况下，他依靠群众、依靠党，大刀阔斧打开了工作局面，解决了人民吃、穿、用等问题，粉碎了不法商人的破坏活动，捍卫了新生革命政权。这以后，英德又担任了隆昌县粮食公司、泸州专区煤建公司、专区贸易公司经理，泸州专署供销合作办事处主任，隆昌县人民政府副县长，隆昌县革委会副主任，隆昌县人大常委会副主任等职务。英德在隆昌工作的30多年时间里，为隆昌的繁荣昌盛尽到了自己最大的努力，他平凡而苦斗的一生，无愧于党，无愧于人民，他是党和人民的好儿子。

英德一贯忠于党，忠于人民，忠于共产主义事业。他意志坚强，对革命有着一往无前的、执着的追求。长征路上，英德在道孚患了红白痢疾，昏迷四五天，生命垂危，在医护人员的全力抢救下，病情刚有好转，他就瞒着医生，拖着虚弱的身子，拄着棍子，悄悄地离开了医院追赶部队。从道孚到朱倭，几百里的路程，英德硬是咬着牙关，一步一挪地往前走，渴了捧把山泉水喝，饿了吃把生麦子，走不动了就倒在路边歇一会儿。就这样，他走走歇歇，足足走了10来天，才到达红军总部所在地朱倭。

1936年7月，部队继续北上，留下一部分老弱病残就地安排，英德也被留下了，但他无论如何不肯留下，他想：我虽然病了，但我年轻，能克服困难，即使走不得，我爬也要爬到陕北去。部队前脚一走，英德后脚就追，他的这种精神终于感动了首长，同意他留在部队随军北上。茫茫的旱草地一望无际，在羊花桥这个地方，英德所在部队与国民党特务操纵的少数民族反动武装遭遇上了，英德不幸大腿负重伤。当时医药条件极差，只能用盐水洗一洗伤口，他强忍伤痛，仍一瘸一拐跟着部队赶路，滴滴鲜血留在了崎岖蜿蜒的草地小路上。长征途中，英德多次掉队，又多次追上部队，于1936年年底到达了日思夜想的延安。正是靠着这种顽强的毅力和执着的追求，英德由一个放牛娃成长为一名红军战士，由一个不懂事的孩子成长为一名人民解放军基层连队的指挥员。

英德最听党的话，党叫干啥就干啥，乐意在平凡的岗位上甘当无名英雄。在延安，党叫他为中央党校的学员烧开水，他就一丝不苟地干好烧开水的工作，保证供应；党号召开展大生产运动，他积极响应号召，在完成本职工作的前提下，四处开荒种地，硕果累累，他还纺线、纳鞋底、缝棉衣。抗战胜利后，党叫他到东北，他就立即奔赴东北，白手起家，为党组建了一支骑兵连。东北解放后，党叫他回四川，他毫不犹豫地放弃了和平环境的安宁生活，步行数千里，挺进大西南。新生政权建立后，党叫他从事经济工作，他愉快地服从分配，千方百计搞好工作，他把为人民服务作为自己一生奋斗的宗旨。1983年，党提出废除领导干部终身制，他带头让贤离休，愉快地退出了领导岗位。在英德的革命生涯中，他真正做到了党指向哪里他就奔向哪里，他不愧是党的忠诚战士。

英德心怀坦荡，为人忠厚，团结同志，不计私怨。无论是战争年代还是和平时期，他对战友、对同志都关怀备至、情同手足。他心中时常装着别人。长征过旱草地时，他不顾自己久病虚弱的身子，不怕恶劣气候的威胁，将自己唯一的一床能够御寒的毯子送给了一个不相识的、发高烧的战友。在东北骑兵连当司务长期间，为了保证部队吃饱睡好，他宁肯自己饿肚子，四处筹集粮草，经常几夜不眠，他还经常击破坚冰，下河为负伤战友捞鱼熬粥。进军西南的途中，英德担任川南支队财经大队副教导员兼管理股长，每到宿营地，他总是亲自到十几里路远的购粮点担米，尽量减轻战友的负担，每到晚上他总是热心地为战友们挑脚上的水泡，为战友们烧火烤衣服。解放后，不管他在哪个单位担任领导工作，都同群众打成一片，甚至连职工找对象的事他都关心到了。他敢于为下面的工作人员承担责任，有了荣誉，他不争，出了问题，他承担，从不推卸责任。英德十分关心干部职工的疾苦，实行干部职工退休子女补员的制度后，党群政法的干部职工退休后子女安排困难，他主动为这些干部排忧解难，积极做好有关系统的协调工作，使问题得到解决。

英德办事光明磊落，坚持实事求是的原则，一就是一，二就是二，不事权贵，不阿谀奉承。

英德廉洁奉公，一尘不染，艰苦朴素，与人民群众同甘苦、共患难。在他担任领导工作的几十年时间里，他从不搞特殊化，也从没伸手向组织要过什么。国家处于困难的1960年至1962年期间，他主动下降一级工资，与国家共渡难关。这段时间，英德在重庆上工农干校，患了肿病，整天四肢无力，头昏眼花，仍不请假，坚持学习。1960年暑假，我从乡下提前一天回家等他，万没有想到他被肿病折磨得面目全非，脖子变得又细又长，我几乎认不出他了。看着他那样子，我禁不住泪如雨下，他还满不在乎地安慰我“不要紧”。我用供应肿病病人的半斤黄豆磨成粉给他调羹羹，可他舍不得吃，全分给了老人和孩子们。这期间，孩子的爷爷也得了肿病，粮站的刘同志见我家两个肿病人，孩子们饿得吃鹅儿肠草、白泥巴、糠壳，实在于心不忍，主动通知孩子的爷爷到粮站买20斤稗子粉。老吴知道后，无论如何也不同意去买，他说：“群众能过，我们也能过，不能搞特殊。”我又提出到市场买点黑市米，老吴还是不准，他说：“共产党员宁肯饿细肠子也不干违法乱纪的事。”结果，我只好挑起箩篼到乡场买红萝卜、白萝卜、牛皮菜，用这些来补充粮食的不足。

“文化大革命”期间，机关发不起工资，居民粮食供应出现严重危机，英德为解决群众的吃饭问题四处奔波，跑了6个县要钱要粮，粮食要到了又亲自组织运输。每次我看见他累得精疲力竭的样子，免不了拖他后腿，劝他注意身体，他却总是那句话："老程啊，我怎能眼看着人民群众挨饿受冻而不管。"英德的一生，只有奉献，没有索取，他心中时刻装着的是人民群众。他虽然两袖清风地走了，却为子孙们留下了巨大的精神财富，他的那种廉洁奉公、艰苦奋斗的革命精神永远值得孩子们好好学习。

英德对工作极端负责任。他最讨厌说假话、说大话。他反对轻浮，主张实干，反对面子工程，主张一步一个脚印、脚踏实地地为隆昌人民办好事。30多年来，他为隆昌人民办的好事已载入人民的口中、心中。解放初期，他把隆昌县唯一的国营企业贸易公司办得火红，为稳定隆昌物价，安定民心，促进经济恢复起到了重要作用。20世纪60年代初期，英德分管民政工作，为了办好公社敬老院，使孤寡老人老有所托，孤儿有人管、有人教，他走遍了全县的区、乡，亲自到各区搞点，大力扶助各公社办敬老院。如今还健在的老人和当年被收养的孤儿，只要一谈起英德都会感慨万千，他们感谢共产党，感谢共产党派来的好干部。英德面对群众的感谢总是谦虚谨慎，他常说的一句话是："要谢就谢共产党，我只不过按党的要求做了自己应该做的事。"

"文化大革命"中，他一个心眼扑在发展生产上。他领导工业战线上的干部职工，在隆昌先后办起了磷肥厂、氮肥厂、糖厂造纸车间（纸厂）、水泥厂，扩建了食品厂、新华陶厂。建氮肥厂，从批计划、要指标，到选厂址、购设备，每一个环节都是英德亲自跑。他把当时县里"靠边站"的中层领导干部动员出来为隆昌人民办工厂。他风里来，雨里去，长期在外颠簸。他总是匆匆地回来，急急地出发。我担心他的高血压病，可他却不以为然。为了建厂，他把儿子当知青抬石头挣的100多元钱也全填进去了，外出应酬的烟酒全是自己掏腰包。他这样拼命地干，还是有人要整他。他常对我说："抓生产总没有错嘛，只要能为隆昌人民办点有益的事，自己受点委屈又算得了什么。"氮肥厂建成了，英德人也瘦了，我劝他休息一段时间，他却跃马扬鞭，又投入建另一个厂的战斗。

英德这样忘我的工作，图的是啥？图的是为人民服务，我知道他，了解他，他完全是为了报答人民的养育之恩才这样舍生忘死地干呀！"共产党员不为人民干事，还算什么共产党员？”这是他常讲的话。几十年来，隆昌的山山水水留下了英德的行行足迹，柏林寺水库、公社敬老院、磷肥厂、糖厂、氮肥厂、水泥厂、国营汽车队、川剧院、招待所、老干部活动馆、隆师玻璃厂……这一项项建设成就都渗透了他无数的心血和汗水，隆昌人民是不会忘记他的。

英德淳朴善良，有着一颗赤诚的心。他既是党的好战士、人民的好儿子，又是我的好丈夫、孩子们的好父亲。在家里，他处处以身作则，言传身教，始终保持着革命战士勤劳俭省、艰苦朴素的本色。衣服烂了，补好穿，补丁重补丁，直到实在不能补了才肯丢；皮带断了，接了再接，直到拴不住腰围才更换。他在延安大生产运动时就学会了纺纱捻线，无论棕片棉纱他都能用手工捻成线，多年来我家用的棕扫把都是他亲自制作的。饮食上，他吃惯了粗茶淡饭，从不挑肥拣瘦。对孩子们，他既是慈父，又是严师，他在孩子们的心目中是最可亲、最可敬的人。生活上，他对孩子们无微不至，好吃的东西总惦着孩子，他爱喝点酒，只要他一喝酒，孩子们就围着他转，他总要把仅有的一点下酒菜分配给孩子们享用。每次出差，他很少空手回家，买不起糖果，冷馒头都要买几个给孩子。孩子们呢，一个个都掰着指头算，盼着爸爸的归来，一旦听到爸爸的响声，就蜂拥而上去迎接，亲呀，爱呀，诉不尽的父子情。孩子们和爸爸的亲热劲，那是无法形容的。政治上，他非常关心孩子们的健康成长，他常常以自己的苦难家史和亲身的战斗经历教育孩子们要热爱党、热爱社会主义，要艰苦朴素、勤俭节约，要大公无私，联系群众，不要搞特殊化。生活困难那几年，老吴在重庆上学，我在三龙桥铁矿劳动改造，孩子们在家苦得很，小女儿饿得抠桃子油吃，儿子吃了糠壳高粱仙米（仙米即白泥巴）做的粑粑拉不出大便，造成肛门撕裂住进了医院。许多该享受的待遇享受不到，一次某单位给县级领导每人供应一只鹅，听说老吴不在家，抱起鹅就走了。孩子们看见这些，不免有些怨言。老吴回来知道后，耐心教育孩子们要识大体顾大局，他告诉孩子们：“不要说爸爸不在家，就是爸爸在家也不能搞特殊。”他带着孩子们去采灰灰菜、野油菜，给孩子们讲他长征时吃草根树皮的艰难情景，孩子们也很听话，从不闹吃闹穿。

中央号召知识青年上山下乡，老吴首先带头，亲自把大女儿送到农村，接着老二、老三初中毕业后也先后上山下乡。孩子们大了，成家了，他还是经常向孩子们敲警钟，告诫孩子们要好好工作，认真做人。在提倡高消费，鼓励贷款购置高档商品的日子里，大女儿准备贷款购买彩电，他坚决制止，极力反对不切合实际的高消费，认为这是与艰苦奋斗的光荣传统背道而驰。他见社会上的不良风气愈演愈烈，忧心忡忡，加紧了对子女孙辈们的教育。他还积极撰写革命回忆录，以此教育子孙后代。

在我人生的旅途上，没有英德，就没有我的今天，也没有我们全家的今天，是英德在我最需要帮助的时候给了我生活的勇气、斗争的信心。1957年整风反右运动中，我在泸州地委五办室被错划为右派。为了他的前途，为了让他和孩子们都解脱出来，我曾多次违心地向他提出离婚，他都拒绝了。他对我说："你是做了绝育手术的，离了婚你今后怎么办？三个孩子没有妈，谁来照顾？反正我们的命运已捆绑在一起了，那就让我们有苦同吃，有难同当吧……"20多年，他对党毫无怨言，一如既往、忠心耿耿、尽心竭力为党、为人民做了大量工作，办了不少好事实事，鞠躬尽瘁，死而后已，这是一般人难以承受、难以办到的。是什么力量使他对革命工作一往情深，干劲不减？用他自己的话说，也就是他常对我和孩子们讲的："我是一个放牛娃，在旧社会吃的是猪狗食，住的是牛圈房，是共产党把我从火坑中救出来的，没有共产党，就没有我吴英德，也没有我们这个家。共产党的江山是共产党带领全国人民经过几十年浴血奋战打下的，是无数革命烈士用生命和鲜血换来的，我们自己的江山，我们自己的国家，我们不保，谁保？我们不干，谁干？……"老吴将自己对党的一片深情化作了强大的动力，所以不管遇到多大的挫折，他都能以党的事业为重，以工作为重，任何时候干起工作来都有股使不完的劲。

对我，老吴更是关怀备至。他见我经常在梦中哭醒，怕我想不通寻短见，总是安慰我要相信党，要相信组织，要经得起组织的考验。他的善良忠贞感化了我，使我鼓起了生存的勇气，耐心地接受组织考验。生活困难时期，凡是家里改善生活，他都嘱咐孩子们好东西要等到我回家才吃。孩子们在外因我的问题受到责难，英德总是告诫孩子不准给我说。英德啊，我的好丈夫，你的心底究竟有多宽？你的胸怀究竟有多广？老吴啊，为了我，为了我们这个家，你付出的代价太大了，太多了。我这生最大的遗憾、最深的内疚，就是难以偿还老吴对我的恩情债，他本是一个响当当、硬邦邦的坚定的革命派，却由于我的原因，遭受了不少的冷嘲热讽，承受了一次又一次的审查和考验。他苦苦地支撑着我们这个家，并帮助我正确对待问题、对待自己，鼓励我好好工作，接受考验，迎接弄清问题落实政策的那一天。他是我生活的精神支柱，他不仅是我的好丈夫，也是我的好领导。

英德的一生是战斗的一生、无私奉献的一生。他给予我们的是那么多，而留给自己的却那么少。他是一头真真正正的孺子牛。病床上，他仍在为别人着想，将呻吟的声音尽量压小，生怕影响其他病友。进医院后，他的病一天重似一天，三十几天，颗米未进。他似乎明白自己的病情，又似乎不明白，他从来不向我打听自己究竟患的什么病，一直对生活充满希望，对前来看望他的广大干部职工都报以微笑和谢意。他忍着巨大的痛苦，艰难地吞下一把把药片。输液时，护士找不着血管，任凭护士怎样扎针，他也不喊一声痛，医生护士都说她是一个坚强的人。直到逝世的前一天，他还表示要与病魔斗争到底，强咽下两口牛奶。老吴啊，我明白你，你是怕引起我心里的不安才装作什么也不知道，你在默默地与病魔抗争，你有什么话应该告诉我呀！过去，你为我分担痛苦，而今我却不能分担你的病痛，眼看着我们苦尽甘来，该舒心的时候，病魔却将你从我身边活活夺走，我的心揪得痛啊！英德，你艰苦一生、辛劳一生、朴素一生，你太累了，你好好地安息吧。我和孩子们永远怀念你。我一定要化悲痛为力量，带好你的子孙，让你的优良品德在子孙后辈中发扬光大，教育他们像你那样做一个有益于人民的人、一个高尚的人。

1989年11月

对不起，我亲爱的丈夫、亲爱的孩子*

程尊品

我这一生最得意、最欣慰的是遇到了一个好丈夫吴英德，我这一生最对不起、最感内疚的也是我的丈夫吴英德。1951年元旦，经组织介绍我们结婚，1989年元月3日他去世，从时间计算38年，但减去他在眉山、重庆工农干校学习5年，再减去我被划为右派，下乡下厂劳动改造5年，实际上我们在一起的时间只有28年。我爱我的丈夫，他一生不图享受，不计较得失，为革命无私奉献了一切。他对我们这个家恩重如山，特别是对我给他带来的株连无怨无悔，这让我感动一辈子、感恩一辈子。如果不是他对我的宽容，对这个家、对我们3个孩子负责任，我们这个家很可能要落得支离破碎、面目全非，是他的高风亮节，是他的善良崇高，挽救了我们这个家。他是我的好领导、好丈夫，也是孩子们的好爸爸、好老师，在他言传身教的影响下，我们的3个孩子特别能吃苦，特别热爱党，热爱学习，热爱工作，孝顺父母，尊敬长辈。

我们的家庭虽然遭受了不幸，但我们的家庭一直充满了爱，充满了温馨和谐。老吴是一个随和、勤俭、有爱心、有担当的男人。家里的扫帚都是他用棕片自己绑扎，既耐用又省钱，他的皮带还是在部队时用的，断了

* 我的母亲程尊品已于2017年9月23日逝世，享年91岁。写这篇文章时，母亲已83岁，因患帕金森病，右手震颤，写字非常吃力，但她却坚持每天写点，耗时半年多，完成了这篇文章的写作。

又用线缝起来，自己有个针线包，衣裤破了自己补，衣裤脏了自己洗，从没有大男子主义，要我给他干这干那。对儿女们一视同仁，儿女都爱，没有重男轻女的思想。对孩子们要求很严，孩子们只要稍微流露出什么东西好吃不好吃，他马上就要教育孩子们："只要吃得的东西都好吃，不能挑食，能填饱肚子就不错了。"但骨子里却深爱着自己的孩子。虽然那时经济不富裕，但每次出差他总要多多少少带点东西回来给孩子们吃，孩子们也很惦念他，掰着手指头算爸爸该哪天回家，只要听见爸爸喊门的声音，3个孩子就会像小麻雀一样一起飞上前去迎接他们的爸爸，父子四人拥抱在一起说呀笑呀，真是天伦之乐！还有吃饺子，开始几年我不会包饺子，老吴虽然生在四川，参军后长时间在北方，会包饺子。孩子们只要看见他们的爸爸包饺子，都高兴极了，围在桌子边转来转去，难免有时用手去整去捣乱，惹得他们的爸爸生气吆喝两声，这是全家高兴的另一种形式，其乐无穷。我和老吴结婚38年，从没有过家庭暴力，或者大吵大闹，即使偶尔发生口角，总是他让着我，看见我爱哭，他就用手刮我的鼻子，说我流猫尿了，摆笑话、学鬼脸来哄我开心、逗我笑。老吴很大方，看重同志友谊，别人向他借钱，他会毫不犹豫地借给他，但有的人不自觉，借了钱不还，我很有意见。

记得1972年，我三女伟清上山下乡那年，公司领导想不给我政府要求补贴的每个知青40元钱，我找领导理论，争取到了这应得的利益。40元钱在当时也是一笔不小的钱了，我很想为自己做一件新衣服，原有的一件出外做客的衣服两袖肘已破损不堪了，但最终没舍得。老吴倒好，将50元钱借给别人，几年了那人都不还，我叫老吴问他还，老吴不愿意，还说不还就算了。后来还是我在南门桥碰上那人，对他说我三女大学毕业了我要给她买块手表钱不够，请他还我们的钱，那人才不情愿地还了。有人说借钱是孙子还钱是老子，这话一点不假，我深有体会。我叫老吴以后遇到别人借钱的事往我身上推，由我来处理，可他口头同意行动还是照旧，有求必应，我也无可奈何。如果借的钱数额较小，借钱的人忘记还也就算了，如果数额较大，忘记还了我就去讨要。老吴在审美观上也有与众不同的看法。我也知道我既没有高挑的身材，也没有好看的脸蛋，一般的男人在这方面是非常挑剔的，但他不是这种男人，他在乎的是女人的内在美，他对我始终不离不弃。曾经有位区长笑过老吴，问他怎么不找个漂亮、年轻的爱人？老吴的回答是："漂亮又不当饭吃，只要她心地善良、知冷知热、诚恳待人、勤俭持家就行了！"

老吴在重庆工农干校读书时，有一位女同学对他很好，很关心他。开始时只是找他请教学习上的问题，后来向他请教如何处理自己家庭的离婚问题，言辞中流露出对老吴的好感，老吴察觉出苗头后立即主动回避疏远了那位女同学。老吴具有坐怀不乱的人品，对他的生活作风，我是一百个放心。

在家庭教育方面，我和老吴都是用传统思想、传统方法教育孩子，要孩子们堂堂正正做人，清清白白做事。作为老红军的后代，要继承红军的光荣传统，勤俭节约，吃苦耐劳，诚信待人，以善为本，永远跟着共产党，兢兢业业干工作。让我们引以为荣的三个孩子，都有点出息。大女儿晓英，共产党员，自考大学文科毕业，获得学士学位，曾担任县档案局局长，已退休。儿子晓红，当过知青，当过兵，共产党员，在石油部门隆昌油建机运处工作，是一名电工，曾任电工班班长，技术很好，1995年病退。三女伟清，成都体育学院毕业，分在泸州医学院体育教研室任教，副教授，是泸州体委授予的艺术体操金牌教练，曾经担任泸州市政协委员。

1968年，党中央号召知识青年上山下乡，老吴和我积极响应号召先后将3个孩子都送到农村接受贫下中农再教育。将大女送回老吴的老家下乡，是老吴亲自送她回去的，转户口和粮食关系是隆昌县第一个。在农村，大女事事争强好胜，重活、累活、脏活争着干，争当先进，不顾身体，例假期间也照样挑重担下水田，结果得了严重的肠胃病和妇科病，人瘦成光架架，颈子就像根磨芯。我看了心如刀绞地痛，我和她爸爸商量将她转回隆昌农村，一边治病一边继续接受贫下中农再教育。回隆昌后，吃了半年多的中药，大女的病才有所好转。大女比我聪明，转回隆昌办迁移时知道把生产队分给她的谷子换成粮票带回来。而我呢，当年在石洞农村劳动改造调回隆昌时却把分的粮食无偿交还给生产队了。家里有了晓英带回的粮食贴补，吃饭也不像从前那样紧张了，可以不定量了。晓英读书用功，是块读书的料，小学、初中成绩都在班上前一二名，可惜只读到初中二年级就没书可读了。晓英懂事早，很孝顺，知道心疼我，总是争取帮我干力所能及的家务事。一次她生病，粮站的刘叔叔给了她几颗糖，她舍不得吃，给我留着，放在枕头下，等我回来时，她掀开枕头去拿糖，糖全化了。晓英性格内向，不善于交往，更不懂官场上的那些道道，只知道老老实实、兢兢业业地干工作。女婿范金方，是农村青年，参军后提干相当于连职，1978年转业回隆安排在县计委，一般干部。这桩婚姻是我一手操办促成的，因为晓英自小多病，人又老实，我怕她离开我让我牵挂，所以我决定给她找个家居农村、性格好、会体贴人的丈夫。外孙范里，大学毕业后就在北京打工，他是一个非常孝顺的孩子，每年我的生日他总忘不了打电话祝贺问候；每次回家都要给我买礼物，都要到他姥爷的墓地祭拜；听说我骨质疏松需补钙，他一次就给我买了10瓶乐力钙，为了支持我走路锻炼；他先后给我买了3双运动鞋，两双李宁牌的，一双耐克牌的，一双耐克鞋500多元，我舍不得，叫他别买，可他却坚持要给我买。2004年范里考上了北航的研究生，我打心眼里高兴，我告慰老吴在天之灵，我们家也出了研究生了，让他继续保佑子孙兴旺发达。

儿子晓红，资质聪明，电工技术精湛，在他工作单位乃至社会上都小有名气。他虽没有大学文凭，但他有过硬的实践本领，有许多机器坏了，有的工程师都没有诊断出毛病，无法应付，而他到现场一看一听，就能判断得出故障在哪里、如何修理，可惜他们单位没有珍惜这个人才，没有发现这个人才。1995年，单位裁员，晓红办了病退。晓红在部队当了3年炊事班班长，操练得一手好厨艺，切得出一流的菜丝、肉片，家里来客人，三四桌不成问题，他轻而易举就能弄出色香味美的多样菜品，颇受客人称赞。家里逢年过节，几乎都是他打主力，其他人都给他当下手。在工作上晓红总是善待别人，有时他有点小发明小改革，得的奖金他从不放进个人腰包，而是交出来给全班的同志共享。晓红像他爸爸一样心胸宽大，宁可自己吃亏决不让别人受损。媳妇周建英，出生于干部家庭，父母亲都在交通运输管理所工作，建英当过几年知青，调出来后先在山川厂当质量检验员，后来调运管所，担任办公室主任。孙女吴曼大学毕业后在西安工作。

三女伟清，刚上初中就参加了县体委组织的女子小篮球队，球打得好。1974年成都体育学院到隆昌招生，女子小篮球队队员几乎都被录取了，三女也成了成都体育学院的一名大学生。她虽是工农兵大学生，但学习努力，成绩不错。1977年大学毕业后分配在泸州医学院任体育教师。1980年经人介绍三女与向伟结婚，我与老吴都认识向伟的父母，我们曾在泸州专署共过事。婚后小两口感情尚好，生下外孙向兴。后来三女应泸州体委聘请担任业余少儿艺术体操启蒙教练，一方面艺术体操是她的喜爱，另一方面也可以增加家庭收入。她兢兢业业，认真负责，全身心地投入到训练中，为泸州市培养了多名艺术体操人才，每届青运会她率领的少年艺术体操队都取得较好名次，为泸州市争了光，在泸州市体育界小有名气，深得体委领导和家长好评。2003年，三女被泸州市体委协商推荐当上了泸州市政协委员，为她爸爸、为我们吴家增了光。三女自当上业余艺术体操教练，就牺牲了大量的休息时间，无论是烈日炎炎的夏季，还是寒风凛冽的冬天，她都坚持训练，照顾家庭孩子的时间就相应减少了。然而她的苦、她的累，得不到对方理解，以至于走到离婚的地步，1997年离婚时，儿子向兴的监护权判给了男方，这是三女生平受到的最大打击。我希望三女能再找一个合适的爱人重组家庭，可她很倔，根本不考虑个人问题，把全部精力用在了工作上、训练上，除了工作还是工作。我最不放心的就是我的三女。但是我能活多久？我已是疾病缠身，而且是终身不愈的慢性病，不但不能帮助儿女们，还要给他们增加麻烦，增加负担。我多希望她能面对现实，婚姻失败了，完全可以再来一次，我企盼着我的三女能有幸福的晚年。往事如烟，我三个孩子都很懂事，特别勤俭，特别能吃苦，特别孝顺。大女晓英，参加工作未结婚前每月的工资都全部交回家。儿子晓红，当知青时为了多挣工分，和生产队主要劳动力一样挑水谷子，每挑150斤，挣得的工分款以及到磷肥厂挑土石方挣的钱都全部交回家贴补家用。在泸州医学院任教的三女伟清结婚前也是把工资的大部分交回了家，自己连一件好衣服也没有，相亲时还跟朋友借一件衣服穿。这些大大小小的事，点点滴滴我都没有忘记，现在想起来真有点愧疚，我没能给我的孩子们带来好日子。

现在我已是风烛残年，疾病缠身，起居生活都要人照顾，想帮孩子们，心有余而力不及，只能拖累他们，给他们添麻烦。每当我流露出这种想法的时候，孩子们都会安慰我，说我是他们的老祖宗、老宝贝，要我快快乐乐颐养天年。我轮流住在三个孩子家，三家人都对我很好，照顾得很周到，硬是把我当老宝贝一样呵护，怕我冷着饿着，怕我摔着，怕我不开心，陪我锻炼，陪我摆龙门阵，陪我看电视。我喜欢吃糖果糕点，家里就从没断过这些东西，一日三餐的营养他们也考虑得很周到。我原本不习惯喝牛奶，孩子们千方百计劝说我牛奶是最好的补钙食品，于是我也养成了每天喝牛奶的习惯。在孩子们的精心照顾和陪伴下，我活得无忧无虑、活得快乐开心！

2009年春于隆昌西怡苑

父亲讲的长征故事

吴晓英

我的父亲吴英德是一名普通的红军战士、共产党员，生前曾担任隆昌县人民政府副县长，县人大常委会副主任。父亲离开我们已经整整17年了，虽然他没有给我们留下什么物质财富，却为我们留下了一笔宝贵的精神财富，那就是红军精神。父亲给我们讲的红军长征故事已深深地铭刻在我们脑海中，成为激励我们前进的动力。

参加红军走上革命道路

1921年农历四月十六，父亲出生在四川省彰明县（今江油市）的一个贫苦农家，从小就过着吃不饱、穿不暖的贫穷生活，更不可能有机会上学。1933年，因家中还不上欠地主的债，12岁的父亲卖身3年抵债到地主家当小长工。在地主家，父亲受尽了欺凌和打骂。1935年年初，红四方面军长征来到彰明，将父亲从水深火热中拯救出来。“红军是共产党领导的队伍，是老百姓自己的队伍，不打人，不骂人，实行耕者有其田，人人有饭吃，人人有衣穿，人人平等，同志多亲爱。”扩红宣传员的这句话使父亲铭记终生，他积极报名参加了红军，被分在红四方面军9军76团3营8连当勤务兵。父亲从此走上了革命道路。

秋毫无犯

1935年5月，父亲跟随部队从中坝出发，开始了为时一年半的艰苦长征。部队经过茂县时，父亲因又渴又累在别人的杏树上摘了两个杏子吃，为这事连长处分了父亲，罚他在驻地举枪两个小时。当时父亲刚参军，不懂红军的纪律，反问连长为什么吃两个杏子也要受处罚，连长给父亲讲了三大纪律、八项注意，并告诫父亲红军是穷人的队伍，要爱护穷人，不能随便拿老百姓的东西。这件事在父亲脑海中留下了深深的印象，从此以后他事事处处以群众利益为重，再也没做过违反纪律的事了。

长征途中，红军战士缺衣少食、生活艰辛，但却从不白拿老百姓的东西，不损害老百姓的利益。父亲所在部队二过水草地返回达维、丹巴一带地区后，生活更为艰难。这一带的老乡由于长期的民族隔阂和国民党反动军阀的反共宣传，都带着粮食和家畜躲上了山。红军战士没有粮食吃，迫不得已，只有摘老乡地里的南瓜、海椒，树上的梨子充饥，每次摘了的东西都以高于市价的价格作价付钱，找不到老乡，就将钱放在地里或树下并附一张条子进行说明。后来，红军打垮了反动头人武装，老乡们也从红军战士秋毫无犯的行动中深切感受到红军与国民党军队的不同，陆续回到家里，主动给红军送来粮食、牛羊，还帮着干些背水砍柴的活儿。

战友情深

红军队伍中最真挚的就是战友情。战友之间团结友爱、互助互让的精神是红军精神的重要组成部分。漫漫长征路上，父亲不顾自己体弱多病、伤痛缠身，将自己唯一的一床羊毛毯送给了一位正在发高烧烧得浑身发抖的天全籍战友，从此以后晚上宿营就没有御寒的物品了。同样，父亲也得到了战友们的无私帮助，过旱草地时父亲的草鞋穿烂了，赤着脚艰难地尾随部队前进，石块草桩把一双光脚板划得鲜血长流，一位也掉了队的女战友看见父亲血淋淋的双脚，当即把准备自己穿的草鞋、毛袜送给了父亲，父亲穿上这双渗透着战友情谊的草鞋、毛袜，一下子觉得脚有力了，走起路来轻松了许多。父亲因伤病多次掉队，多次被收容，不管是被哪个连队收容，战友们都给予了他热情的关怀和无私的帮助。一次，父亲和几个小战友因掉队饿了4天饭，每天靠啃树枝、嚼草根维持生活，追上妇女排后，正赶上她们开饭，战友们个个都争着把自己碗里的青稞面糊糊拨给父亲他们吃，父亲端着饱含战友深情的糊糊，禁不住鼻子发酸，热泪长流，觉得碗里的青稞面糊糊比山珍海味还好吃。1936年10月，父亲跟随部队到达陕北，一天，他们与一支陕北红军相遇，大家像见到久别重逢的亲人一样，亲热地抱成一团。陕北红军见父亲他们个个衣衫单薄褴褛，不顾寒风刺骨立即脱下身上的衣服送给战友穿，有两件的脱一件，有三件的脱两件，父亲和战友们穿着还带着战友体温的衣服激动得泣不成声，大家心里都热乎乎的。

坚强的意志和执着的追求

长征途中，父亲跟随部队爬雪山过草地，吃树皮嚼草根，经历了生与死的严峻考验，表现了一名普通红军战士对革命事业一往无前、执着追求的大无畏精神。1936年年初，川西道孚县一带瘟疫蔓延，数以百计的红军战士染上了当地可怕的“胀鼓病”而被夺去生命，父亲也得了这种病，上吐下泻，高烧昏迷了几天几夜，在医护人员的全力抢救下总算幸运地逃脱了死神的魔掌，奇迹般地活了下来。刚能拄着棍子下地走路，父亲就背着医生悄悄离开医院独自一人追部队去了，从道孚追到朱倭，300来里的路程父亲整整走了10天，饿了吃把生麦子，渴了捧点路边的脏水喝，累了、困了就倒在路边打个盹。到了朱倭后，父亲原来的部队因减员太大已改编合到其他部队了，一支后勤部队收留了父亲，安排他放牦牛，硝制羊皮，为继续北上做物质准备。这时红二、四方面军已在甘孜会师，张国焘被迫取消了伪中央，同意部队北上，红四方面军的广大指战员得救了！父亲和他的战友们都情不自禁地欢呼雀跃。1936年7月，部队离开朱倭北上时决定留下一部分老弱病残战士就地隐蔽安置，父亲也被留下了，但父亲却说什么也不愿意留下，下定决心，就是爬也要爬到陕北。等部队出发后，他就悄悄尾随，直到第六天，被首长发现了，首长被他的精神所感动，终于同意父亲跟随部队一起北上。部队进入茫茫旱草地后，在一个叫羊花桥的地方遭遇到国民党特务操纵的藏人反动武装的袭击，父亲和一位姓高的战友负了伤，父亲伤到大腿，高战友伤到腰，当时缺医少药，卫生员只有用盐水给战士们洗伤口。父亲拖着伤腿拄着棍子一瘸一拐地跟着部队继续赶路。后来父亲又掉了队，腿上的伤口还在冒血，所带粮食颗粒也没有了，面对伤痛和饥饿，父亲毫不畏惧、毫不退缩，只有一个信念：北上、北上、北上！

靠着坚强的毅力，父亲走出了一望无际的旱草地。在岷州附近，父亲被四局的一支后勤部队收留，首长安排他喂马，父亲又当上了马夫。父亲随部队继续往陕北走，一路上遭到国民党飞机的狂轰滥炸。在会宁轰炸时，很多红军战士被炸死了，父亲他们住的房子也被炸塌了，幸亏他们几个人躲在土炕边才没被炸着。往陕北的路上父亲印象最深的是过河连湾（音），河连湾在洪德城附近，当地人叫七十二道水不干，就是刚过了一道河湾脚上的水还没有干，又接着过一道，这样一道接一道，共有72道。那时已是寒冬腊月天气寒冷，打霜下雪了，父亲和战友们都还穿着单衣单裤，打双光脚板，最好的也就是有一双草鞋穿。父亲说过这个河连湾比走十几天路还恼火。父亲和战友们踩在冰冷刺骨的水里，起初还觉得像刀子割一样钻心地痛，后来脚就完全失去了知觉，像木头一样只晓得机械地往前迈。穿草鞋的同志草鞋帮子上结起一层冰，走起路来“刷刷刷”地响，马的蹄子也冻得起了凛冰，每一个人的眉毛胡子都成了白的。过了河连湾，父亲和战友们的脚都被冻得裂满了冰口，有的冰口大得像小娃娃张着的嘴巴。为了防止冰口越裂越大，宿营时父亲和战友们找来羊尾巴，把它放在火上烧化，让羊油滴在裂开的口子里，然后用针线把张开的裂口强行缝拢来，第二天照样行军赶路。就这样，靠着坚强的毅力和对革命事业的执着追求，父亲和战友们终于到达了陕北保安，到达了日思夜盼的地方。

父亲在他的回忆录中写道："一年半的长征生活，锻炼了我的意志，磨炼了我的筋骨，坚定了我的革命信念。漫漫的长征路上留下了我一串串坚实的脚印，洒下了我一滴滴殷红的鲜血和辛劳的汗水。我和寒冷斗争，和饥饿斗争，和疾病斗争，和伤痛斗争，和一切困难斗争。我执着地追求，掉了队又追赶队伍，掉了队又追赶队伍，终于战胜了重重困难，到达了陕北。为此，我感到自豪，感到骄傲！我从内心深处感谢首长和战友们对我的关怀和照顾，我深切地怀念牺牲在长征途中的战友。'红军不怕远征难，万水千山只等闲。'我从自己的亲身经历中体会到在红军战士面前，没有战胜不了的困难，没有过不了的险关。"

（原载于2006年第5期《四川档案》"纪念中国工农红军长征胜利七十周年特刊"，2006年7月25日《晚霞报》，2006年7月30日《内江日报——长江周刊》，2006年12月20日《隆昌文化报》。）

佛尔瓜烧鹅，一道难以忘怀饱含父爱的菜肴

吴晓英

我的父亲吴英德，离开我们已经30个年头了，可是他的音容笑貌还经常萦绕在我的脑海，他的教诲还经常响在我的耳边。让我难以忘怀的是父亲在生活困难时期为我们创建的一道菜肴——佛尔瓜烧鹅，以及他在带领我们创建这道菜肴的过程中让我们受到的教育。

那是发生在20世纪60年代初生活困难时期的事。当时父亲在重庆工农干校上学，母亲被错划为“右派”在三龙桥铁厂劳动改造，留在家里的我们老的老、小的小，吃了不少苦头。我们吃过“仙米”（白泥巴），吃过糠壳，吃过鹅儿肠，吃过好多种叫不出名的野菜，凡是听说能充饥的东西我们都尝试着弄来吃过。那几年开水冲酱油是我们最常用的充饥“食物”。弟弟吃了“仙米”做的粑粑拉不出屎，蹲在厕所里撕心裂肺地哭，以致造成严重肛裂而住院。一次，弟弟误把堆在政府三号办公楼一个角落的巴豆当成板栗吃了，结果上吐下泻病了好多天。妹妹饿极了，找不到充饥的食物，就去抠桃树上的桃子油吃。为了安慰饿得扁塌塌的肚皮，我学着同学的样，用一个玻璃瓶装半瓶盐水，找些菜茎、菜根什么的泡在里面，饿了就夹点出来吃。有同学告诉我芋子的茎可以吃，我信以为真弄了些泡在瓶子里，结果吃了以后出现大问题，整个口腔包括嗓子、喉咙又麻又痒又痛，脖子前面红肿了一大片，难受得我不停地甩舌头，抠嘴巴，又是跳又是哭。为了寻找吃食，我曾多次带着弟弟、妹妹到乡下收割后的田土里寻找红苕根根，麦穗、胡豆格、豌豆格等遗弃在田边土角的粮食，但每次收

获都很小。一次我拿着家里盖泡菜坛的钵钵和一群小伙伴到农场附近的田坎边撬侧耳根，刚到田坎边还没开始撬，就遭到大人们的呵斥和追赶，小伙伴们撒开脚丫四散逃跑，我由于慌乱掉进田里，脚被烂泥扯住，侧耳根没挖到，倒把钵钵弄丢了，草鞋也被烂泥扯掉一只。

国家处于困难的1960年至1962年期间，父亲主动下降一级工资，与国家共渡难关。这段时间，父亲在重庆工农干校学习得了肿病，周身浮肿，整天四肢无力，头昏眼花，但他仍然坚持学习。1960年，学校放暑假了，我和弟弟、妹妹都掰着指头算日子，盼着父亲快点回家来，母亲从厂里提前一天回到家等着父亲归来。当父亲出现在我们面前时，大家都惊呆了，父亲被肿病折磨得面目全非。母亲见状禁不住泪如雨下，父亲却满不在乎地安慰母亲："不要紧！"往常，父亲回家，是我们三姊妹最快乐、最高兴的时候，我们会像小鸟一样扑向父亲，围着父亲转，围着父亲亲，任由父亲硬叉叉的胡子在我们脸上扎来扎去，可这一次，弟弟、妹妹直往母亲身后躲，父亲得肿病人像都变了，让弟弟、妹妹不认识了。母亲难过得偷偷痛哭了一场，她用供应肿病病人的半斤黄豆磨成粉调羹羹给父亲补充营养，可父亲舍不得吃，硬要分给大家一起吃。

1961年元月，父亲毕业了，从重庆回到家时我和弟弟、妹妹正在用蚊帐筛糠壳，我们要将筛出的细糠和点高粱粉做粑粑吃。看见父亲回来了，我们欢呼着、雀跃着扑向父亲，接过父亲的包包就翻，看里面有没有什么吃的东西。以往父亲外出回来，每次都会给我们带点礼物，哪怕是几个冷馒头，可这次什么也没有，父亲说拿着钱也买不到吃的东西。父亲抱着妹妹亲了亲，捧起我们筛的细糠看了又看，揉了又揉，那个糠里面看不见一点米花花，用水搓揉，根本揉不拢，一捏就散。父亲眼圈红了，掉泪了，这是我第一次看见父亲落泪。第二天，父亲带我们去火车站餐馆吃了一顿，弟弟因长时间没吃过包子、馒头之类的食物了，馋得不得了，使劲地吃，吃撑了，住进了医院。在医院住了几天，母亲每天给他买一个麦鱼鳅（用面粉做的像鱼鳅状的食物），出院时，弟弟说什么也不愿意出院，说出了院就没有麦鱼鳅吃了，弄得母亲心酸酸的、哭笑不得。

我们曾经埋怨过父亲，父亲不在家的这两年该享受的一些待遇也享受不到，看见别人买代食品饼子，我们却一个也买不到，看见别人家的孩子有代食品吃，我们却只能眼巴巴地望着。一次农场供应每个县级领导一只鹅，一天早晨，一个人提着一只鹅到我家敲门，问："吴县长在家吗？"我一边回答："没在家。"一边跑去开门，开门一看，送鹅的人已提着鹅走了，只听见远远传来"嘎嘎嘎"的鹅叫声。我和弟弟、妹妹后悔了好一阵，如果我回答父亲在家，那不是就能吃到鹅肉了吗？父亲听了我们的诉说，语重心长地对我们说："娃儿们，不要后悔，爸爸没在家就是没在家，绝不要撒谎。爸爸不在家，不应该得到照顾，爸爸就是在家，也不会要照顾的。广大群众都是这样过，我们也能过，我们没什么特殊的地方。现在是苦一点，但每月到底还有10多斤粮食供应。爸爸当兵那阵，饿肚子是经常的事，天天还要行军打仗，野菜野果充饥就更是家常便饭了。爸爸长征过水草地时因缺粮啃过树枝，吃过草根，连皮带都割了几截来吃。过旱草地时断了3天粮，爸爸饿着肚子一样追赶部队。你们现在和爸爸那时是没法比，不知要好多少倍。所以，娃儿们，要晓得好歹，要学会吃苦。"我们听了父亲的话，觉得很对，也为自己过去的想法感到脸红。

一次，粮站的刘叔叔给了我们一张20斤的稗子粉票，这对我们是一个很大的诱惑，我们非常高兴也非常期盼，可是父亲却坚持要叫我们将稗子粉票退还给刘叔叔，我们只能照父亲的要求做，将稗子粉票退还给了刘叔叔。当时，粮食实行统购统销，在自由市场买卖粮食是违反国家政策的，是犯法的。父亲对家里人说："我是一个共产党员，宁肯饿细肠子也不干违法乱纪的事，我们家的人谁也不准到自由市场买粮食。"不能买粮食，就只能以菜代粮。每个逢场天，家里人都要去买几十斤红萝卜或者牛皮菜，星期六、星期天母亲还挑上箩篼到乡场去买，乡场要比城里好买些。10斤牛皮菜，1斤高粱粉，煮成一大锅菜糊糊，这就是我们家那段时间餐桌上的主打食物，我们三姊妹喝了一碗又一碗，只要能填饱肚子，我们什么都能吃。父亲经常夸我们懂事，知道好歹。

父亲回来了，我们觉得有了主心骨。在母亲不在家的日子里，父亲不仅给了我们如山的父爱，还给了我们温柔细腻的母爱。一次妹妹头上长脓疱疮，父亲用碘酒消毒后轻轻地为妹妹挤脓疱疮内的脓血，怕妹妹哭还专门为她准备了一颗糖，治好后，妹妹头上再没长过脓疱疮。为了贴补家里粮食的不足，父亲利用空余时间带我们去挖野菜，教我们认识灰灰菜、野油菜、车前草等各种野菜。父亲告诉我们，长征途中能找到车前草、灰灰菜就是最好的了、最安全的了，那时很多战士吃了不认识的野菜而中毒，上级专门成立了野菜委员会，教大家识别各种野菜，所以父亲认识很多种野菜。父亲还给我们讲延安大生产运动，讲延安军民自力更生丰衣足食的故事。父亲带着我们在院坝里种上了几窝佛尔瓜，并叫母亲买回几只小鹅仔、小兔崽、小鸡仔，分配弟弟放鹅，妹妹养兔，我喂鸡。每天放学后，弟弟就拿着竹竿去放鹅，我和妹妹去扯兔草、找喂鸡的虫子。随着时间的推移，佛尔瓜发芽了，长叶了，牵藤了，结瓜了，父亲带着我们给佛尔瓜浇水、松土、施肥、捉虫、搭瓜架子。小佛尔瓜一天天长成了大佛尔瓜，弟弟喂的小鹅也长成了大鹅，妹妹养的兔子下了6只小兔，我喂的鸡也开始生蛋了。一个星期天，母亲回来了，父亲抓了一只鹅宰杀了，我们把凳子搬到瓜架下，站到凳子上摘瓜，一次就摘了10多个大佛尔瓜，父亲亲自下厨为我们做佛尔瓜烧鹅。那个时候的人不讲究味道，只在乎填饱肚子，而且物资匮乏也没什么调料，我看见父亲在做佛尔瓜烧鹅这道菜的时候只放了一点盐和酱油。中午，随着父亲“开饭了！”的大声吆喝，一大盆香喷喷的佛尔瓜烧鹅摆在了餐桌中间，我和弟弟、妹妹高兴得手舞足蹈，三双筷子迫不及待地伸向了菜盆。真香啊！那个味道，至今想起来还馋得流口水。从此，佛尔瓜在我家院子里生长了几十年，伴随了我们几十年，从姚家巷21号到里仁巷77号红军院，佛尔瓜都长势良好，“佛尔瓜烧鹅”成为我家最具有家的味道的传统菜肴。1989年，父亲去世了。为了纪念他，每年佛尔瓜收获的时候，全家人都要聚集在红军院，做上一盆“佛尔瓜烧鹅”，寄托我们对他老人家的怀念之情。每当这个时候，父亲带领我们种佛尔瓜、为我们做“佛尔瓜烧鹅”的情景就会浮现在我们眼前；父亲讲的长征路上的故事、延安大生产运动的故事就会浮现在我们脑际；父亲那句

“我是共产党员，宁肯饿细肠子也绝不干违法乱纪的事”的铿锵话语就会在我们耳边响起。2006年，红军院拆除了，父亲种下的佛尔瓜也烟消云散了，但父亲为我们创建的“佛尔瓜烧鹅”这道充满父爱、充满家的味道的菜肴却永远留在了我们的心中，父亲在带领我们创建“佛尔瓜烧鹅”这道菜肴的过程中对我们的教诲永远留在了我们心中。

（原载于政协隆昌市委员会文史资料委员会编印的《隆昌文史资料选辑24辑》）

缅怀老红军吴英德同志座谈会纪要

四川隆桥化工集团有限公司

时间：2015年11月12日 上午

地点：四川隆桥集团有限公司三楼会议室

主持人：林扬树

记 录：罗应德 吴晓英

参加人员：林扬树（董事长）、汪春明（董事 总经理 党委委员）、易国辉（董事 总工程师）、罗应德（党委委员 工会主席 合成氨厂厂长）、曾贤亮（党委委员）、彭宗彬（机关一支部书记）、曾大廷（机关二支部书记）、林文根（化工总厂一支部书记）、潘亚雄（化工总厂二支部书记）、唐伟（精细化工支部书记）、蔡金德（综合支部书记）、曾凤英（发展管理中心主任）、范嗣桂（监事 总会计师）、王朝良（天云公司董事 车队队长）、邬家庆（基建员）、邱学余（原党委书记 原监事会主席）、欧泽友（原副总经理）、吴晓英（吴英德之女）

林扬树讲话：前段时间，老红军吴英德的女儿吴晓英对我说，2021年是她父亲诞辰100周年，她准备在1994年编写的《忠魂》一书基础上，再多方征集一些资料，编写一本纪念红军战士吴英德诞辰100周年的书，请我找一些当年建厂的老同志开个座谈会，再补充征集一些资料，使书的内容更加充实、完善，我欣然同意。老红军吴英德是氮肥厂的创始人，为了筹建氮肥厂，他呕心沥血，事必躬亲，做了大量的、细致的、默默无闻的艰辛工作，我们都很敬重他，为他树碑立传，我们义不容辞。今天召开的会议，只有一个内容，就是缅怀老红军，传承红军精神，怀念回忆老红军吴英德在筹建氮肥厂中的丰功伟绩以及他在氮肥厂工作生活的点点滴滴。参加座谈会的有1972年第一批进厂的老同志邱学余、欧泽友、蔡金德、范嗣桂等同志，有发展管理中心的全体老同志，有集团公司在家的所有领导、党委委员和各支部书记。今天之所以将公司领导、党委委员、各支部书记都请来参加这个座谈会，就是为了将这个座谈会开成学习、怀念、传承红军光荣传统的会议。继承和发扬红军精神，走自力更生、艰苦奋斗的道路，是我们企业文化的重要组成部分，各支部书记回去后要组织党员认真学习讨论。

吴县长在筹建氮肥厂的道路上默默无闻地、不辞辛劳地做了大量工作，希望在座的各位老同志能尽量回忆其中的点点滴滴，以帮助吴晓英同志充实她所掌握的资料。

老红军吴英德是建设氮肥厂的第一任负责人，在他的直接指挥下，建厂历程始终贯穿着自力更生、艰苦奋斗的精神。这种精神，就是红军精神，就是氮肥厂、隆桥化工集团有限公司始终秉承传承的精神。今天，我们回忆这种精神，就是一种传承、一种提倡。“自力更生，艰苦奋斗”，这也是我们企业文化的重要内容之一。为了缅怀老红军吴英德，为了传承“自力更生，艰苦奋斗”这种精神，我和古苇总经理、曾凤英主任、王朝良大队长、郭德平主任一起专门到成都林扬成主任家，找他研究，写一篇怀念吴老红军的文章。写这篇文章，回忆这种精神，就是一种传承，我们也提倡。现在林主任已完成了初稿，今天会议的第一个议程就是先议一下林主任写的《忆老红军吴英德的氮肥情怀》这篇文章，看大家还有没有什么补充。下面请党委委员、工会主席、合成氨厂厂长罗应德同志念林扬成同志写的文章《忆老红军吴英德的氮肥情怀》。

罗应德：读林扬成同志文章《忆老红军吴英德的氮肥情怀》（编者注：文章内容已登载在前，此处略）

吴晓英发言：首先，我要感谢林扬树董事长，感谢今天参加会议的同志们，感谢隆桥化工集团有限公司全体干部职工。本来，我认为今天的座谈会只是请一些老同志座谈征集资料，没想到林董事长将座谈会的规格提到最高，在家的所有公司领导、党委委员、支部书记都参加了会议，并明确指出会议不仅是征集资料，更是缅怀红军丰功伟绩、传承红军精神的一次会议。这让我非常感动。我父亲已去世26年，大家没有忘记他，仍然这样尊敬他、爱戴他，我代表我的母亲、代表全家人谢谢林董事长，谢谢同志们。

我的父亲1935年参加红四方面军时还不满14岁，他跟随红军爬雪山过草地，长征路上，患过重病，负过重伤，靠着顽强的毅力，历尽艰辛到达延安。在延安，父亲先后在凉水庵联络站、延川联络站，陕甘宁边区政府交际处、警卫连、粮食局，中央党校担任通讯员、警卫员、公务员，父亲干一行爱一行，不管干什么工作，他都全心全意把它干好。1945年，父亲在中央党校加入了中国共产党。抗战胜利后，父亲随干部大队奔赴东北。在东北，父亲和另外3个同志一道白手起家，组建了一支骑兵连，驰骋疆场，英勇杀敌，与土匪、国民党反动派军队鏖战数百场。辽沈战役结束后，父亲先后在四野总供给部，东北军区后勤部、招待所担任出纳、行政管理员、所长。东北解放后，父亲响应党的号召，挺进大西南，回到四川。解放后，父亲一直从事经济工作，他把隆昌县第一个国营贸易公司办得红红火火，掌握物资，平抑物价，促进商贸，保证粮食供应，保护正当工商业合法经营，打击不法商人，为巩固新生红色政权发挥了重要作用。“文化大革命”期间，父亲作为领导干部，肩负起全县抓生产的重任。他始终以抓生产为己任，以发展地方工业为己任，先后领导建起了磷肥厂、纸厂（糖厂造纸车间）、氮肥厂、水泥厂、国营车队。建设氮肥厂，是父亲多年的心愿和梦想。建设氮肥厂，从选址、搞“三通一平”、建厂房到立项，从组建建厂班子、材料采购、设备安装到试车投产，每一步都凝聚了父亲的心血和辛劳、都彰显了父亲公而忘私的高尚品德。为了早日建成氮肥厂，早一天让农民兄弟用上氮肥，父亲殚精竭虑，恨不能一天当作两天用，恨不能把自己的一切奉献给氮肥厂，奉献给党的事业，这期间，他把氮肥厂当成了家，把家当成了旅馆。更难能可贵的是，就在氮肥厂筹建工作进入关键时期，厂房没有建起、“三通一平”尚未完工，设备也没要到（即没立上项）的1971年6月，宜宾地革委要将父亲调走，通知他“听候通知，等待分配”，实际是变相让他靠边站。父亲本可以要起来等，但他没有这样，他一天也没有等待，一分钟也没有要起，而是以更加昂扬的斗志投入到建设氮肥厂的战斗中。父亲在创建氮肥厂的过程中，依靠党，依靠群众，依靠干部，依靠科技人员，依靠工人，坚持实事求是，坚持科学就是生产力，坚持自力更生、艰苦奋斗。他始终与省化工局、化工设计院等科研单位保持着密切联系，使他们成为建设氮肥厂的坚强后盾；他走门串户动员了一批当时“靠边站”的县级中层领导干部走上建设氮肥厂的各个岗位，成为建设氮肥厂的中坚力量；他组织带领有关人员先后到8个兄弟县市氮肥厂参观学习，做到心中有数，少走弯路；他积极争取社会各方面，特别是市属以上各大厂矿企业对氮肥厂建设的支援和帮助，节约了大量人力、物力、财力，加快了氮肥厂的建设速度；他尊重知识、尊重人才，将一批有文化、有能力、有干劲的知识分子、大中专毕业生集结到厂矿，成为建设氮肥厂的生力军；他重视职工的技术培训和文化学习，特别关注新招工人的政治文化素质，将他们视为建设氮肥厂的主力军和氮肥厂能否成功、发展的关键，送他们到兄弟氮肥厂学习实习，掌握氮肥生产的全套技能……由于父亲的执着和担当，隆昌县氮肥厂的建设速度站在了全省同批项目的前列，而且一次开车成功，投产后稳步发展。这些成绩的取得，凝聚了全厂干部职工的心血、辛劳和努力，凝聚了父亲对隆昌人民的热爱、对氮肥厂的热爱。如果父亲在天有灵，知道他亲手建起的氮肥厂经过改制、经过市场经济的洗礼，已发展成四川隆桥化工集团有限公司，而且越做越大，越做越强，他会非常开心，非常自豪！

邱学余发言：今天有幸参加老红军、老前辈吴县长丰功伟绩回忆座谈会，深感荣幸。听了罗应德主席读林扬成同志写的文章《忆老红军吴英德的氮肥情怀》以及吴晓英同志的发言，很受感动。吴老是氮肥厂的开山祖师，他虽然离开我们已有20多年，但我们永远忘不了他，每次厂庆，都要怀念他、提及他。他在建厂时指挥工程人员刻在厂区水泥框架柱子上的“自力更生，艰苦奋斗，勤俭建国”12个大字还一直保留在厂区，时刻提醒全厂干部职工继承和发扬革命的光荣传统，走自力更生、艰苦奋斗、勤俭建国的办厂道路。

我是1972年2月第一批招工进厂的工人，实际进厂时间是1971年年底，我1966年在农村就加入了中国共产党，在新工人中算得上凤毛麟角，进厂后表现突出，与吴县长接触较多，也比较了解他。他虽然是老革命、老红军，但没有一点架子，平易近人，和蔼可亲，与我们打成一片，我们都很尊敬他、喜欢他。

“文化大革命”时期，粮食不够吃，农民忍饥挨饿种庄稼，因为缺乏肥料，收成不好。当时隆昌严重缺肥，化肥是计划供应，分到生产队的化肥少得可怜，农民们只好用废油桶到泸天化装稀氨水拉回隆昌当化肥用，杯水车薪，根本解决不了什么问题。要想从根本上解决隆昌缺肥的问题，只有建自己的氮肥厂。当时隆昌有三大工程，一是修沱灌解决水的问题，二是建氮肥厂解决肥的问题，第三项工程是什么记不起了。吴县长作为县革委生产指挥组的组长，主管工业，挑起了建设氮肥厂的重担，担任筹建氮肥厂指挥长，肩负起为隆昌50万人民造福的历史使命。县里各个部门的老干部还有董河江、韩立人、李振家等也参加了筹建工作。吴县长在指挥筹建氮肥厂的工作中，充分体现了老红军的本色，他坚持走自力更生、艰苦奋斗的道路，求真务实，苦干实干，讲究科学，联系群众，爱护农民。从氮肥厂的选址，就体现了吴县长高瞻远瞩，对人民高度负责的精神。隆昌是一个人多地少的农业小县，人均不足5分地，为了保护耕地，不与农民争地，将厂址选在了高洞桥庙子坡，那是一个荒凉的山坡，占地面积很少。

氮肥厂能立上项也多亏吴县长。当时是计划经济年代，只有立上项的氮肥厂才能得到国家承认，否则就是非法的，而氮肥厂的立项指标是有名额限制的，各个县都在争，斗争非常激烈。为了争取隆昌氮肥厂立项，老红军费了很大的劲，付出了常人难以想象的努力，终于将指标争到了手。

建厂初期，环境非常恶劣，生活非常艰苦，老红军率领一班人驻守在荒无人烟的庙子坡搞建设，他吃住都在工地，和大家一起过苦日子。没有切菜的地方，就用一根扁担架在两个箩篼上，用扁担当菜板；没有烧火做饭的地方，就用3块石头垒个灶，铁锅坐在上面，捡干树枝当柴烧。住的是用篾巴折搭建的临时工棚。炊事员张大兴每天都挑着箩篼跑牛佛买菜，很少见到油荤。

我们第一批工人按照老红军的意见招的都是具有初中以上文化程度的农村回乡知识青年。招的108人中，只有一人是下乡知青，其余都是回乡知识青年。回乡农村青年能吃苦，舍得干。氮肥厂的各道生产工序都需要吃苦耐劳、有知识、有技能的工人。我们进厂后，先在党校学习了一段时间，吴县长来了党校几次，给我们作革命传统报告，讲红军爬雪山过草地以及长征路上的许多感人事迹，讲自力更生、艰苦奋斗以及延安的大生产运动，讲三大纪律、八项注意以及战争年代革命军人遵守纪律、爱护群众的动人故事，讲学习知识、学习技能的重要性，讲为什么要建设氮肥厂以及建氮肥厂的重要意义和作用，要求我们要珍惜这次进厂当一名现代化工厂工人的机会，好好学习，努力掌握生产技能，争取学习回来做到一次开车成功，成为工厂的生力军、主力军……老红军的这些讲话，我现在还记忆犹新。

1972年2月1日，我们第一批进厂的新工人除留了4人在厂搞建设外，其余的分成两个队赴外地培训学习。第一队由胡金才带队，到富顺氮肥厂造气工段培训学习，第二队由赖志斌带队到简阳氮肥厂碳化、压缩、机修车间培训学习。我是到的简阳学习。老红军对我们要求很严格，临出发前又给我们谈了一次话，要求我们认真学习、刻苦钻研，遵守规章制度，注意安全，尽快掌握生产技能，做到一次开车成功。我们在外学习了半年，这期间，老红军抽出时间多次到富顺、简阳看望我们，了解我们的学习生活情况，鼓励我们好好学习，帮助我们解决一些生活上的实际困难和问题。按照老红军的要求，我们第一批新工人学习都非常刻苦。虽然生活艰苦，工资也少，一个月只有26元，但没有一个人叫苦，每个人都在尽自己的最大努力学知识、学技能，因为我们肩负着一次开车成功的重任。

学习半年回到厂后，厂还没有建起，我们又投入到紧张的基建工作中。投产前，吴县长大部分时间住在厂里，亲自指挥基建、采购、安装等工作。在基建工地，在安装现场，总能看见老红军的身影，他善于倾听项目负责人、工程技术人员、工人的意见，工作有魄力，随时拍板解决工地上遇到的各种困难和问题。投产后，吴县长也经常到工厂调研、指导工作，对工厂的生产、安全、技改等工作提出具体意见和建议，还多次到厂给全厂干部职工作革命传统报告。老红军离休后，仍心系氮肥厂，关心工厂的建设和发展，多次回厂看望大家，了解生产经营状况，了解干部职工思想动态。我想，如果没有老红军吴英德的艰苦创业，可能就没有隆桥化工集团有限公司的今天。隆桥化工集团有限公司在红军精神的鼓舞下，继承和发扬了光荣的革命传统和作风，经过几代人的努力，才有了今天的辉煌。

欧泽友发言：我是第一批招进氮肥厂的工人，是从农村出来的。20世纪六七十年代，农村生活非常艰苦，干一天活路回去只有喝两碗清溜溜的高粱羹羹，粮食产量很低，一挑田收不了多少谷子，大家只能饿肚子。产量上不去的主要原因是缺肥，人都没得吃，更养不起猪，产不了肥。为了解决农业生产缺肥的问题，县上决定建氮肥厂，吴县长是筹建组的负责人、指挥长，为了早日建成氮肥厂，他付出了极大努力和辛劳。氮肥厂建起后，对提高粮食产量，改善农民生活起了很大作用，周边的县也沾了光。隆昌氮肥厂的建立，给隆昌人民做出了很大贡献。

我们这批新工人进厂后，对吴县长的印象很好，我们都很敬重他、喜欢他。起先，我不认识他，后来才知道他是老红军、老革命，是他一手建的氮肥厂。他跟我们在一起很随和，一点架子也没有，与我们交谈，与我们摆龙门阵，我们一点也不感到拘束。吴县长很看重我们这批新工人，对我们寄予厚望，他要求我们要继承和发扬革命先辈一不怕苦、二不怕死的大无畏精神，认真学习，刻苦钻研，战胜学习上的拦路虎，尽快掌握现代化的生产技能，真正成为工厂的主人，成为建设氮肥厂的生力军，技术能手。我们第一批工人绝大多数都是农村出来的，单纯朴实，吃得苦，耐得劳，我们承载着老红军的厚望，肩负着建设氮肥厂为全县人民造福的重托，分赴简阳、富顺两县氮肥厂学习培训。我们学习技术很刻苦，巴不得多学点东西，生怕漏掉了师傅教的一点一滴，有搞不懂的问题，哪怕熬夜到凌晨也要弄清楚了才上床睡觉。我们这队在简阳学习，简阳的生活比隆昌好，四清时简阳没有收走农民的自留地，而隆昌却收了农民的自留地，所以隆昌人民生活更苦。在简阳学习了半年，吴县长来看望了我们几次，每次都对我们鼓舞很大。学习结束回到工厂后，我在化工车间当操作工，吴县长经常到车间来检查工作，和工人交谈，了解生产情况和工人们的思想状况以及工人们的诉求。他平易近人，和蔼可亲，我们大家都很尊敬他，愿意与他交朋友，说心里话。

范嗣桂发言：我是黄家农村的，氮肥厂招的第一批工人。招工要求初中文化，我在生产队算是有文化的人，担任记分员，能写会算，领导推荐我到氮肥厂当工人。那时我家里很穷，我的个子也很矮小，招工面试那天，我还穿着围腰正在干活路，叫我写一个自传，我按要求写了，不久得到氮肥厂招工录取通知。我们这批新工人进厂后，就被送到富顺、简阳氮肥厂学习培训氮肥生产操作技能，只留了4人在厂帮助搞基建、行政后勤等工作，我是被留下的其中一个。氮肥厂的建设早在1970年下半年就开始了，我们进厂时，基建工程还没完成，我们住在工棚里，生活非常艰苦。为了建设氮肥厂，身为指挥长的老红军吴英德调集了县委、政府各大局行的精兵强将投入到氮肥厂的建设中，分别负责各个部门和重要岗位的工作，其中我知道的有：郭汉耆先是保管，后来管供销任供销股股长，吕金高管政工任办公室秘书，冯清华也是保管，后来担任过碳化车间主任，曾佐富负责管理现场土建、曾任生技股副股长……老红军对大家要求非常严格，分配的任务必须保质保量按时完成，并率先垂范，做出榜样。他带领的团队每一个人都很能干，都对工作认真负责、充满热情，都坚持原则、不徇私情。

我刚进厂时，分在曾佐富领导的现场土建，负责收土石方。曾佐富工作非常认真，坚持原则，当地民工送了他个外号“曾烙铁”。我也尽量要求自己按照老红军的教诲去做，虚心向老同志们学习请教，很快熟悉了收土石方的工作，我能很快算出收方的数量，并不徇私情，耐心帮助那些弄虚作假想蒙混过关增加土石方量的少数农民工认识错误、改正错误。基建工程结束后，厂里开始设备安装，八化建、二号信箱、山川机械厂、井下作业处、川南电业局、道钉厂、工农煤矿、永荣矿务局隆昌煤矿、永达煤矿、农机厂、磷肥厂等单位都派出了技术人员和工人来帮助氮肥厂搞安装。我被安排在后勤组管理安装工人的伙食。

当时生活艰苦，物资匮乏，米面油蛋肉糖等都是紧俏东西，要凭票供应，老红军要求我们开动脑筋，千方百计办好安装师傅的伙食，保证他们吃饱、吃热、吃好，以顺利完成安装任务。老红军却和我们一样顿顿吃粗茶淡饭，好东西都让给安装师傅吃，他自己从来不沾一口。安装工程完成后，厂里安排我到财务室搞财务工作，当时财务室只有刘洪康会计一个人。他工作认真，业务熟练，手把手带我。我也很虚心，很刻苦，很快进入角色，熟悉了财务工作的全部流程，以后我就一直从事财务工作，现在已经是高级经济师、会计师。我自进厂以后，就知道建氮肥厂来之不易，建氮肥厂是为隆昌人民办好事，办实事，有了氮肥厂，隆昌摘掉了缺肥帽子，农业丰收有了保障。我自己也经历了建厂初期的艰难，更感到氮肥厂的来之不易。老红军吴英德在氮肥厂的建设中，功不可没，从氮肥厂的选址、立项、基建、采购、安装、试车投产，每一步都浸透了他的心血、智慧、辛劳。可以这样说，没有老红军的努力，就没有我们厂的今天。我们感谢他，永远怀念他。我从1972年进厂到现在已干了44年了，我要珍惜这份荣誉，继承和发扬红军精神，继续为隆桥化工集团有限公司的发展壮大贡献自己的力量。

蔡金德发言：氮肥厂第一批招工指标是占的八化建的指标，我们这批一共招了108名，因学习困难学不走的退了4名，实际104名。老红军吴英德对我们这批工人寄予厚望，要求非常严格。我们进厂后先到党校培训了一段时间，老红军来党校给我们讲了几次话，做革命传统报告，要求我们要向解放军学习，遵守三大纪律、八项注意，与当地老乡搞好关系，刻苦学习科学文化知识，掌握化工生产技能，争取回厂后就能当师傅，争取一次开车成功。我们在党校时吃了一次忆苦饭，吃的高粱羹羹，还到永达煤矿下井体验矿工生活。1972年2月，新招工人分成两队，一队到富顺氮肥厂，一队到简阳氮肥厂培训学习，我是到的富顺。在富顺，我们住在老乡家，牢记临走前老红军对我们的嘱托，主动与老乡搞好关系，每天给老乡挑水、扫院子，干一些力所能及的体力活。老乡很喜欢我们，有好吃的都要叫上我们，分别时舍不得我们走，还送《毛主席语录》给我们留作纪念。

我们这批工人都很知道好歹，知道建设氮肥厂的重要性，知道肩负的重任。当时说的学习3个月（实际学了半年），回来就要当老师，大家都很紧张，感到压力很大。为了一次开车成功，为了学手艺，我们真是拼了命了，认真学习，认真听课，认真做笔记，认真实习操作，生怕学不好，辜负了老红军和全县人民的希望。我们都是初中生，氮肥厂是一座现代化的工厂，操作都是靠电子、仪表，要求我们掌握的知识涉及数学、化学、物理等诸多方面，这对于我们来说难度很大，有时听课像坐飞机，但我们不怕，迎着困难上，像蚂蚁啃骨头一样一点一点攻克学习上的难关。有的学员为了与老师搞好关系，多学手艺，利用课余时间主动帮老师做家务，洗衣服，带娃儿。隆昌的学员是表现最好的，学习认真刻苦，遵章守纪，继承和发扬了老红军的光荣传统和作风。我们在简阳学习培训了半年，老红军来看望了我们好多次，每次看望对我们都是一次极大的鼓舞。我至今仍记得老红军对我们说的一句话"该土就土，该洋就洋"，鼓励我们在学习时要保持艰苦奋斗、不怕苦累的本色，也就是"土"，只要有了这个本色，就有了战胜困难的决心，就有了搞好学习的信心；当时大家都将小氮肥称为"小洋鬼子"，涉及的都是尖端的、现代化的科学知识，也就是"洋"，在学习掌握知识的过程中就一定要"洋"，要克服重重困难，让自己"洋"起来，否则就不能驾驭"小洋鬼子"。

学习结束回到厂以后，我们确实充当了主力军，能够独当一面，没有辜负老红军对我们的期望。印象最深的一件事，1973年9月16日，老红军吴英德亲自点火造气一号炉，一号炉是我们4班负责管理的，一次点火成功，我们当时那种激动的心情是难以言表的。“一次点火成功”是老红军及全县人民对我们的重托；“一次点火成功”是我们的最大心愿，也是对我们学习成果的一次检阅。现在我们做到了，能不高兴吗？能不激动吗？能不自豪吗？

氮肥厂建成投产后，老红军仍牵挂着工厂的发展，经常回厂检查指导工作。为了解决我们吃保健的问题，老红军费了很多力。氮肥生产属于有毒有害行业，工人长期接触氨气后会感到痨肠寡肚，当时物资匮乏，什么都凭票供应，计划供应，宜宾地区穷，隆昌更穷，财政十分困难。老红军很关心、重视有毒有害岗位工人吃保健的问题，他召集有关部门的领导到氮肥厂现场办公，研究解决给有毒有害岗位工人办保健的问题。最可笑的是，当吴老红军带领参会人员正在车间楼上查看氨气排放情况时，我们为了顺利通过检查，就想了个加大氨气排放量，增加臭味的馊主意，打开阀门，放了很多氨气出来，熏得老红军他们下不了楼。最终，我们吃保健的问题得到了解决，接触氨气多的工人一个月能多吃点肉、多吃点油、多吃点糖、多吃点黄豆。从这件事可以看出，老红军吴英德心系氮肥厂的工人，关心爱护工人，千方百计为工人解决后顾之忧。

老红军吴英德虽然离开我们20多年了，但我们永远铭记他创建氮肥厂的功绩，永远牢记他的教诲，继承和发扬红军精神，将隆桥化工集团有限公司更加发扬光大，以慰老人家在天之灵。

林扬树讲话：老红军吴英德是隆桥人熟知、尊敬和爱戴的革命老前辈，他是隆桥化工集团有限公司的前身——隆昌氮肥厂的创始人、第一任负责人。他在创建隆昌氮肥厂的历程中，展现出一名共产党员无私无畏、一心为民、求真务实、艰苦奋斗、尊重科学、尊重人才等诸多优良品质和作风，为我们树立了榜样。

我在担任氮肥厂厂长以及隆桥化工集团有限公司董事长负责全面工作后，才真正体会到当年老红军创业的艰辛、苦衷。

建厂时，老红军的思路就是在保护耕地的前提下发展工业，站在农民的角度思考问题，不多占农民土地。应该说老红军不占耕地的指导思想走在了一些政策的前面。氮肥厂选址在高洞桥庙子坡，古盐道经过此坡，那一带是很贫瘠的地方，可耕地很少，贫穷，拉屎不生蛆，方圆十几里一片荒凉，只在庙子坡上，即现在厂房大门前有一个幺花儿店，卖点小食，供来往客商歇息。氮肥厂建成后，历届领导都遵循老红军留下的指导思想，既要发展工业，又不损害农田，尽量少占、不占耕地，不与农民争利，始终在庙子坡上发展，占用土地不多，与周边村民和谐相处。正因为有了这种思路，我们现在才依山靠水，顺势而为，真可谓不进隆桥看不到变化，进了隆桥才发现隆桥的日新月异。氮肥厂建起后，周边的农民都得到了实惠和福利。我们从来不与农民争利，而是尽可能帮助他们解决一些实际困难和问题。比如水渠的问题，工厂要用水，农民也要用水，怎么办？我们在不影响生产的情况下，敞开供给农民用水，农民随便用。农民也很支持我们，只要是隆桥搞园区建设，只要是隆桥用地，就大力支持，因为他们知道隆桥爱护耕地，爱护百姓。我们现在与老百姓的关系处得好，这与老红军给我们留下的惠农爱民思想有很大关系。

自力更生、艰苦奋斗，这是老红军给我们留下的光荣传统。建厂初期，什么都是白手起家，要项目、要设备、要物资、要能源、要技术、要人才……老红军率领建设大军，坚定不移地走自力更生、艰苦奋斗的道路，克服重重困难，终于在荒无人烟的庙子坡上建起一座现代化的氮肥厂。以后，在市场经济的浪潮冲击下，我们也是依靠自力更生、艰苦奋斗，战胜了一个个艰难险阻，立稳了脚跟。可以这样说，“自力更生，艰苦奋斗”是我们的立足之本，是我们的厂魂。1972年，老红军安排大学生蒋启寿题写“自力更生”4个大字，并将其刻在厂区气柜石壁横额上，作为鼓舞全厂职工的口号。后来经过几次技术改造，厂区几易其貌，但这块刻有“自力更生”大字的条石仍完好无损地被保留了下来。这块“自力更生”刻石陪伴了我们40多年，任凭风吹雨打、日晒雨淋，字迹依然清晰醒目。

2011年，我请蒋启寿同志为这块“自力更生”刻石补遗，并在厂区建《自力更生》石刻墙，作为隆桥企业文化之一，让红军精神永存，让革命传统永存。《自力更生》石刻墙下方是原气柜石壁横额石刻“自力更生”条石，我将它从原来的地方移到此处，正中是蒋启寿同志题写的“《自力更生》刻石补遗”石刻，全文是：“一九七二年春，余奉令为隆昌县氮肥厂气柜石壁横额题自力更生四字，以作永记：睹物怀旧时，悄然四十载，回首过往：荒原乱冢，沧桑巨变，物换星移，旧貌换新颜，积小聚大，图强谋远，发展有序，景象万千。四十年两代人，它在风雨里守望，在变革中见证，孤寂无声，执着坚韧。今受林总之邀，为其补遗，诚恐拙笔陋体，鲜难示人，感其陈情再三，乃作以酬高义。 辛卯岁夏　蒋启寿于山城。”建《自力更生》石刻墙，就是为了时刻提醒隆桥人不忘创业艰难、不忘革命传统，就是为了彰显隆桥人继承红军精神，坚定不移走自力更生道路的决心。

老红军吴英德幼时因家贫，没有上过学念过书，虽然文化水平不高，字也写得不好，但从他的经历看，战争年代就长期从事后勤经济工作，担任过司务长、出纳、行政管理员、招待所所长等职务。中华人民共和国成立初期担任隆昌县首家国营贸易公司经理，把公司办得风生水起，搞活了隆昌经济。以后当副县长、县革委副主任，分管工业，带领隆昌地方工业跨入了省、市先进行列。老红军是一个很有经济头脑的人，按他的实际工作水平和经验，当个经济博士都可以。他在指挥筹建氮肥厂的实践中，为我们留下了许多值得借鉴的经验。老红军看问题全面，站得高，看得远，考虑问题周到，接受新鲜事物快，不故步自封。当年氮肥厂造气可采用两种原料，一种是天然气造气，以天然气为原料；一种是煤焦造气，以煤炭焦炭为原料。天然气是氮肥厂最理想的造气原料，老红军就是按照这个思路将氮肥厂选在了离“工八井”不远的庙子坡。但是，当时的现实是天然气非常稀缺，计划非常紧张，而煤炭资源相对丰富些，县境内有白水滩煤矿、永达煤矿、工农煤矿等煤矿。这里有一个细节，很多人都不知道，最初氮肥厂是按煤焦造气设计建设的，用于煤焦造气高40米的烟囱已经建好，吴县长的亲密战友，也是老红军当时川西南矿区党委书记陈世英来氮肥厂看后对吴老红军说："搞什么煤焦造气，就搞天然气造气！"于是吴县长果断决定搞天然气造气，将已建好的高烟囱作为预备，天然气不够用时再启用煤焦造气。由此可见，吴老红军不守旧，思想前卫，能跟上形势发展。这根烟囱至今还矗立在厂区内，我不让拆，因为这上面留有老红军的痕迹，留有我们的思念，它是历史的见证。还有一件事我印象深刻，1973年9月16日，老红军吴英德主持点火仪式，亲自点燃了燃烧炉的熊熊大火，宣告氮肥厂试车投产开始，并一次点火成功。点火仪式结束后，车间的几十名工人整齐列队，当时我也在造气车间，和蔡金德一个班，都是4班。吴县长代表人民政府庄重地把氮肥厂380万元的资产交给造气车间书记胡金才，语重心长地对我们说："工人同志们，你们才是工厂的真正主人，今天我受人民委托将氮肥厂交给你们来管，你们一定不要辜负人民的重托，要想方设法、千方百计完成人民交给的任务，当好主人翁，为建设工厂发展工厂贡献力量，贡献自己的聪明才智。"听了老红军的话，我们都很激动，心中油然升起一种神圣的使命感、责任感，都暗下决心，一定不辜负党和人民的希望，不辜负老红军的希望，以厂为家，认真工作，钻研技术，为建设氮肥厂发展氮肥厂贡献自己的力量。这是一场很庄严、很认真的交接仪式，在我心中留下了很深的印记。老红军这种管理思想、管理理念，都值得我们学习借鉴。老红军还是一个敢于负责、有担当的人，试车投产第一批生产出的氮肥有点黄，要在农村实验使用效果。这当中有个承担风险的问题，所以老红军承担了这个风险，每张领肥料的条子都要由他签字，只有老红军签了字的条子才拿得走肥料。我们生产队也用了这批肥料。那时我在造气车间，对吴老红军签字的条子印象很深刻，条子上面"吴英德"3个字写得很大还有些歪扭，所以印象很深。

老红军关心职工，关心工人，在氮肥厂也是有口皆碑的。为工人争取吃保健的事，至今记忆犹新。当时国家处于动乱时期，经济困难，物资缺乏，要争取工人吃保健是一件很不容易的事。为了解决厂里职工吃保健的问题，吴县长操了很多心，亲自出面，找各有关部门协调解决。一次，他带领各有关部门的领导到厂里实地考察工人们的生产条件、生产环境，为了顺利通过检查，我们在下面故意放氨气造成有毒有害气体更严重的局面，以至于吴县长他们在楼上被熏得下不了楼。后来，吴县长下来后对我们说："你们这些娃娃，要吃保健明说嘛，我都在为你们争取保健，不要这样嘛。"说得我们很不好意思。在吴县长的努力下，我们吃保健的问题得到了解决。当时保健分甲、乙、丙3个等级，乙级保健有2斤黄豆、半斤菜油、2斤半肉、1斤白糖、2元7角钱，我们大多数是吃的乙级保健，这在当时我们已经很满足了。

老红军高度重视安全生产，这也给我留下深刻印象。记得第一次打开合成塔检修时，怕氨气泄漏燃烧，吴县长亲临现场，与厂领导一起研究检修方案、人员疏散方案等一系列涉及安全问题的方方面面，还专门联系了矿山救护队到场，确保检修安全。在老红军的高度重视下，首次合成塔检修圆满完成，没有发生过安全事故。

老红军吴英德在筹建氮肥厂的几年中，始终坚持实事求是的原则，依靠集体智慧办厂，依靠科学技术办厂，依靠工人阶级办厂。他在用人和选人上，坚持任人唯贤，只要是人品好、有文化、有知识、有能力的人，不管你是哪一派，他都敢要，敢用。当时"文化大革命"中盛行"读书无用论""知识越多越反动""知识分子是臭老九"等奇谈怪论，老红军吴英德却认为读书有用而且有大用，知识越多越好越能对国家做贡献，知识分子不是"臭老九"是"香馍馍"。老红军对知识的渴求、要求都很高。不说第一批进厂的，我们这批从宜宾地区金墨湾煤矿转来的51个人，也是吴县长亲自来要的。当时金墨湾煤矿要垮了，吴县长来要人，指到初中毕业以上的人要，高中生首先提，我是隆一中高六七级的，当然成为吴县长的首选。吴县长也想要大学生，但要不到，大学生都被宜宾要回去了。我们那批中的好多老三届的农村娃儿都被吴县长要起来了。陈远思、蒋启寿、巫仕友、黄立志、郭德平、秦振才等人也是吴老红军要来的。郭德平、秦振才曾担任过革联总的司令，老红军不怕，他们能够到氮肥厂，硬是好得吴老红军，如果不是吴县长尊重知识、看重人才，他们来不到氮肥厂。此外，老红军对职工的文化培训和技术培训也非常重视，抓得很紧，他认为只有工人提高了文化知识水平，掌握了过硬生产技术，工厂才能得到发展，得到壮大。老红军将“尊重知识，爱惜人才，关心职工”这种管理理念留给了我们。秉承老红军优良传统，氮肥厂自建立以来至今，都非常重视人才的培养和选用，重视职工教育，采取送出去，请进来，办培训班，自学等多种形式提高职工的文化知识水平和技术革新能力，曾多次被评为“四川省政府工农教育先进单位”。

站在公司的角度，我们如何传承老红军给我们留下的精神财富以及超前的指导思想，在座的每一位同志都应该好好想一想。我们能够发展到现在，毋庸置疑，与我们自己的努力分不开，但是，与老红军给我们留下的宝贵精神财富、指导思想不无关系。现在我们公司的指导思想“职工利益第一，股东利益第一，奉献国家，奉献社会”就是传承了老红军关心职工、关心工厂的指导思想制定出来的。

还有一件事，让我想起来就觉得遗憾、难过。那是老红军逝世前一年，他回厂里看看，对我说明年新豌豆出来时他回厂来吃豌豆烧鲶鱼，我满口答应。老红军费尽千辛万苦建设氮肥厂，从没向厂里提过任何要求，现在提出要吃鲶鱼烧豌豆，我们理所当然应该满足老人家这个心愿。没想到，没有等到来年新豌豆出来，老红军就永远离开了我们。

今年上半年，企业面临困境，我提出“存在就是合理，生存就是发展”的口号，坚持自力更生，艰苦奋斗，走自己的路。为了渡过难关，我们发展中心的全体老同志几个月都没在公司领工资，吃工作餐都是自己掏腰包。现在，公司已经渡过难关，迎来了新的局面。我们这样做，就是在传承老红军吃苦耐劳、艰苦奋斗、艰苦朴素的优良品质。当年，老红军筹建氮肥厂时，与工人一起，住工棚，睡木板床，吃粗茶淡饭，从来不搞特殊，从来不向厂里提任何要求，这给我们留下了深刻印象。艰苦奋斗、艰苦朴素精神的传承，要靠领导人的带头、带动，这也是老红军吴英德给我们留下的传统。

向老红军学习，要落实到行动上。当年建厂，老红军那么大年纪了，都要到现场。那么，现在的年轻人，条件比当年好得多，更应该深入下去，更应该到现场去摸爬打滚，积累经验，历练自己。

传承红军精神，继承革命传统，关键看领导。领导的风范如何、领导的思想如何、领导的行动如何，这些都很重要，关乎着一个企业的命运和前途。今天召集大家来，也是老红军的精神把我们召集起来，我们要有感恩思想。老红军吴英德是筹建氮肥厂的第一任指挥长，也可以说是我们的首任厂长。为了创建氮肥厂，他呕心沥血，殚精竭虑，为我们树立了榜样。继承和发扬老红军留下的革命传统、优良作风，已成为隆桥企业文化的重要组成部分，我们一定要将他发扬光大并一代一代地传承下去。

林主任的文章中还有一些数据和时间没搞清的问题，罗应德同志下去后把它补充完整，其他同志还有什么补充意见的，也找罗应德同志补充。

散会！

附录 吴英德同志追悼会材料

材料一*：

讣告

吴英德同志治丧委员会

中国共产党优秀党员、老红军、离休干部、原隆昌县第七届人民代表大会常务委员会副主任吴英德同志，因病医治无效，于1989年1月3日6时45分在泸州医学院附属医院逝世，终年68岁。

吴英德同志是四川省江油县人，1935年5月参加革命，1945年加入中国共产党。他在江油县参加红四方面军，长征到达延安，1945年转战东北，1949年参加中国人民解放军西南服务团，挺进大西南。吴英德同志在第二次国内革命战争、抗日战争和解放战争中做出了重要贡献。

建国后，吴英德同志先后担任隆昌县贸易公司、粮食公司、泸州专区煤建公司、专区贸易公司经理，泸州专区合作办事处主任，中共隆昌县委第一、二、三、四届委员会委员及第三届常委，隆昌县第三至九届人民代表大会代表，隆昌县第三、四、五、六届人民委员会副县长，县革命委员会副主任，隆昌县第七届人民代表大会常务委员会副主任。1983年2月，吴英德同志响应党中央号召，主动退出领导岗位离职休养。离休后，他仍然关心党和国家的大事，关心改革和建设，吴英德同志为我县社会主义物质文明建设和精神文明建设做出了新的贡献。

吴英德同志参加革命54年来，忠于党、忠于人民，为革命和建设事业贡献了毕生精力。他的逝世，使我县失去了一位德高望重的老红军、老干部。

---

*《吴英德同志追悼会材料》抄录自中共隆昌县委组织部干部档案室吴英德同志档案，抄录人吴晓英。

吴英德同志住院治疗期间，县委、县人大、县政府、县政协、县纪委及其所属有关部门的负责人，离、退休老同志和职工代表曾先后前往县人民医院、泸州医学院附属医院看望。

吴英德同志灵堂设在县人民政府礼堂。

向吴英德同志遗体告别仪式于1989年1月6日下午3点举行，1月7日上午9时火化。

吴英德同志追悼会定于1989年1月7日下午3点在县政府礼堂举行，希吴英德同志的生前友好届时参加。

吴英德同志治丧委员会

主　任：胡文洪

副主任：黄政才　田　伟　袁玉庄
　　　　胡成章　吴焕章

委　员：申进虎　牛金成　马玉田
　　　　赵永昌　郑洪全　陈毓刚
　　　　余培科　胡世季　卓先栋
　　　　陈远思　陶先富　李国成
　　　　李俊候　程尊品　吴晓英
　　　　吴晓虹

1989年1月4日

材料二：县委书记胡文洪代表县委、县人大、县政府、县政协、县纪委致悼词

悼词

胡文洪

今天，我们怀着极其沉重的心情，深切悼念中国共产党优秀党员、老红军，原隆昌县人大常委会副主任，离休老干部吴英德同志。

吴英德同志因患肝癌，经多方医治无效，不幸于1989年元月3日6时45分在泸州医学院附属医院逝世，终年68岁。

吴英德同志1921年4月16日出生在四川省江油县治城乡一个贫农家庭。1935年5月参加红军，1945年5月在延安中央党校加入中国共产党。在部队历任警卫员、班长、司务长、出纳、管理员、东北军区招待所所长、西南服务团川南支队财经大队副教导员兼管理股股长等职。解放后历任隆昌县贸易公司经理、泸州专区煤建公司经理、专区贸易公司经理、泸州专区合作办事处主任、中共隆昌县委一至四届委员、第三届县委常委、县工业党组书记、隆昌县三至九届人民代表大会代表、隆昌县三至六届人民委员会副县长、县革命委员会副主任、隆昌县第七届人民代表大会常务委员会副主任等职。他为革命战斗了54个春秋，为我县的物质文明建设和精神文明建设做出了显著的成绩。

吴英德同志家境贫寒，12岁时抵债到地主家当长工，受尽欺压凌辱，饱受旧社会的苦难，萌发了翻身求解放的思想。

1935年5月，中国工农红军长征至吴英德同志家乡时，年仅14岁的吴英德参加了红军，走上了革命的道路。接着他随红军多次翻越雪山，3次蹚过草地。长征途中，在与围追堵截的敌人激战中，他冲锋在前，不幸腿部负伤，部队首长要他留在地方医治，但他仍然拄着棍子，忍着剧痛，继续跟随红军艰难前进。第二次过草地后，他突然患痢疾，生命垂危，首长送他到医院治疗，他病情减轻后，便悄悄地离开了医院，独自一人，带着疾病，忍着饥饿，顶风冒雪，追赶了300多里找到了部队。他历经艰险，经受了生与死的严峻考验，充分表现出了一个红军战士铁骨铮铮的革命意志。

1936年10月，红军胜利到达延安后，吴英德同志在延安担任警卫员，他忠实履行职责，出色地完成了任务。西安事变后，吴英德同志奉命到延川联络站任通讯员，在执行任务时，他多次与土匪、特务进行英勇的斗争，把一批又一批的热血青年安全地护送到了目的地，受到了组织的表扬。1943年，吴英德调延安中央党校任通讯员，他积极参加大生产运动，带头种棉、种粮、制鞋。他在延安工作期间，进一步受到革命思想的熏陶，思想得到深华，树立起了为解放全中国而奋斗到底的雄心壮志。1945年5月，他在延安中央党校光荣地加入了中国共产党。

抗日战争胜利后，吴英德同志响应党中央的号召，离开延安到东北军区骑兵师工作，参加了辽沈战役，与敌人进行浴血奋战，出色地完成了作战任务，多次受到了上级的嘉奖。他为解放、接管东北，建立人民政权做出了贡献。

东北解放后，党中央为解放大西南做好干部队伍的准备工作，动员东北军区的干部到西南去，组织中国人民解放军西南服务团，号召四川人回四川闹革命。1949年春，吴英德同志怀着彻底推翻蒋家王朝、解放大西南的激情，毅然参加了西南服务团，并担任了川南支队财经大队副教导员兼管理股股长。从东北到西南的几千里行军中，为了做好后勤保障工作，他事必躬亲，经常挑着百多斤重的物资率先前进，充分体现了他对我国解放事业高度负责的精神。

隆昌解放后，吴英德同志从西南服务团分配到隆昌县贸易公司任经理，在财力、物力十分困难的情况下，他与公司职工一起团结奋斗，经过一段时间的努力，解决了隆昌人民的吃、穿、用等问题，粉碎了当时一些不法商人囤积居奇，哄抬物价，企图破坏新生政权的阴谋。为稳定隆昌的物价，安定民心，促进经济恢复起了重要作用。

1952年“三反”运动中，吴英德同志坚持实事求是的原则，直接和间接地保护了一些同志。

1957年整风反右后，吴英德同志因受株连，得到不应有的待遇，但是他从不计较个人得失，仍然任劳任怨，兢兢业业地为党工作。

吴英德同志具有先忧后乐的思想品格。20世纪60年代初期，他在分管民政工作时，了解到一些孤儿和孤寡老人的生活安排不落实的情况后，及时向县委提出以公社为单位建立幸福院的建议。他的意见得到县委同意后，便与有关部门一起，经过不到一年的努力，使全县43个公社建起了敬老院，为隆昌的孤儿收养、孤寡老人欢度晚年，做了切实有效的工作。

“文化大革命”开始后，吴英德同志受到冲击，在身处逆境的情况下，他白天工作，晚上回家写“检查”。在动乱的期间，他积极抓生产，尽量减轻全县人民的损失。他领导先后办起了磷肥厂、糖厂（纸厂）、氮肥厂、水泥厂，扩建了食品厂、新华陶厂。为发展隆昌的工农业生产做出了重大贡献。

吴英德同志十分关心干部职工的疾苦。实行干部职工子女退休补员以来，党群政法的干部退休后，子女补员安排很困难，他主动为这些干部排忧解难，积极做好有关系统的协调工作，使党群政法系统的干部退休后，子女补员安排得到了落实，解决了干部的实际问题。

吴英德同志关心群众文化生活。在动乱的年代里，他冒着风险振兴隆昌川剧，四处筹集资金，仅一年时间，修好了隆昌剧场，为丰富人民群众文化生活创造了良好的条件。

吴英德同志在隆昌工作几十年，为加强隆昌的政权建设认真地进行了探索，积累了很多宝贵的经验。在担任隆昌县第七届人大常委会副主任期间，他帮助和支持县人民政府、县人民法院、县人民检察院，在新形势下开展工作。为发扬社会主义民主和健全社会主义法治做了大量工作。

在新的历史时期，吴英德同志衷心拥护党的各项方针政策，积极投身改革。为使党在新时期的干部路线在隆昌得到贯彻落实，他于1983年2月带头让贤，提出离休，把岗位让给了年富力强的同志，为我县废除干部终身制做出了表率。

吴英德同志老骥伏枥，壮心不已。离休后仍然关心党和国家的大事，积极参加党组织生活和县人民代表小组活动。1985年，吴英德同志亲自选点，亲自筹资，亲自找人设计，修建了离休老干部活动馆，为丰富离休老干部的文娱生活作了极大的努力。1985年吴英德同志与有关离、退休干部一起，筹建了隆师玻璃厂，做到当年建厂当年见效益，为隆昌财政增收做出了新贡献。1986年，吴英德同志关心内江市敬老院老人的疾苦，他抱病奔走，到处求援，修好了罗家祠堂进城的公路。

吴英德同志关心青少年的成长，多次应邀到机关 、厂矿、部队、学校进行革命传统教育。他积极参加党支部开展的创先争优活动，1985年被评为县优秀共产党员。党的十三届三中全会召开后，他认真学习三中全会精神，县委召开六届六次全委扩大会议时，他抱病出席会议，积极发表意见，充分体现了吴英德同志生命不息、战斗不止的革命精神。

吴英德同志鞠躬尽瘁，几十年如一日，把毕生的精力献给了党和人民的事业。他的一生是革命的一生、战斗的一生、全心全意为人民服务的一生；他的一生，历尽坎坷，一心向党；他的一生，艰苦奋斗，廉洁奉公；他的一生，光明磊落，刚正不阿；他的一生，平易近人，联系群众；他的一生，生命不息，战斗不止，全心全意为发展经济、振兴隆昌发挥自己的光和热。吴英德同志受到全县人民的尊敬和爱戴，他的逝世，使我县失去了一位德高望重的老红军、老党员、老干部，是我县的一大损失。他那坚韧不拔、高风亮节的精神永垂千古！悼念吴英德同志，我们要化悲痛为力量，学习他的优秀品质和革命精神，认真贯彻党的十三届三中全会精神，坚持党的基本路线，坚持四项基本原则，坚持改革开放的总方针，以吴英德同志为榜样，同心同德，艰苦奋斗，更加勤奋扎实的工作，搞好治理经济环境，整顿经济秩序，全面深化改革，为我县的物质文明建设和精神文明建设做出新的贡献。

吴英德同志将永远活在隆昌人民心中！

1989年1月7日

材料三：赵洪滔代表老战友老同志发言

沉痛悼念吴英德同志

赵洪滔*

在1989年1月5日下午1点半，我和蒋奎在千里之外的桂林，突然接到了英德同志不幸早逝的电报，我们感到震惊和难过。我们两人最近心脏病都不稳定，3点钟赶到了桂林飞机场，想尽一切办法只买到了一张飞机票，4点40分只好由我一个人飞来成都。深更半夜，在老同志的帮助下，昨天下午3点赶到了隆昌，以沉痛的心情并代表蒋奎同志，向吴英德同志的遗体作了告别，见了最后一面，向老战友程尊品同志一家致以深切的慰问。

我们的吴英德同志，早在1935年在四川参加了红军，参加了震惊世界的长征，爬过雪山，走过草地，打到陕北。抗日战争全面爆发后，深入敌后，挺进东北，转战万里，又打回四川，为人民解放事业，为建设社会主义的新中国，奋斗了半个多世纪，出生入死，九死一生，为党为人民鞠躬尽瘁，死而后已。你平凡伟大，没有虚度年华；你吃的是草，挤出的是奶；你不是索取，而是贡献才来到人间。英德同志仅仅在隆昌就辛勤工作了30多个春秋，他和隆昌人民有着鱼水血肉的关系和深厚的感情，他和群众心连着心。

我是1950年随着人民解放军143团到隆昌战斗、工作的。回忆过去，心情激动，感慨万千。在隆昌征粮剿匪，清匪反霸，土地革命，抗美援

---

*赵洪滔：曾在20世纪50年代担任隆昌县人民政府县长、中共隆昌县委书记、泸州专员公署副专员，离休前任广西壮族自治区体委副主任。

朝，搞农业合作化，为了人民、为了子孙后代的幸福欢笑，我与英德同志就是同在一条战壕里的战友，日夜操劳，并肩同心。时间虽然消失了，但往事难忘，铭记在心。石燕的土改试点，隆昌农村几千年的封建基础毁灭性地动摇了；牛牯桥的血债，罗贯山的战鼓，座山雕乜占武等匪股被歼灭了，川南剿匪战斗英雄曹怀景就是143团的一员；鹅洞飞雪，“五一”的祝捷锣鼓，加速了农业合作化的催生；川南第一个胡家供销合作社的出现；圣灯的火焰、义大的乌金，我们143团日夜守护着；修筑成渝铁路的开山炮声；西南大区在隆昌的民主建设和建立民兵武装的试点；凤凰村的人民代表郭金华，龙市乡的劳模先行者兰昌全，楼峰乡的郑万福，如此等等，把隆昌的江山打扮得面目一新。沱灌工程的建成，古宇湖上的畅漂游船，使我们隆昌更加鲜艳。1980年大包干的经验，隆昌又是全国的先行。搞活开放，大地一片复苏新生。亲爱的隆昌、富饶的土地、勤劳勇敢的人民，我们为她做过一点微小的服务，当然也有我们英德同志的一份功劳，这是客观存在，这是历史的足迹，谁也不能抹杀否定。所以，我们隆昌70万人民了解他，需要他，亲近他，我也是了解他的见证人之一。

吴英德同志，他保持了革命者艰苦朴素的光荣传统；他几十年如一日地为党积极工作，工作作风勤勤恳恳、扎扎实实，讲老实话，办老实事，做老实人，一步一个脚印；他不计较个人名誉、地位、得失，他有不肯定一切而锦上添花，不否定一切而落井下石的高贵品质；他心中不是想着自己，而是时常想着别人。实践证明，他是中国人民的好儿子，是中国共产党的好党员，是隆昌人民的一位好领导、好朋友，也是我们的好战友。他是人们所需要的、亲近的人。我作为他的老战友自然地和英德家属同样为此感到是人生最大的享受、最高的安慰。今天，英德同志不幸早逝了，但我相信隆昌的千山万水、隆昌的几十万人民会永远怀念他。亲爱的英德同志，你的精神没有死，也不会死，你一定活在隆昌人民的心中，一定永远活在我们这些老战友心中。

亲爱的英德同志，在党的领导下，你终身为之奋斗的共产主义事业，在我国960万平方千米上一定能够实现的。请你放心地走吧！我们党的事业兴旺发达，后继有人。在半个多世纪以来的漫长而艰苦的革命行程里，你太辛苦了，太累了，现在请你好好地安息吧，我们亲爱的英德同志！物换星移，人生一世，草木一秋，你无愧于党，无愧于人民。

如烟往事俱忘却，心底无私天地宽，落红不是无情物，化作春泥更护花。今天，你亲手种植的窗前蜡梅，已经开花吐艳，要不了多久，大地就是春风春天。

在党的十一届三中全会以后到今天，我们都进入了暮年，大家受到了党的温暖，看到了春天和光明，你是“老牛明知夕阳短，不用扬鞭自奋蹄”。你问心无愧地走完了人生最后的一站路程。今天你长眠在我们共同战斗过的地方，和我们许许多多的战友烈士一起长眠在无数汗水鲜血洗染过的这块土地上。你的伴侣、你的儿孙，和我们大家，都在你的身边，我想你也会欢笑于九泉！你的英灵、你的名字，与隆昌的山河永存。青山有幸埋忠骨，白花吐艳谱新天。

亲爱的英德同志，请你好好地安息吧！

1989年1月7日

材料之四：吴晓英代表亲属发言

不尽的思念

吴晓英

各位领导，各位前辈，参加追悼会的同志们：

今天，县委、县人大、县政府、县政协、县纪委在这里举行隆重的追悼会，沉痛悼念我的爸爸。我代表我们全家向县委、县人大、县政府、县政协、县纪委的全体领导和同志们表示衷心的感谢！向治丧委员会的全体同志表示感谢！向辛勤操办丧事的所有同志表示感谢！向前来参加遗体告别和参加追悼会的全体代表表示感谢！向外地发来唁电的同志表示感谢！

我爸爸在生病住院期间，得到了组织无微不至的关怀和照顾。特别是在病重期间，县委、县人大、县政府、县政协、县纪委的领导，以及有关部门的负责人和离退休老同志、职工代表，多次到医院看望。可是，谁能想到，我爸爸在与病魔抗争了50多天后，却于1989年1月3日上午6时45分与世长辞了。爸爸逝世后，内江、泸州市委、市人大、市政府，宜宾地委、行署的有关领导，县上所有的领导、离退休干部、职工代表、爸爸的生前友好又前来为我爸爸吊唁，向他告别，送给我们全家莫大的安慰和温暖。各级领导和同志们对我爸爸这样敬重，使我们无比感动。

爸爸，您今天走了，您留给我们无限的哀思和怀念。

爸爸，您的一生，是革命的一生。从给地主当长工到成长为一名红军战士，您受尽了千辛万苦。您跟随红军爬雪山，过草地，历经艰险。雪山再高，挡不住您前进的方向；草地再宽，拦不住您的追求和向往；树皮草根，伤痛病魔，磨不掉您的坚强意志。您跟着部队戎马疆场，转战南北，冲出阵阵枪林弹雨，闯出道道艰难险关，硝烟弥漫的战场上留下了您一个个坚实的脚印。

爸爸，您的一生，是平凡而伟大的一生。您最能服从组织的分配，您最听党的话。在延安，党分配您烧开水，您就一丝不苟地为中央党校学员烧好开水；党叫您开荒种地，您就千方百计寻找荒地开垦，认认真真地纺纱织布。在东北，党叫您组建骑兵连，您任劳任怨，呕心沥血，依靠群众，白手起家，很快将一支120人的骑兵连带上战场；东北解放后，党叫您回西南，您又立即放弃和平环境的安定生活，毅然踏上进军西南的千里征途。在社会主义革命和建设时期，您做到了党指向哪里就奔向哪里，每到一个地方，您总是把革命工作放在头里，把群众放在心中。爸爸，您在您人生的68个春秋，历尽艰辛，光明磊落，敢挑重担，刚直不阿，廉洁奉公，克勤克俭，诚笃待人。您对革命事业的忠诚，数十年如一日，直到生命的最后一刻，还在关心着党和人民的事业。这是您鞠躬尽瘁、死而后已的崇高精神的体现，是一个共产党员对党、对人民高度负责的具体体现。

爸爸，您是江油的一枝翠竹，是鹅江边的一束素兰。爸爸，您又是一支不灭的蜡烛，燃烧着自己，照亮着别人。用不着树碑，您载誉人口的业绩，就是您的丰碑；用不着评价，您的全部贡献，将长留人间，泽被后人。您的劳绩，绝不会被遗忘，也绝不会泯灭。

爸爸，您在工作中，是一个党的好干部；在家庭里，您又是一个好父亲。您言传身教，教给我们做人的真谛，您要求我们要严于律己，宽以待人，助人为乐，实事求是，胸怀坦荡。我们为有您这样的好爸爸而骄傲。我们多么想再从您那里学得更多更多的宝贵品质啊。

爸爸，您给予人的那么多，而留给自己的却那么少，您是真真正正的“孺子牛”。您艰苦一生，朴素一生，辛劳了一辈子，可您就这样走了。爸爸，我们舍不得您啊，舍不得您！爸爸，我们永远怀念您！

爸爸，您现在怎能知道，在您住院期间，各级组织、领导、同志、医生、护士曾为您竭尽全力，不惜代价挽留您，特别是人大、老干局的领导和同志们为给您治病，四处奔波，联系医院，购买药品，要车有车，要人有人。五大机构的领导以及您的老同志、老战友，不顾年老路遥多次来探望您，他们都只有一个心愿——盼望您早日康复。可谁能想到，您却这样匆匆地离去？！

爸爸，您现在又怎能知晓，这几天，从清晨到夜晚，从晚间到黎明，领导和同志们在为您守灵，金鹅人民在为您悲哀！爸爸呀，我们的好爸爸，您怎么走得这么急？我们知道您还有很多的话要说，可您终未能开口，却过早地闭上了双眼。爸爸呀爸爸，在这隆重吊唁您的追悼会上，您有什么话您就说吧，妈妈就在您身边，孩儿们就在您面前，我们多想再聆听一次您的声音？！说吧，亲爱的爸爸。

爸爸呀爸爸，您睁一睁眼。您看，您的小孙女老是不停地哭泣，小外孙仍在不住地呼喊，他们需要爷爷，需要爷爷的教诲和抚爱。他们知道爷爷睡着了，渴盼着爷爷醒来。爸爸呀，亲爱的爸爸，您为什么不醒过来？！

爸爸，您听见了吗？这不断的声声爆竹，是对您的呼唤！爸爸，您看见了吗？这肃穆的灵堂，盛满了全县人民对您的爱戴和吊唁。

爸爸，您两袖清风离去了，您不要遗憾，您给我们留下的巨大精神财富是我们的传家宝。您的崇高品质，将使我们一生受益无穷，将永远引起我们对您的无限思念。

爸爸，亲爱的好爸爸，您安息吧！我们一定遵循您的教诲，继承您的遗志，向您那样，做一个正直、无私、无畏的人，力求对人民有所贡献的人！

爸爸，您永远活在我们心中！

1989年1月7日

后记

为了纪念我的父亲吴英德诞辰100周年，为了传承红军精神，我写了《足迹》这本书。

这本书是在1994年隆昌县档案馆、老干局编印的《忠魂——红军战士吴英德同志的一生》一书的基础上扩充编辑而成，更加全面、生动、翔实地展现了父亲忠心耿耿为党工作为民办事的一生，彰显了感天动地的红军精神。

编著这本书，得到了父亲的战友、同事、朋友、下属的大力支持和帮助，得到了四川隆桥化工集团有限公司的大力支持和帮助。特别是隆桥化工集团有限公司董事长林扬树同志，他十分注重企业文化建设，将传承红色基因、发扬红军精神作为企业文化的重要组成部分，非常重视为父亲著书立传这件事。为了帮助我收集到更多父亲在氮肥厂工作、生活的点滴素材，林董事长专门召集组织了专题缅怀老红军吴英德的座谈会，并带领公司有关领导亲赴成都找曾长期担任氮肥厂办公室主任的林扬成同志商量研究撰写怀念老红军吴英德的文章。这一切，让我深受感动和鼓舞。在此，我真诚地感谢为本书撰稿和提供素材的各位长辈们、同志们、朋友们！感谢四川隆桥化工集团有限公司！感谢林扬树董事长！谢谢你们！并向你们致以崇高的革命敬礼!

“好雨知时节，当春乃发生。随风潜入夜，润物细无声。”这是杜甫描写春雨的著名诗句。红军精神犹如春雨，能让我们的心灵得到滋润而茁壮成长。让我们不忘初心，从自己做起；让红军精神潜移默化代代相传!我坚信，追梦路上，有红军精神滋润鼓舞，前进的步子会迈得更快更大更稳。

吴晓英

2019年5月13日